명성황후

정비석 장편역사소설

차 례

서전의 승리 7
다져 나가는 세력 16
적과 동지 29
사양의 징후 43
여명의 소리 53
내우외환 62
불꽃 튀는 암투 74
힘에는 힘으로 87
여인천하 96
재기를 꿈꾸는 늙은 호랑이 104
비운의 왕자 113
귀신 같은 살인술 122

임오군란 134
대원군의 재집권과 납치 143
여걸의 복권 157
갑신정변 167
3일 천하 177
약소국의 비애 189
대원군의 환국 202
민씨 일족의 득세 219
동학란과 대원군 227
침략의 마수 239
비참한 종언 250
□ 작품 연보 255

명성황후(하)

서전의 승리

　대원군에게서 정권을 빼앗으려면 무엇보다도 먼저 긴요한 일은 상감의 마음을 이쪽으로 돌리는 일이었다. 상감을 앞세우지 않고 자기 힘만으로 정권을 장악하려는 것은 상상조차 할 수 없는 일이기 때문이었다.
　민 중전으로서는 정권 문제를 떠나서도 남편을 자기 품안으로 돌려 놓고 싶은 것은 너무도 당연한 일이었다.
　그러나 고종에게는 이 귀인이 첫사랑의 여인인데다가, 그녀가 아들까지 낳아 주었기 때문에 그녀에 대한 애정은 좀처럼 식어지지 않았다. 민 중전이 대궐에 들어와 밤마다 독수공방으로 지내던 신혼 시절에 비기면 고종의 마음이 한결 이쪽으로 돌아선 것은 사실이었다. 그러나 아직도 독점을 했다고는 볼 수 없었다.
　'그렇다! 임금의 마음을 독점하지 않고서는 아무 일도 안 된다!'
　남편의 몸과 마음을 독점하고 싶은 것은 지어미되는 자의 본능적인 욕망이리라. '정권 장악'이라는 거대한 야망을 품고 있는 민 중전으로서는 더욱 그러하였다. 남편조차 휘어잡지 못하는 여인이 어찌 천하를 장악할 수 있으랴.

 어느 날 밤의 일이었다. 이날 밤도 상감은 완화궁으로 이 귀인을 찾아갔기 때문에, 민 중전은 싫든 좋든 간에 넓디넓은 방에서 혼자 자는 수밖에 없었다.

 밤이 깊어 상궁들이 모두 물러가자, 민 중전은 원앙금침 속에 혼자 누웠다. 그러나 잠은 오지 아니하고 눈물과 한숨이 먼저 나왔다. 젊은 나이에 이렇게도 고독하게 살아갈 바에야 중전마마가 되기보다는 차라리 농사꾼의 아내가 되어 오순도순 정답게 살아가는 것이 얼마나 행복했을 것인가?

 민 중전은 중전마마라는 자리에 커다란 회의조차 느껴졌다.

 상감은 지금쯤 이 귀인의 풍만한 몸뚱이를 얼싸안고 애정을 질탕하게 즐기고 있으려니 하고 생각하니 바드득 하고 이가 갈렸다.

 '그렇다! 어떤 일이 있어도 상감을 그년의 품안에서 나의 품안으로 빼앗아와야 한다. 남편을 다른 계집에게 빼앗길 정도라면 나라의 권세인들 어찌 장악할 수 있을 것인가?'

 민 중전은 잠자리에서 벌떡 일어나 거울 앞으로 다가갔다. 그리하여 비단적삼 자락을 좌우로 활짝 갈라 헤치고, 앞가슴을 송두리째 거울에 비춰 보았다.

 그러는 순간 소스라치게 놀랐다. 너무도 풍만한 자기 자신의 육체미에 놀라지 않을 수가 없었던 것이다.

 자기가 보기에는 정말로 젊음이 넘쳐 흐르는 풍만한 육체였다. 인절미처럼 하얗고도 탄력성이 풍부해 보이는 피부며, 터질 듯이 부풀어오른 두 개의 젖무덤이며, 아로새긴 듯이 오똑 솟아

오른 코며, 초롱초롱하게 빛나는 두 눈이며, 모두가 탐스러운 아름다움이었다.

'내 몸이 작년만 해도 이렇듯 풍만하지는 못했었는데, 나도 모르게 어느 사이에 이렇듯이 아름답게 피어올랐을까.'

작년만 해도 봉오리에 지나지 않았던 몸이 이제는 바야흐로 활짝 피어오른 꽃송이 같은 느낌이었다.

'이렇듯 아름답게 피어오른 내가 남편 하나 독점하지 못해 밤마다 울어야 한다는 것이 말이 되는 소리냐. 이 귀인이 제아무리 상감의 마음을 녹여내는 요부이기로 육체미에 있어선 나를 따르지 못할 것이 아니겠는가!'

민 중전은 천혜의 보검을 가지고 있으면서도, 그 보검을 한번도 써보지 못한 채 이 귀인에게 서러움만 당해 온 느낌이었다.

'부부생활에서 정사야말로 중요한 일의 하나가 아니겠는가. 그렇다면 나는 나에게 주어진 육체미로써 상감의 마음을 휘어잡아 보기로 하자.'

민 중전은 지금까지 모르고 있었던 중대한 일을 새삼스럽게 깨달은 듯한 느낌이었다.

마침 그때 문 밖에서 인기척이 들려오므로 민 중전은 소스라치게 놀라 적삼자락으로 앞가슴을 가리며,

"밖에 누구냐!"

하고 꾸짖는 어조로 외쳤다.

"중전마마, 놀라지 마시옵소서, 엄 상궁이옵니다."

"이 같은 밤에, 네가 자지 않고 웬일이냐?"

"지금 상감마마께서 납시고 계시는 중이옵니다."

너무도 뜻밖의 말에, 민 중전은 깜짝 놀랐다.
　"상감께서는 완화궁에 가셨는데, 이 깊은 밤에 납시다니 그게 웬 소리냐?"
　그 말이 채 끝나기도 전에,
　"엄 상궁은 그만 물러가 자거라"
하는 말소리가 들려옴과 동시에, 상감이 문을 열고 방 안으로 들어서며,
　"중전! 내가 왔소. 밤이 깊었는데 중전은 아직도 주무시지 않고 깨어 계셨소?"
하고 미소조차 지어 보이며 묻는 것이 아닌가.
　민 중전은 상감의 미소를 보자 감격의 눈물이 솟구쳐올랐다. 상감이 이 시간에 나타난 것은 하나님이 특별히 베풀어 주신 은총이라고 생각되었던 것이다.
　"상감! 어서 납시옵소서. 이 깊은 밤에 납시어서 이 몸은 황공하고도 기쁘기 그지없사옵니다."
　"중전이 나를 기꺼이 맞아 주니 고맙기 짝이 없구려……. 중전은 주무시지 않고 어찌하여 아직도 깨어 계셨소?"
　"잠을 자려고 잠자리에 들어 보았사오나 잠이 오질 않아 일어나 있었던 것이옵니다."
　"잠이 오지 않아 일어나 계셨다니요? 어디가 불편해서 그러신 것은 아니오?"
　독수공방의 비애를 너무도 몰라주는 질문이었다. 상감의 보령은 어느덧 열아홉 살. 대장부 열아홉 살이면 천하 만사를 알고도 남을 나이다.

그러나 고종은 천품이 워낙 나약한데다가 감수성도 발육이 약간 더딘 편이었다.

그러니까 상감의 마음을 휘어잡기 위해서는 이쪽에서 적극적으로 나갈 수밖에 없다고 생각되었다.

일단 그렇게 판단한 민 중전은 별안간 얼굴에 수심을 띠며 이렇게 말했다.

"몸이 불편해 잠이 안 온 것이 아니옵니다."

"그러면 왜 잠을 못 주무셨다는 말씀이오?"

그것은 얼빠진 질문이었다. 민 중전은 언제까지나 어릿광대 같은 질문만 주고받을 수는 없었다.

그리하여 이번에는 새삼스러이 수심을 지어 보이며 대담하게 이렇게 말했다.

"상감께서도 생각해 보시옵소서. 제가 누구를 바라고 대궐에 들어왔겠나이까. 제가 하늘같이 믿고 받들어모시려는 어른은 오직 상감 한 분만 계실 뿐이온데, 상감께서는 완화궁에 납시고 안 계시니, 홀로 침방을 지켜야 하는 제가 어찌 잠이 쉽게 들 수 있겠나이까. 그 동안에도 밤을 꼬박 새운 때가 한두 번이 아니었사옵니다."

상감은 그제서야 중전의 마음을 알았다는 듯이 중전의 손을 덥석 붙잡으며 말한다.

"중전이 나 때문에 여러 날 밤을 새웠다니 그야말로 미안한 일이구려. 내가 옆에 없으면 그렇게도 고독하시오?"

"내외간은 한 몸이라 하지 않사옵니까. 상감께서 옆에 계시지 아니하면 저는 죽은 목숨이나 다름이 없사옵니다. 아니, 그런

날 밤에는 자결이라도 하고 싶은 생각조차 여러 번 들었던 것이옵니다."

"자결을 하시다뇨. 무슨 그런 끔찍스러운 말씀을 하시오."

"오죽이나 고독하고 괴로우면 그런 생각을 먹었겠나이까?"

"중전이 그런 생각을 하고 계셨을 줄은 전연 몰랐구려. 내 이제 중전의 마음을 다 알았으니 앞으로는 행동을 삼가도록 하겠소."

민 중전은 그 말을 듣고 속으로 크게 기뻤다.

그러나 그 정도의 말만으로는 안심이 되지 않아서,

"오늘 밤은 어인 일로 완화궁에서 주무시지 아니하옵고, 이렇게 늦게나마 저를 찾아 주셨사옵나이까?"

하고 물어보았다.

상감은 대답을 아니하고 잠시 침묵에 잠겨 있다가, 말을 약간 더듬으며 이렇게 대꾸하는 것이었다.

"자다 말고, 오늘 밤은 웬일인지 중전이 불현듯 그리워서 찾아온 것이오."

민 중전은 그 말을 액면 그대로 믿지는 않았다. 오늘 아침 반야월이 염탐해 온 정보에 의하면, 이 귀인은 감기가 심하여 약을 달여 먹고 있다는 것이었다. 그렇다면 상감은 이 귀인과 정을 나누러 갔다가, 이 귀인이 병으로 누워 있었기 때문에 뜻을 이루지 못해서 한밤중임에도 불구하고 민 중전을 찾아왔음이 분명하다.

그러나 민 중전은 어리석게 그런 것을 미주알고주알 따지려고 하지 않았다. 무슨 연유이든간에 상감이 일단 찾아왔으니 민 중전은 그것을 하늘이 베풀어 주신 기회로 알고 이 기회에 상감의 마음을 송두리째 휘어잡기만 하면 그만이라고 생각했던 것이다.

"상감께서 제가 그리우셔서 찾아오셨다고 하시니, 신첩은 감격과 감사의 눈물을 금할 길이 없사옵니다. 엎드려 바라옵건댄 상감께서는 신첩의 이 감격과 이 기쁨이 단순한 꿈이 아니게 해주시옵소서."

민 중전은 그렇게 말하면서 상감의 무릎 위에 머리를 얹고 흑흑 흐느껴 울기 시작하였다.

꽃 같은 여인이 무릎 위에 엎드려 흐느껴 우는 것은 매우 선정적인 행동이었다.

상감은 자기도 모르게 중전의 풍만한 몸을 다정하게 쓰다듬어 주며 말한다.

"중전이 그 동안 나로 인해 괴롭고 섭섭한 일이 많으셨던 모양이구려. 다시는 그런 일이 없을 터이니 이제는 노여움을 푸시오."

중전은 상감의 무릎 위에 파묻고 있는 탐스러운 머리를 좌우로 흔들며 대답한다.

"저는 죽으나 사나 상감만 믿고 살아가야 하는 몸이온데, 상감께 설사 섭섭한 일이 많기로 제가 어찌 감히 방자스럽게 상감 전에 노여움을 품을 수 있으오리까? 신첩은 오직 상감께서 돌아와 주신 것만이 기쁘고 감사하여 감격의 울음을 울고 있을 따름이옵나이다."

아무리 어설프게 지내오던 부부지간이라도 마누라가 이쯤 나오면 어느 사내가 애정이 동하지 않을 수 있으랴.

"오오, 중전의 마음은 곱기가 그지없구려. 내가 중전의 마음을 너무도 몰랐던 것이 미안할 뿐이오."

마음이 천리면 지척도 천리요, 마음이 지척이면 천리도 지척이라는 말이 있다. 하나를 곱게 보기 시작하면 모든 것이 곱게만 보이는 법이다.

이날 밤 상감이 민 중전을 곱게 본 것은 그의 마음씨만이 아니었다. 그로부터 얼마 후에 중전과 운우의 정을 나누게 되자 상감은 그녀의 육체의 아름다움에 더욱 놀라지 않을 수 없었다.

민 중전에게 비기면 이 귀인은 나이가 두 살이나 많은 편이다. 게다가 이 귀인은 아기까지 낳은 관계로 피부에 탄력이 부족하였다. 그럼에도 불구하고 이 귀인에게 연연하여 밤마다 그녀를 찾아간 것은 일종의 타성 때문이었다. 아니, 이 귀인에게 눈이 어두워 민 중전의 뛰어난 아름다움을 미처 알아보지 못했기 때문이었다.

게다가 민 중전과 이 귀인은 상감을 대하는 잠자리의 태도부터가 근본적으로 달랐다. 이 귀인은 지체가 지체인지라 잠자리에서도 상감을 어디까지나 주종主從의 관계로 어렵게 대해주었지만, 민 중전은 한 사람의 무르익은 여성으로서 어디까지나 동등한 위치에서 피차간에 정을 주고받으며 같이 즐기려고 하지 않는가.

남녀간의 쾌락이란 혼자만 즐김으로써 만족할 수 있는 것이 아니다. 나도 즐기는 동시에, 상대방도 즐겁게 해주는 데 참다운 즐거움이 있는 법이다.

상감은 이 귀인에게서는 그런 즐거움을 모르고, 다만 일방적인 쾌락만을 즐겨 왔었다. 그러나 민 중전의 경우는 그게 아니다. 피차간에 나도 즐기는 동시에 상대방도 즐겁게 해주는 쾌락을 상감은 이날 밤에서야 처음으로 깨달았다.

부부가 잠자리에서 혼연일체가 되는 신비의 세계를 상감은 이날 밤에야 처음으로 깨달은 것이었다.

그날 밤으로 한번 남녀간의 새로운 경지를 깨닫고 나자, 상감은 그날부터는 이 귀인을 좀처럼 찾아가려고 하지 않았다.

민 중전은 그러한 사실을 알고 있었기 때문에 저녁마다 상감을 극진하게 받들어모셨다. 대원군을 섭정의 자리에서 몰아내고 정권을 장악하려는 대야망을 성취하려면 무엇보다도 먼저 상감의 마음부터 사로잡아 놓아야겠기에, 민 중전은 전력을 기울여 상감의 품에 파고들었다.

그리하여 민 중전은 마침내 앞으로 전개될 커다란 전쟁의 서전緖戰을 화려하게 장식할 수 있었던 것이다.

다져 나가는 세력

　고종은 민 중전이 여러 방면으로 뛰어난 여인임을 알고 나자 날이 갈수록 그녀의 매력에 심취하게 되었다. 그리하여 그때부터는 밤저녁에 완화궁으로 이 귀인을 찾아가는 일이 좀처럼 없었다.
　어느 날 밤 민 중전은 상감과 다정한 시간을 가졌을 때, 고종에게 이런 말을 넌지시 해보았다
　"대원위 대감께서 섭정으로 계시면서 나라를 다스리는 동안에 여러 가지로 실정이 많으셔서 백성들의 원성이 자자한 모양이온데, 상감께서는 그 일을 알고 계시옵니까?"
　고종은 고개를 끄덕이며 대답한다.
　"자세히는 몰라도 백성들이 아버님에게 불평이 많다는 소문은 들었소이다.
　"상감마마! 이 나라는 상감의 나라이옵고, 이 나라 백성은 상감의 적자들이옵니다. 대원위 대감께서 실정으로 백성들에게 원한을 사고 있다면 마땅히 상감께서 친정을 베푸셔서 백성들을 도탄 속에서 구출해 주셔야 할 것이 아니옵니까?"

고종 자신은 생각조차 못하고 있었던 일을 민 중전이 기탄없이 깨우쳐 주었다.
"음……, 중전의 말씀을 듣고 보니 그렇기도 하구려. 그러나 아버님께서 나에게 정권을 맡기려고 하실까요?"
기백이 너무도 부족한 상감의 대답이었다.
민 중전은 그럴수록 자기가 배후에서 독려하지 않고서는 안 되겠다는 생각이 들었다.
"상감마마! 그게 무슨 말씀이시옵니까. 상감은 이 나라의 임금님이시옵니다. 상감께서 하시고자 하신다면 누가 감히 뜻을 거역할 수 있겠나이까. 더구나 대원위 대감께서 실정으로 백성들에게 원한을 사고 있다면 상감께서는 마땅히 국정을 바로잡으셔야 할 의무가 계신 것이옵니다."
"그건 나도 알고 있지요. 그러나 아버님께서는 내가 아직 나이가 어리다고 섭정이라는 이름으로 집권을 하고 계시는 것이 아니오?"
"물론 상감께서는 아직 성년이 못 되셨기 때문에, 지금 당장 정권을 돌려달라고 말씀하시기는 어려우실 것이옵니다. 그러나 성년이 되실 날이 앞으로 1년밖에 남지 않았습니다. 지금부터 그때를 준비하셔야 할 것이 아니옵니까."
"음……, 중전의 말씀을 듣고 보니 그렇기도 하구려."
"이 기회에 신첩이 상감 전에 특별히 여쭙고 싶은 말씀이 한두 가지 있사옵니다."
민 중전은 상감의 용안을 똑바로 바라보며 말했다.
"무슨 말씀인지, 어서 말씀해 보오."

"상감께서는 대원위 대감에 대한 얘기를 하실 때에는 번번이 '아버님'이라는 칭호를 쓰시옵는데, 그것은 크게 잘못된 일이옵니다."

"대원위 대감이 나의 아버님인 것만은 사실인 것을 어떡하오?"

"물론 사적으로 보면 아버님이신 것만은 사실이옵니다. 그러나 상감께서 보위에 오르신 이상, 대원위 대감이 비록 사적으로는 아버님이라 하더라도 공적으로는 어디까지나 상감의 신하에 불과하다는 것을 깊이 명심하셔야 하옵니다."

"그건 나도 알고 있소."

"그러시다면 상감의 체통을 세우기 위해서도 금후부터는 '아버님'이라는 칭호를 쓰지 마시고 반드시 '섭정'이라고 부르셔야 하실 것이옵니다. 그래야만 군신지례가 올바로 확립될 것이 아니옵니까?"

민 중전은 대원군을 권좌에서 몰아내려면 지금부터 격을 낮춰가야 하겠기에 그런 충고를 한 것이었다. 신성 불가침한 임금의 존엄성을 확립시키기 위해 그것은 매우 필요한 일이라고 생각되었다.

"중전의 말씀은 잘 알았소이다. 그 문제는 이제부터라도 그렇게 하도록 하지요."

"신첩의 충고를 너그럽게 받아들여 주셔서 망극하옵나이다. 상감 전에 여쭙고 싶은 말씀이 또 하나 있사옵니다."

"이번에는 어떤 일이오?"

"상감께서 성년이 되신 후에 국사를 직접 다스리시려면 지금부터 상감이 신임하시는 사람들을 정부의 요소요소에 미리 앉혀 놓아야 하실 줄로 아옵나이다."
 "벌써부터 그렇게 서둘러야 할 필요가 있을까요?"
 "그것만은 절대로 필요한 일이옵니다."
 "어째서 그러하오?"
 "생각해 보시옵소서. 대원위 대감께서는 영구 집권을 하실 생각에서 정부 내의 모든 요직을 당신의 심복 부하들만으로 결속을 지어 놓았습니다."
 "중전은 그것을 무엇으로 증명하오?"
 "그러한 증거는 얼마든지 있사옵니다. 대원위 대감은 민승호가 장원 급제한 인물임에도 불구하고 상감의 처남이요, 중전인 저의 오라버니라고 해서 미관말직에 그냥 썩혀 두고 있는 것만 보아도 알아볼 일이 아니옵니까. 그리고 승호의 동생 겸호도 단순히 저와 남매간인 민씨라고 해서 일체 등용을 아니하고 있는 것이옵니다."
 "음…… 듣고 보니 그렇기도 하구려."
 "아무튼 대원위 대감께서는 상감이나 저와 가까운 사람은 모두 배제해 버리고 오로지 당신의 심복 부하인 '천·하·장·안' 같은 보잘것없는 위인들만으로 세력을 구축해 나가고 있으니, 그래 가지고는 상감께서 나라를 직접 다스리시게 되어도, 결국 허수아비의 신세를 면하기가 어려우실 것이옵니다. 상감께서는 마땅히 그 점을 크게 경계하셔서 일단 친정을 하시게 될 때에는 어명이 그대로 실천에 옮겨지도록 지금부터 터전을 닦아나가셔야 하옵니다."

"음……."

고종은 적이 놀라는 듯 고개를 무겁게 끄덕였다. 지금까지는 무심히 지내 왔지만, 중전의 말을 듣고 보니 민승호와 민겸호를 비롯하여 민씨 일족은 한 사람도 등용하지 않은 것이 사실이 아닌가.

고종은 대원군의 처사가 생각할수록 괘씸하게 여겨졌다.

"아버님께서……. 아니 섭정이 나를 허수아비로 만들어 버릴 줄은 미처 몰랐구려. 그러면 이 일을 어찌했으면 좋겠소?"

"제가 승호 오라버니와 상의하여 좋은 계책을 강구해 보도록 하겠습니다."

"나는 중전만 믿겠소. 중전이 좋은 방도를 세워 주시오."

"홍은이 망극하옵니다. 신첩이 상감마마의 체통을 확립하도록 사력을 다해 노력하겠사옵니다."

이로써 대원군과 싸우는 전권을 상감에게서 직접 위임받은 셈이므로, 민 중전은 속으로 크게 기뻤다.

그런 일이 있고 나서부터 상감과의 금실이 더욱 좋아졌으므로 민 중전으로서는 실로 일석이조의 성과를 거둔 셈이었다.

그로부터 한 달이 지난 어느 날, 민 중전은 상감에게 느닷없이 이런 소리를 하였다.

"상감마마, 제가 오늘은 운현궁에 한번 다녀올까 하오니 허락을 내려 주시옵소서."

고종은 그 소리를 듣고 깜짝 놀란다.

"아니, 운현궁에는 무엇 때문에 가려고 하오? 모든 일이 중전 말씀대로라면, 중전이 운현궁에 찾아가도 섭정 대감이 별로 반가워하지 않을 것이 아니오?"

"물론 대원위 대감께서는 그러실 것이옵니다. 그러나 저로서는 시부모님에 대한 도리만은 다해야 할 것이 아니옵니까. 오늘은 시아주버님의 생신날이옵기에, 생신 축하를 가려고 음식을 좀 마련해 놓았습니다."

말은 그렇게 했지만, 운현궁을 직접 방문하려는 민 중전의 가슴속에는 여러 가지 계획이 따로 있었다.

첫째는, 운현궁의 근황을 자기 눈으로 직접 알아보고 싶었기 때문이고,

둘째는, 대원군과 접촉을 가짐으로써 그의 경계심을 덜어 주기 위해서였고,

셋째는, 생일 축하를 기화로 대원군의 맏아들인 이재면을 자기 사람으로 포섭해 버리고 싶었기 때문이었다.

그러나 중전의 복잡한 계략을 알 턱 없는 고종은 단순한 생신 축하의 예방인 줄로 알고,

"오늘이 형님의 생신날이오? 그렇다면 나도 같이 가서 축하해 드리는 게 좋지 않겠소?"
하고 묻는다.

민 중전은 그 말을 듣자 대번에 고개를 좌우로 흔들었다.

"그것은 아니되시옵니다. 상감께서 신하의 집에 납신다는 것은 법통에 어긋나는 일이옵니다. 그러니까 저 혼자만 다녀오게 해주시옵소서."

"내가 가는 것이 법통에 어긋나는 일이라면, 중전이 가는 것도 역시 법통에 어긋나는 일이 아니겠소?"

"엄격히 따지자면 저 역시 가서는 안 될 것이옵니다. 그러기에 저는 중전의 자격으로 가려는 것이 아니옵고, 단순히 며느리의 자격으로서, 또는 제수의 자격으로서 시아주버님의 생신을 축하해드리러 가는 것이옵니다."

"중전의 생각이 그러시다면 상궁만 데리고 혼자 다녀오시구려."

"그러면 잠시 다녀오겠사옵니다."

민 중전은 별배別陪들에게 생일 축하의 음식을 잔뜩 지워가지고, 시중인 반야월 한 사람만을 데리고 운현궁을 향하여 길을 나섰다. 적의 정세를 알아보기 위해 적진 속으로 단신 뛰어들어가는 심정이었다. 민 중전이 대궐에 들어온 이후, 운현궁에는 처음 가보는 방문이었다.

그런데 민 중전은 운현궁 정문 앞에 와 보고 크게 놀랐다. 그녀는 처녀 시절에도 운현궁에 자주 놀러 왔었는데 그때에는 대원군이 낙척해 있던 시절이어서 대문에는 잡초만이 무성했을 뿐, 손님이라고는 그림자도 볼 수 없었다.

그러나 나라의 권세를 한 손에 휘어잡은 오늘날에는 운현궁 솟을대문 밖에는 초헌이며, 평교자가 즐비하게 늘어놓여 있는 것이 아닌가.

평교자는 종1품 이상의 고관만이 탈 수 있는 남여요, 초헌은 종2품 이상의 벼슬아치들만이 탈 수 있는 명거軨車다.

운현궁 솟을대문 앞에 평교자와 초헌이 즐비하게 놓여 있다는 것은 지금 운현궁 사랑방에는 정부의 고관대작들이 많이 와 있다는 증거가 아니고 무엇이겠는가.

'음……, 내 남편이 임금이라는 것은 단순한 명색뿐이고, 정작 임금의 권세와 호강을 실질적으로 누리고 있는 사람은 다른 사람 아닌 흥선 대원군이로구나.'

물론 이날은 대원군의 맏아들인 재면의 생일날이니까 하객들이 특별히 많이 찾아왔을지 모른다. 그러나 대원군의 권세가 등등하지 않다면 정승, 판서 같은 고관들이 일개 젊은이의 생일잔치에 몸소 축하하러 왔을 리가 없지 않은가.

그 일을 생각하면 민 중전은 대원군에 대한 적대 의식이 새삼스러이 솟구쳐올라서,

"얘, 반야월아! 지금 운현궁 사랑방에 와 있는 손님들이 누구누구신지 네가 나중에 아무도 모르게 좀 알아보아라"
하고 말했다.

대원군의 심복 고관들이 누구누구인지를 알아 두고 싶었던 것이다.

이윽고 정문 안으로 들어서니 운현궁 안마당에서는 생일잔치를 치르느라고 법석대다가 민 중전이 아무 예보도 없이 불쑥 나타나는 바람에 모두들 크게 당황하였다.

"아니, 곤전마마께서 아무 기별도 없이 행차를 하셨으니, 이게 웬일이시옵니까?"

대원군의 부인인 민씨 부인이 어쩔 줄을 모르도록 당황해하였고, 대원군도 사랑방에서 내당으로 부리나케 달려 들어오더니 국궁배례를 하면서,

"곤전마마께서 행차해 주셔서 다시없는 영광이옵나이다. 어서 내당으로 납시옵소서"

하고 내당으로 안내를 하는 것이었다.
 그리하여 아랫목 자리를 권하며,
 "곤전마마께서는 여기 앉으셔서 우리 내외의 큰절을 받으시옵소서"
하고 말한다.
 형식만은 중전에 대한 예우를 제대로 해주려는 심산임이 분명하였다.
 그러나 민 중전은 자리를 사양하며 말한다.
 "아니옵니다. 오늘은 중전의 자격으로 온 것이 아니옵고, 며느리로서 시부모님께 문안도 드리옵고 시아주버님의 생신도 축하해드리려고 온 것이옵니다. 부모님 양주께서는 어서 좌정하시와, 이 며느리의 큰절을 받아 주시옵소서."
 대원군의 부부인은 그 말을 듣고 크게 감동하며,
 "아무리 고부지간이라도 궁중 예법에는 군신의 도가 따로 있는 법이온데, 저희들이 곤전마마의 절을 받다니 그게 무슨 말씀이시옵니까. 어서 사양 마시고 저희들의 절을 받아 주시옵소서"
하고 절 받기를 사양하는 것이었다.
 그러나 대원군의 태도는 그렇지 않았다.
 "곤전마마가 가상하게도 며느리로서 시부모에 대한 배례를 하시겠노라고 말씀하시니, 굳이 사양할 것 없이 우리 두 늙은이가 절을 받기로 합시다."
 "너무도 황공하여 곤전마마의 절을 어떻게 받사옵니까."
 "그러니까 곤전마마의 절을 받는 것이 아니라, 둘째 며느리의 절을 받는다고 생각하면 될 게 아니오."

말만은 허울좋게 그렇게 했지만, 대권을 장악하고 있는 대원군의 눈에는 중전 따위가 별로 대수롭게 여겨지지 않는 눈치였었다.

민 중전이 마음에도 없는 큰절을 올리니, 부부인만은 깍듯이 맞절을 했지만, 대원군은 고개만 끄덕해 보이고 나서,

"곤전에게 한 말씀 충고의 말씀을 여쭈어 두겠소이다. 대궐에는 법도가 따로 있어서 곤전마마가 행차하실 때에는 미리 통보도 해야 하지만, 반드시 옥교玉轎를 타시고 호위를 거느리고 거동하셔야 합니다. 곤전이 그러한 법도를 잘 모르셔서 오늘은 이처럼 단신으로 행차하신 모양이지만, 차후에는 그런 일이 없도록 하십시오."

민 중전을 궁중 법도도 모르는 철부지로 알고 타일러 주는 말이었다.

민 중전은 속으로 코웃음을 치며,

"제가 궁중 법도를 잘 몰라서 그러하였사옵나이다. 차후에는 그런 일이 없도록 하겠사옵니다."

민 중전은 짐짓 철부지임을 자인해 보이고 나서,

"그러나 시부모님의 문안을 오면서까지 궁중 법도를 고수한다면 오히려 인륜의 정의가 소원해지지 않을까 염려스럽사옵나이다"

하고 말했다.

대원군은 그 말을 듣고 소리를 크게 내어 웃는다.

"하하하, 곤전은 참으로 좋은 말씀을 해주셨소이다. 군신지의도 소중하지만, 시아버지와 며느리 사이의 정리도 군신지의에

못지않게 소중하지요. …… 참 그러니 말이지, 내가 국사에 임해서 2,3일간 입궐을 못했는데, 상감께서도 안강하시오?"
 말인즉 '상감'이라고 하지만, 실상인즉 아들로 취급하는 말투임이 분명하다.
 민 중전은 불현듯 적개심과 모욕감이 치밀어올랐지만, 그런 내색은 추호도 보이지 아니하고 머리를 조아리며 대답한다.
 "아버님께서 염려해 주신 덕택에 별고 없으시옵나이다."
 그리고 이번에는 자리에서 일어나며 부부인에게,
 "별당으로 가서 시아주버님께 생신 축하의 말씀을 여쭙고 올까 하옵나이다"
하고 말했다.
 부부인이 자리에서 따라 일어서며,
 "곤전마마께서 생신 축하의 말씀을 내려 주시면 당자가 매우 영광스럽게 생각할 것이옵니다. 별당에는 제가 모시고 가도록 하겠습니다."
 그러자 대원군이 즉석에서 손짓으로 마누라를 억제하며 말한다.
 "곤전이 혼자 가시고 싶어하시니, 자유롭게 거동하시게 부인께서는 안동을 아니하시는 것이 좋을 것 같소."
 중전으로서가 아니라 어디까지나 며느리로 대하려는 속셈이었다.
 그리하여 민 중전이 나가자, 대원군은 마누라를 보고 통쾌하게 웃었다.
 "부인! 그 애가 내 앞에서는 감히 곤전 행세를 못하고 어디까지나 며느리 노릇만 하고 있으니 우리로서는 그처럼 다행한 일이 없구려. 부인은 그런 줄 알고 그 애를 적당히 다루도록 하오."

"대감은 망령된 말씀을 하시옵니다. 사사롭게는 아무리 고부 간이라도, 일국의 곤전마마를 어찌 소홀히 모실 수 있사옵니까."

"대의로 따지자면 그렇다고 말할 수 있겠지만, 철없는 아이를 덮어놓고 추켜올리기만 했다가는 오히려 우리 입장이 불리해지게 된다는 말이오. 나는 그 점이 염려스러워서 하는 말이오. 내 말을 못 알아듣겠소?"

"대감의 의중을 이해는 하옵니다마는······."

"나의 의중을 알거든 딴생각 말고 내가 시키는 대로만 하란 말이오. 그래야만 국태공으로서의 나의 지위가 반석같이 튼튼해질 것이 아니오."

대원군은 그 한 마디를 다져 두고 사랑방으로 나오다가, 푸른 하늘을 우러러보며 득의의 웃음을 통쾌하게 웃었다.

"하하하, 3천리 강토와 2천만 백성이 모두 나의 소유로구나."

말할 것도 없이 그것은 민 중전이 철부지임을 다행하게 여기는 웃음이었다. 둘째 아들 재황이가 지금 임금의 자리에 올라앉아 있기는 하지만, 그는 타고난 천품이 워낙 양순하여, 대원군이 강경하게 나오면 감히 항거할 기개가 없는 인물이었다. 그러므로 대원군이 경계해야 할 인물은 오직 중전밖에 없었다.

민 중전은 그 자신도 유달리 총명한 편이지만, 그녀의 배후에는 민씨 일족의 유능한 인재들이 기라성같이 많았다. 따라서 민 중전이 상감을 등에 업고 그들을 등용하기 시작하면 대원군의 아성이 언제 어떻게 무너질지 모른다.

다져 나가는 세력 27

대원군은 애시당초 그런 점이 걱정스러워서 아버지도 없는 민치록의 외동딸을 중전으로 간택해 왔다. 그러나 아버지와 친오라비는 없어도, 그녀의 배후에는 민씨 일족의 수많은 인재들이 도사리고 있지 않는가. 만약 그들이 머리를 들고 일어나기 시작하면 대원군의 지위가 위태로워질 것은 명약관화한 일이 아니던가.

대원군이 민씨 일족을 한 사람도 등용하지 않은 것은 그 때문이었고, 민 중전의 몸에서 원자가 태어나기를 원하지 아니하고 이 귀인의 몸에서 태어난 서자를 서둘러 왕세자로 책립한 이유도 바로 그 점에 있었다.

그리고 민 중전의 가문에 자신의 처남인 민승호를 양아들로 들여보낸 것도 외척 세도를 미연에 방지하기 위해서였다. 50평생을 안동 김씨들에게 눌려 살아온 대원군은 외척 세도라면 신물이 날 지경이었던 것이다.

그러므로 민 중전만은 단단히 경계를 해왔었는데, 오늘의 태도로 보아서는 중전은 아직도 철부지임이 확실한 것 같았다. 상감과 중전의 인물됨이 그 정도이니, 섭정으로서의 대원군의 지위는 반석 위에 놓여 있다고 보아도 무방할 것 같았다.

흥선 대원군이 푸른 하늘을 우러러보며 회심의 웃음을 통쾌하게 웃은 것은 바로 그 때문이었던 것이다.

그러나 그것은 크게 잘못된 판단이었다. 민 중전은 대원군의 그러한 심중을 미리부터 잘 알고 있었기 때문에, 계획적으로 위장 전술로 나왔건만, 아무러한 대원군도 미처 그것까지는 간파를 못했던 것이다.

적과 동지

 민 중전이 운현궁 별당으로 생일 축하차 이재면을 찾아오자, 이재면은 크게 놀라며 민 중전을 융숭하게 영접하였다. 사적으로는 비록 제수씨이기는 하지만 공적으로는 국모인 곤전마마가 몸소 생일 축하를 와주셨다는 것은 더없는 영광이었기 때문이다.
 더구나 재면의 처 한씨 부인은 민 중전에게 큰절을 올리면서,
 "곤전마마께서 친히 축하를 와주셔서 저의 가문으로서는 이런 영광이 없사옵니다"
하고 감격스러워하였다.
 민 중전은 마주 절을 올리면서 말한다.
 "형님! 여기는 대궐이 아니고 운현궁이옵니다. 손아래 동서가 형님에게 먼저 절을 올리는 것이 마땅한 일이온데, 형님께서 저에게 먼저 절을 하시다니, 이 무슨 송구스러운 일이옵니까."
 '장욕탈지필고여지將欲奪之必固與之'라는 옛 글이 있다. 남의 물건을 빼앗으려면 우선 내 것을 먼저 주어 환심을 사야 한다는 뜻이다. 민 중전은 이재면을 자기편 사람으로 포섭하기 위해,

우선 재면의 아내인 한씨 부인의 환심부터 사려는 것이었다.
 그러나 그와 같이 깊은 계략을 알 턱 없는 한씨 부인은 곤전마마의 파격적인 존대가 그저 감격스럽기만 하여,
 "곤전마마의 홍은이 망극하옵나이다"
하고 감격의 눈물조차 짓는 것이었다.
 그 당시 이재면은 과거에 급제하고 나서 규장각 시교寺教 벼슬을 거쳐 예문관 검열로 있는 중이었다. 그는 임금인 동생보다 여섯 살 위인 스물다섯 살이었으므로, 나이로 보아서는 그만하면 별로 나무랄 데가 없는 벼슬자리였다.
 그러나 민 중전은 그들 내외와 축하 인사를 나누고 나자, 이재면의 앞에서 한씨 부인에게 이런 말을 하였다.
 "아주버님께서는 진작 영진을 하셨어야 옳을 일이온데, 아직도 예문관 검열 자리에 그냥 눌러 계시니, 이 어찌된 일이옵니까. 저는 속으로 안타깝고 민망스러워 견딜 수가 없사옵니다."
 이재면은 아무 말도 안하고 듣기만 하고 있었다. 한씨 부인이 말한다.
 "대원위 대감께서 하시는 일이니 안방에 앉아 있는 제가 무엇을 알겠습니까. 저희들은 오직 대원위 대감의 처분만 바라고 있을 뿐이옵니다."
 "그야 물론 그러시겠지만, 대원위 대감께서도 너무하시옵니다. 팔은 안으로 굽는 법이온데, 대감께서는 별로 쓸모없는 인물들은 마구 등용하시면서, 정작 당신의 맏아드님이신 아주버님을 언제까지나 하찮은 자리에 머물러 계시게 하시니 저는 아버님의 심중을 헤아릴 수가 없사옵니다."

그 말은 이재면 내외를 크게 자극시켰다.

천·하·장·안 같은 무뢰한들을 최고의 심복 부하로 등용하여 세도를 맘대로 부리게 하면서, 정작 자기 아들은 따분한 자리에 처박아두고 있지 않은가. 그렇기에 이재면 내외는 기쁜 소식이 오늘 있을까 내일 있을까 하고 눈알이 빠지도록 기다리고 있었건만, 대원군은 언제까지나 감감무소식이었다.

그러잖아도 영의정 이경재는 대원군의 환심을 사기 위해 얼마 전에 대원군에게 이런 품의를 해본 일이 있었다.

"무경(武卿: 이재면의 자) 나리께서 예문관 검열로 계신 지 1년이 넘었사오니 이제는 영진을 시켜드리는 것이 좋지 않을까 생각되옵니다."

그러자 대원군은 일언지하에 영의정을 꾸짖듯이 말했다.

"그 애 일은 내가 알아서 처리할 테니 경은 걱정하지 마시오."

대원군이 아들의 벼슬을 높여 주지 않는 데는 그 나름대로 생각이 있었기 때문이었다. 아비된 마음에 아들의 벼슬을 높여 주고 싶은 마음이야 대원군인들 어찌 없을 수 있으랴. 그러나 그가 이재면의 영진을 일부러 억제해 온 것은 세상 사람들의 비난을 꺼렸기 때문이었다.

그러잖아도 대원군이 섭정이 되면서 측근 사람들을 갑자기 무수하게 등용하는 바람에 일부에서는 인사 행정이 공평하지 못하다는 비난이 떠돌고 있었다. 그러한 판국에 아들까지 마구 올려주면 그러한 비난이 더욱 심해질 것이 아니겠는가. 대원군은 그 점을 꺼렸기 때문에 재면만은 정략적으로 일부러 낮은 자리에 그냥 눌러 둔 것이었다.

그러나 대원군의 그러한 깊은 뜻을 알 턱 없는 이재면 자신은 속으로 불평이 그득하였다. 한씨 부인도 똑같은 마음이었음은 말할 것도 없다.

그러한 판국에 민 중전이 찾아와 충동질까지 해주니, 이재면은 잠재 의식이 머리를 들고 일어나 자기도 모르게 이렇게 실토하였다.

"곤전마마 전에 이런 말씀 여쭙기는 황공하옵니다마는, 대원위 대감께서는 저 같은 사람은 숫제 잊어 버리고 계시는 모양이옵니다."

한씨 부인도 덩달아 한 마디 보탠다.

"그러잖아도 나리께서는 항상 이런 말씀을 하고 계시답니다. 나리와 동문수학하던 사람 중에서 누구는 이조좌랑吏曹佐郎이 되었고, 또 누구는 호조좌랑戶曹佐郎이 되었는데, 혼자만은 아직도 정9품 자리에 그냥 머물러 계시자니까 창피스러워 얼굴을 들고 다닐 수가 없으시다는 것이옵니다. 곤전마마께서도 생각해 보시옵소서. 다른 사람도 아닌 대원위 대감의 맏아드님께서 그런 사정이니 창피스러우실 것이 사실이 아니옵니까?"

민 중전은 대원군에게 대한 그들의 불평이 보통이 아님을 대번에 간파하고, 그들 내외를 자기편 사람으로 만들 수 있다는 자신이 생겼다.

"저는 그런 사정을 전연 모르고 있었는데, 지금 두 분의 말씀을 들어 보니 대원위 대감께서 두 분에게는 너무도 냉혹하신 것 같사옵니다."

한씨 부인이 좋은 기회를 포착한 듯 다시 말한다.

"곤전마마께서는 대궐 안에 계셔서 저희 같은 사람의 딱한 사정을 아실 리가 있사옵니까. 저는 지어미된 죄로 나리의 딱한 사정을 조석으로 대하자니 정말 괴롭습니다."

"사정이 그렇다면 누군들 괴롭지 않겠습니까. 이제는 제가 알았으니까 대궐에 돌아가거든 상감 전에 품하여 아주버님과 형님의 고통을 제가 풀어드리도록 최선의 노력을 다해 보겠습니다."

"곤전마마의 관후하신 은총이 망극하옵나이다."

이재면 내외는 한결같이 머리를 조아려 보인다.

사태가 거기까지 진전되자, 그들 내외도 민 중전에게 무엇인가 보답이 있어야만 할 것 같았다. 그리하여 한씨 부인은 즉석에서 이런 말을 하였다.

"모처럼 왕림해 주신 곤전마마에게 번거로운 말씀만 올려서 송구스럽사옵나이다. ······마마께서는 완화군과 이 귀인 문제로 심려가 얼마나 많으시옵나이까."

이 귀인이라는 시앗과 왕세자 책립 문제로 심리적인 고통이 대단하리라는 뜻이었다.

그 얘기가 나오자, 민 중전은 동정을 사기 위해 일부러 한숨을 쉬어 보였다.

"제가 덕이 없어서 그렇게 된 것을 어떡하옵니까?"

"아니옵니다. 결코 곤전마마께서 덕이 부족하셔서 그런 것이 아니옵니다. 아랫사람으로서 집안 어른에 대한 말씀을 여쭙기가 매우 송구스럽사오나, 그것도 대원위 대감께서 잘못하시는 일이라고 저희들 내외는 항상 말하고 있사옵니다. ······나리! 그렇지 않사옵니까?"

한씨 부인은 남편의 동의를 구하는 것이었다.
이에 이재면이 한 자리 나앉으며 입을 열어 말한다.
"이왕 얘기가 나왔으니 곤전마마 전에 모든 것을 솔직히 말씀드리겠습니다. 상감께서 일시 이 귀인에게 현혹되셨던 것은 젊은 나이에 누구든지 흔히 있을 수 있는 일이오나, 일단 곤전마마께서 대궐에 들어오신 이상에는, 대원위 대감은 상감과 이 귀인과의 관계를 마땅히 깨끗하게 끊어 버리게 하셨어야 옳을 일이옵니다. 부모의 도리로서도 그러하지만, 국가의 법통을 바로잡기 위해서도 응당 그랬어야만 할 것이옵니다. 그런데 대원위 대감은 이 귀인의 몸에 소생이 생겼다고 해서 그들만 귀여워하고 계시니, 그래 가지고서야 조정의 법통을 어떻게 바로잡을 수 있겠습니까, 더구나 대원위 대감께서는 완화군으로 대통을 계승하게 하려는 생각까지 하고 계신 모양이니, 이는 진실로 언어도단인 것이옵니다."
민 중전은 그 말을 듣고 백만대군의 심복 부하를 얻은 느낌이었다.
이 귀인과 완화군 문제로 자기편이 되어 줄 참다운 동지를 이제야 발견한 것 같았던 것이다.
"모두 제가 덕이 없는 탓이옵니다."
그러자 이번에는 한씨 부인이 손을 내저으며 말한다.
"그런 일은 곤전마마의 덕망과는 아무 관계가 없는, 오로지 대원위 대감의 그릇된 생각의 소치입니다. 곤전마마께서는 아직 춘추가 어리셔서 앞으로 얼마든지 생산을 하실 수 있을 터인데 뭐가 그다지 급하여 원자를 기다려 보지도 아니하고, 서자로 대통을 계승하시게 하옵니까?"

"저는 생산을 못하여 조정 대신들에게 민망스럽기만 할 따름이옵나이다. 대원위 대감께서는 지금도 완화궁에 자주 납시옵니까?"

"곤전마마 전에 이런 말씀 여쭈어서 어떨까 생각되옵니다만, 대원위 대감께서는 이틀이 멀다 하고 완화궁에 납신답니다. 어디 그뿐입니까. 집에 무슨 좋은 음식이 생기기만 하면 완화군댁에도 나눠 보내라고 번번이 말씀하신답니다. 대원위 대감의 애정이 그토록 극진하시니까 조정 대신들도 모두 마음이 그쪽으로 쏠려서 지금은 완화궁에도 세찬바리가 꼬리를 물고 들어간다고 하옵니다."

민 중전은 그 소리를 듣고 마음속으로 다짐했다.

'음……, 완화군을 그냥 살려 두어 가지고서는 조정의 기강을 절대로 바로잡을 수가 없겠구나. 그렇다면 완화군만은 어떤 수단을 써서라도 없애 버려야 한다.'

민 중전은 평소에 품고 있던 결심을 다시 한번 굳게 다졌다.

아무튼 이날의 행차로 인해 민 중전은 귀중한 자기편 사람을 얻었다고 자부하였다. 그것도 보통 사람이 아니라, 운현궁 내부의 사람을 자기편으로 끌어들였으니, 대원군의 세력을 내부에서부터 붕괴시켜 나가는 결과가 되는 셈이었다.

이날 민 중전은 이재면 내외와 작별할 때에 한씨 부인에게 다음과 같은 당부를 다시 한번 다져 두는 것을 잊지 않았다.

"바깥어른들께서야 어찌 되었든 간에 우리들 동서끼리야 무슨 말인들 못하겠나이까. 아주버님의 영진 문제는 제가 상감전

적과 동지 35

에 특별히 품하여 불원간 해결해드리도록 하겠습니다. 앞으로도 어려운 일이 계시거든 형님은 언제든지 대궐로 저를 찾아주시옵소서. 제가 아무 힘도 없기는 하지만 형님 일이라면 발벗고 나서서 힘껏 도와드리도록 하겠습니다."

"곤전마마! 과분하신 은총이 그저 망극하기만 할 따름이옵나이다."

민 중전이 대궐로 돌아오려고 운현궁을 나올 때에는 대원군은 이미 집에 없었다. 부부인의 말로는 조정에 급한 용무가 있어서 입궐하셨다는 것이었지만, 반야월의 고자질에 의하면 완화군이 감기가 들었다는 소식을 듣고 시의(侍醫)를 몸소 데리고 완화궁에 갔다는 것이었다.

어느 말이 진실인지는 알 수 없으나, 민 중전으로서는 완화군과 이 귀인에 대한 증오심이 자꾸만 사무쳐오는 것은 어찌할 수 없는 사실이었다.

민 중전이 운현궁에서 대궐로 돌아오자, 상감이 편전으로 들어오며 묻는다.

"잘 다녀오셨소? 모두들 안녕하시겠지요?"

"예, 모두들 안녕하시옵니다."

민 중전은 그렇게 대답하며 의식적으로 조그맣게 한숨을 쉬어 보였다.

"운현궁에 잘 다녀오셨다면서 중전은 한숨은 왜 쉬시오? 무슨 마땅치 못한 일이라도 있었습니까?"

"마땅치 못한 일이야 뭐가 있었겠습니까마는, 차라리 운현궁에 가지 않았던 편이 좋았으리라는 생각이 드옵니다."

"뭐가 어째서 그런 생각이 든다는 말씀이시오?"

상감은 사뭇 궁금한 생각이 들었다.

민 중전은 잠시 서글픈 표정을 짓다가, 조용히 입을 열어 말한다.

"제가 운현궁에 가보았삽더니, 운현궁 사랑방에는 정승 판서 대감들이 구름 떼처럼 모여 있었사옵니다. 상감께서는 이 나라의 지존이심에도 불구하고 조정 대신들이 상감에게는 문후조차 제대로 들르지 아니하면서 운현궁에는 뻔질나게 찾아다니니 도대체 이 나라의 임금이 누구시온지 모를 일이옵니다."

상감도 그 말에는 기분이 좋지 않았다.

"허어……, 정승 판서 대감들이 운현궁 사랑방에 그렇게도 많이 모여 있습디까? 대원군이 섭정의 임무를 맡아 보고 있으니까 정승 판서들이 운현궁을 자주 찾아가게 되는 것은 어쩔 수 없는 일이 아니겠소?"

"그래도 섭정은 어디까지나 섭정이고, 임금님은 어디까지나 임금님이라야 할 것이 아니오니까. 지금 우리나라에서는 임금님과 섭정의 지위가 전도되도록 국가의 기강이 매우 어지러워져 있음을 저는 오늘 따라 절실하게 깨달았사옵나이다."

고종은 임금인 자기가 무시를 당하고 있다는 데는 적이 분노가 느껴졌다.

"중전의 말씀을 듣고 보니, 그런 점이 노상 없지도 않은 것 같구려. 그러면 이 일을 어찌했으면 좋겠소!"

"지금 당장은 어찌할 수 없는 일이오나, 상감께서 성년이 되시기만 하면 그날부터 섭정제도를 철폐하고 상감께서 친정을 베푸시는 길밖에 없을 것이옵니다."

"음……, 그 점은 나도 중전과 동감이오마는, 대원군이 섭정의 자리에서 쉽게 물러나 줄까 매우 의심스럽구려."

워낙 나약한 고종은 호랑이 같은 아버지를 섭정의 자리에서 몰아내는 데 전연 자신이 없어 하였다.

민 중전은 그 소리를 듣자 화가 불끈 치밀어올랐다.

"그게 무슨 말씀이시옵니까. 역적을 도모하는 자가 아니면 누가 감히 상감의 어명을 거역할 수 있겠습니까. 대원군이 만약 그때에도 섭정의 자리에서 물러나려고 하지 않는다면 그때에는 불충지도不忠之徒로 엄히 다스려야만 하실 것이옵니다."

상감은 민 중전의 격렬한 말에 오히려 당황하는 빛을 보이며,

"사태가 그렇게까지 험악해져서야 나라 꼴이 뭐가 되겠소. 섭정께서도 그처럼 극단적인 생각은 아니하실 것이니까 그때 가서 잘 상의해 봅시다"

하고 말한다.

친정에 대한 의욕이 간절함은 분명하나, 대원군을 상대로 싸울 만한 패기는 전연 없어 보인다. 그래가지고서야 정권이 절로 굴러들어올 리가 만무하지 않은가.

"상감!"

민 중전은 상감 앞으로 한 무릎 다가앉으며 조용히 불렀다.

"왜 그러시오, 중전!"

"정권이 상감 손에 절로 굴러들어오기를 바라는 것은 호랑이한테서 날고기를 빌어 먹으려는 것과 마찬가지 일일 것이옵니다. 그러므로 상감께서 성년이 되셨을 때 정권을 직접 잡으시기

위해서는 지금부터 대원군과 싸워 이길 힘을 기르셔야 하옵니다. 그것만은 깊이 유념하셔야 하겠습니다."

"힘을 어떻게 길러야 한다는 말씀이오?"

"지금부터 우리가 믿을 만한 사람들을 벼슬자리에 앉혀 놓으면 일단 유사지추有事之秋에는 그들이 모두 우리의 힘이 될 것이 아니옵니까. 따라서 지금부터 그런 계책을 꾸며 나가야 할 것이옵니다."

"그거 참 좋은 방법인 것 같구려. 그러나 대원군이 내 말을 잘 들어줄까 걱정이구려."

"명분만 뚜렷하면 대원군인들 어명을 아니 받들지는 못할 것이옵니다."

그리고 민 중전은 오늘 운현궁에 가서 이재면 내외와 주고받았던 이야기를 자세하게 설명해 주고서, 이런 부탁을 하였다.

"이재면 나리도 분명히 우리편 사람이 될 수 있사옵고, 승호 오라버니도 상감을 위해서는 목숨을 아끼지 않을 사람이옵니다. 그러므로 상감께서는 일간 대원군을 만나뵙고, 우선 그 두 사람만이라도 벼슬을 높여 주도록 하시옵소서."

"그 두 사람의 벼슬을 높여 주는 일이라면 섭정께서도 별로 반대는 하지 않을 것 같구려."

"물론 그러실 것입니다. 재면 나리는 당신의 아드님이시니까 승진시키자는 데 반대할 리가 없사옵니다. 승호 오라버니에 대해서만은 저와 남매간인 민씨인 관계로 다소 꺼려하실지 모르오나, 그러나 대원군의 친처남이기도 한 까닭에 그것도 그다지 어려운 일은 아닐 것이옵니다."

"그러면 그들에게 무슨 벼슬을 주게 하는 것이 좋겠소?"
"재면 나리는 이조좌랑을 희망하셨으니까 거기서 한 자리 더 높여 정3품인 이조참의로 승진시키도록 하옵고, 승호 오라버니도 정3품인 승정원 부승지에 제수하도록 하시옵소서."
민승호를 하필 승정원 부승지의 자리에 앉히려고 한 것은, 그 자리가 병조를 장악하는 자리였기 때문이다. 장차 대원군과 싸우려면 지금부터 병권을 손에 넣어 둬야 한다고 생각되었기 때문인 것이다.
그로부터 며칠 후에 대원군이 문후차 입궐하자, 상감은 대원군에게 이런 말을 하였다.
"오늘은 국태공 전에 여쭙고 싶은 말씀이 하나 있사옵니다."
"무슨 말씀이신지 어서 하교를 내려 주시옵소서."
"형님과 저의 처남인 민승호가 아직 미관말직으로 있사온데, 그들이 지금 섭섭하게 여길지 모르니, 국태공께서는 형님을 이조참의에 영진시켜 주시고, 민승호를 승정원 부승지로 발탁해 주시면 고맙겠습니다."
대원군은 그 말을 듣고 속으로 크게 놀랐다. 어린 자식이 왕위에 오른 지 어언간 7년. 그러나 그 동안 누구에게 무슨 벼슬을 시키라는 말을 해본 적은 한 번도 없었다.
그러던 상감이 오늘 따라 느닷없이 누구누구에게 무슨 벼슬을 시키라는 분부를 내리는 것은 웬일일까. 거기에는 반드시 무슨 까닭이 있을 것 같았다.
'혹시 재면이나 민승호가 뒤에서 임금에게 직접 청탁을 한 것은 아닐까.'

그 두 사람을 의식적으로 냉대해 왔기 때문에 본인들이 상감에게 직접 청탁을 했을지도 모른다는 생각이 들었다.
　그렇다면 별문제가 아니지만, 만약 민 중전이나 민씨 일족이 배후에서 임금을 책동하고 있다면 그것은 이만저만 중대한 일이 아닐 수 없었다.
　"아뢰옵기 황공하오나, 전하께서 갑작스럽게 그런 분부를 내리시게 된 데는 무슨 연유라도 계시옵니까?"
　"별다른 연유가 있어서 그런 말씀을 올리게 된 것은 아니옵니다. 다만 한 분은 친형님이시고, 한 분은 중전의 오라비이기 때문에 그들의 체면상 벼슬을 높여 줘야 옳을 것 같아서 말씀드린 것이옵니다."
　대원군은 일순간 민 중전이 배후의 인물이 아닐까 하는 의심을 품어 보았다. 그러나 수 일 전에 운현궁에 찾아왔을 때의 그녀의 거동으로 보아, 그녀가 그런 권모술수까지 썼으리라고는 생각되지 않았다.
　그렇다면 임금의 첫 하교를 어찌 거역할 수 있으랴.
　"그러하면 전하의 하교대로 재면이와 민승호를 곧 영진을 시켜 주도록 하겠사옵니다."
　대원군은 즉석에서 그렇게 대답하면서도 속으로는 임금이 정치에 간섭하기 시작한 것이 비위에 몹시 거슬렸다. 상감이 정치에 관심을 가지기 시작했다는 것은 자신의 절대권이 그만큼 약화되어 감을 의미하기 때문이었다.
　그러나 다음 순간 대원군은 자신있게 고개를 설레설레 내저었다.

'아니다. 재황이가 아무리 상감의 자리에 앉아 있기로 나에게는 어린 자식에 불과한데 제가 어찌 감히 국태공인 나에게 대항을 할 수 있으랴.'

 권모와 계략에 능한 민 중전이 배후에 도사리고 있음을 모르는 대원군은 아직도 백년 권세의 백일몽에 잠겨 있는 것이다.

사양의 징후

'섭정'이라는 자리는 일인지하一人之下 만인지상萬人之上의 권좌다. 임금 한 사람을 제외하고는 대원군의 명령을 거역할 사람은 아무도 없는 것이다.

그러나 임금은 아직도 보령이 어려 정치에 직접 관여를 아니 하므로 흥선 대원군 이하응은 사실상의 임금이나 다를 바가 없었다.

그는 경복궁 중건, 서원 철폐, 당백전 사용, 천주교 탄압, 철저한 쇄국주의 등으로 많은 실정을 거듭해 오면서도 자신의 세력을 뿌리 깊이 부식해 나가기에 여념이 없었다. 심복 부하들을 전국 각지에 파견하여 철저한 정보정치를 실시한 것도 그 때문이었다.

그러기에 그는 자신의 인사 정책을 다음과 같이 호언한 일도 있었다.

"나는 천 리 밖의 일도 지척에서 일어난 일처럼 잘 알고 있다. 그러므로 나는 태산같이 높은 세도를 평지처럼 깎아내리고, 당파나 세도의 힘에 눌려 고개를 들지 못했던 인재들을 태산처럼 높여 씀으로써 남대문의 위세를 3층으로 높게 쌓아 올리도록 하겠다."

대원군은 그러한 호언대로 안동 김씨의 거대한 외척 세도를 평지처럼 깎아내렸고, 당파와 지방색을 초월하여 인재를 기탄없이 등용하였다. 그 덕택에 정계에서 오랫동안 배척을 당해오던 송도인松都人과 서북 출신 인재들도 자꾸만 기용되기 시작하였다. 그것만은 획기적인 인사 정책이라고 볼 수 있었다.

그 바람에 송도 출신인 왕정양은 병조참의로 발탁되었고, 그의 아들 성협은 교리로 임명되었다. 그리고 지금까지 무명지사였던 이경하를 훈련대장에 임명하였고, 이장렴을 금위대장에 임명하였고, 이경우를 어영대장에 임명하였으며, 신명순을 포도대장에 임명하였고, 이방현을 총융사에 임명했으니 무명 야인들을 일시에 그처럼 많이 등용한 것은 조선 5백 년 역사상 일찍이 한 번도 없었던 일이었다.

그렇듯 당파를 초월하여 평민들을 인재 본위로 등용하는 인사 행정을 써오니, 오랫동안 세도정치에 억압당해 오던 일반 백성들이 크게 환영했을 것은 말할 것도 없다.

그 밖에 경제 정책면에 있어서도 몇 가지의 혁신책을 단행한 것은 사실이었다.

가령, 국가의 재정을 풍부하게 하기 위해 지금까지 종친들이나 공신의 후예들이 가지고 있던 면세전을 모두 국가에 바치게 한 점이라든가, 호조와 선혜청에 명하여 각 도에서 상납하던 전결세미田結稅米의 실태를 철저히 조사하게 하여 국고를 횡령한 지방 수령들을 엄벌에 처한 일 등이 바로 그것이었다.

그 바람에 남양부사 윤관영은 국고를 손상시킨 죄로 참형에 처단되었고, 충청도 관찰사 신억이 보고한 바에 의하면, 1백 석 이상을 횡령한 관리가 78명이나 되었는데 1천 석 이상을 횡령한 자는 중인환시하에 효수형에 처단되었고, 2백 석에서 9백 석까지의 죄인은 그 정상에 따라 원근 각지로 유배형에 처해졌다.

그리고 경기 관찰사 조재응의 보고에 의하면, 그 관내에서도 8개 읍에서 횡령한 양곡이 수만 석에 이르렀고, 강원도 관찰사 박승엽의 보고에 의하면 인제에서만도 나라의 양곡을 무려 1만 8천 석이나 사취한 자가 있었고, 평창 같은 산골에서도 국고 손실의 양곡이 7천8백 석이나 되었다.

그 밖에 관서지방에서도 적발된 국고 손실이 수없이 많아, 그들을 모조리 처단함으로써 관기 숙청에 커다란 효과를 보는 듯싶었다.

대원군은 그와 아울러 몇 가지 폐습을 시정토록 하였다. 가령 종래에는 관찰사가 임지에 부임하면 그 지방의 특산물을 거두어 왕실과 집권자에게 헌납하는 것이 오랫동안의 풍습으로 되어 있었는데, 대원군은 그러한 폐습을 일체 엄금하였다.

그리고 서울의 권세가들이 지방에 토지를 가지고 있을 경우에는 국가에 세미稅米를 한 섬도 바친 일이 없었는데 그러한 특전도 전면적으로 철폐하고, 세미는 누구한테서나 모조리 거두어들이게 하였다.

그러나 여러 백 년 동안 누적되어 내려오던 병폐가 그와 같은 혁신책만으로 단시일 내에 깨끗하게 시정될 리가 만무하였다. 무제한으로 불어나는 국가 지출을 그러한 미봉책으로 막아낼 수는 없었던 것이다.

그리하여 대원군은 마침내 원납전 제도와 당백전 제도를 신설하게 되었는데, 그런 것으로도 자꾸만 불어나는 재정 지출을 감당해낼 수가 없어서 마침내는 매관매직까지 하게 되었다. 그래서 1만 냥을 내는 자에게는 상놈이라도 벼슬을 주었고, 10만 냥을 내는 자는 지방 수령으로 임명하였다. 그리하여 몇 해 동안은 그런 방법으로 버텨 나왔지만, 나중에는 벼슬을 사려는 사람이 없어서 궁여지책으로 문세법門稅法이라는 것을 제정해 놓고 개인개인에게서 '문세'라는 것을 받기까지 하였다.

문세란 서울 장안을 둘러싸고 있는 사대문을 출입하는 사람들에게서 한번에 1푼씩 출입세를 받는 제도였다. 오늘날로 치면 통행세였던 것이다.

그런데 그 문세로 들어오는 액수는 많았어도 관리들의 협잡이 심하여 정작 국고로 들어오는 돈은 거의 없다시피 했으니 조정은 위신만 떨어지고 백성들의 원한만 사는 결과가 되고 말았다.

그러기에 유생 최익현은 후일 대원군의 실정을 탄핵하는 상소문에서, '문세'에 대하여,

정부의 관리가 성문을 지키고 서서 그곳으로 드나드는 백성들에게 한푼 한푼 돈을 거두어 들이고 있으니 그런 짓은 거렁뱅이나 할 짓이지 조정이 할 짓이 못 된다

라고 혹독하게 평했던 것이다.

아무튼 나라에서 그와 같이 백성들의 고혈을 갖가지 방법으로

가혹하게 착취하고 있으니, 대원군이 제아무리 권력으로 탄압을 해본들 백성들이 순응할 리가 없었다.

그리하여 여기저기서 반란과 민란이 연달아 일어나더니, 나중에는 경향 각지에 난데없는 유언비어가 널리 퍼지기 시작하였다.

《정감록》에 명시되어 있는 대로 가왕假王 대원군은 머지않아 패망하고 그 뒤에는 정씨가 나와서 나라를 바로잡게 된다

라는 유언비어가 바로 그것이었다.

그렇잖아도 초근목피로 목숨을 이어 나가던 빈민들에게는 그러한 유언비어가 놀랍도록 힘차게 먹혀 들어갔다.

아니, 비단 서민 대중뿐만 아니라, 《정감록》을 읽어 본 식자층에도 그 유언은 비상한 매력을 느끼게 하였다. 대원군의 수탈정치와 탄압정치를 지긋지긋하게 여겨 오던 그들로서는 오히려 당연한 심리였는지 모른다.

애초에 그와 같은 유언비어를 퍼뜨리기 시작한 사람은 평안도 삭녕朔寧에 살던 정덕기라는 자였다. 어려서부터 《정감록》을 신봉해 온 정덕기는 이 기회에 세상을 한번 뒤집어엎어 볼 생각에서 그의 친구인 술사術師 박윤수를 시켜,

새 세상이 가까워 오고 있다. 병인丙寅년부터 큰 병이 퍼지기 시작하여 무진戊辰년에는 무진無盡 애를 쓰다가 기사己巳년에는 모두 기사飢死하게 될 것이므로 모두들 죽지 않으려거든 정씨를 하루속히 내세워 나라를 구해야 한다

라는 유언비어를 가는 곳마다 퍼뜨려댔다.

그렇잖아도 기아에 허덕이던 백성들은 나라가 한번 뒤집혀보기라도 했으면 하고 생각하던 때여서, 이제야 살 길이 생기는 것만 같았다.

그리하여 사람들은 저마다 박윤수라는 자를 찾아와 이렇게 물어보는 것이었다.

"선생님, 저희들은 어떻게 해야 살아 남을 수가 있겠습니까?"

"살고 싶거든 깊은 산이나 들판으로 이사를 가라. 그러면 '끝날'을 구경할 수 있을 것이다."

"끝날이라뇨? 끝날이란 무슨 뜻이옵니까?"

"끝날이란 가왕 대원군이 망하고 새 나라가 서는 날을 말하는 것이다."

"그러면 그때에는 누가 새 나라의 주인이 됩니까?"

"《정감록》에 명시되어 있는 대로, 그때에는 '정 도령'이라고 부르는 어른이 이 나라의 주인이 되실 것이니라."

"그때가 언제쯤 될 것 같습니까?"

"새 나라를 이룩하려면 돈이 많이 필요한데, 아직 자금이 부족하여 지금 돈을 모으고 다니는 중이다. 너희들도 새 나라가 선 뒤에 특별한 은총을 받으려거든 각자가 분수대로 돈을 내놓도록 하여라."

이 모양으로 술사 박윤수는 정덕기라는 자를 떠받들고 호남, 호서 각지로 떠돌아다니며 백성들을 속여 돈을 많이 빼앗아먹었다.

사태가 그렇게 되니까, 새 나라의 벼슬을 얻기 위해 돈을 보따리로 싸들고 박윤수를 찾아오는 사람들이 꼬리에 꼬리를 물 지경이었다.

그와 같은 유언비어가 전국 각지에 퍼져 나가자, 이번에는 각 지방마다 '정 도령'이라는 자가 여기 저기서 생겨나기 시작하였다. 자기가 '정 도령'이라고 사칭해 가지고 돈을 모아 보려는 심산들이었던 것이다.

경상도 고령 땅에 정만식이라는 자가 있었다. 워낙 협잡성이 농후한 위인이었다.

어느 여름날 그는 박만원, 주성칠, 성하첨 등 몇몇 노인들과 함께 정자에 모여 앉아 환담을 하고 있었다.

누군가가 먼저,

"근자에 대원군이 천주학을 탄압하여 서울 민심이 매우 소란하다는데 그게 사실이오?"

하고 말하자, 다른 한 사람이,

"대원군이 탄압하는 것이 어디 천주학뿐인가요. 자기를 반대하는 사람은 수하를 막론하고 죽여 버린다는걸. 유생들도 대원군의 손에 수없이 죽었다고 합니다."

"사람을 그렇게 많이 죽이고서는 망하지 않을 법이 없을걸."

"하기는 그래. 송도松都 왕씨王氏는 5백 년이 조금 못 되어 망했는데, 한양의 이씨는 5백 년이 넘었으니까 그들도 이제는 망할 때가 온 거야."

노인들의 말을 듣고 있던 정만식은 자기도 정 도령 행세를 한번 해볼 요량으로 불쑥 이렇게 말했다.

"이씨도 이제는 망할 때가 온 것입니다. 송도 말년에는 불가

살이不可殺伊가 나와 망쳤고, 이씨 말년에는 정진인鄭眞人이 나와 세상을 꺼꾸러뜨린 뒤에 새 나라를 세운다고《정감록》에 분명히 쓰여 있지 않습니까?"

정만식은 무슨 예언이라도 하듯이 그렇게 말하면서 자기 자신의 팔을 여러 사람들 앞에 불쑥 내밀어 보였다.

늙은이들은 정만식의 양쪽 팔에 검은 점이 북두칠성처럼 일곱 개나 뚜렷하게 나타나 있는 것을 보고 한결같이 깜짝 놀랐다.

그 중에서도 학문이 많은 성하첨 노인이 정만식의 두 손을 공손히 떠받들며 말한다.

"옛날 한나라의 유방은 몸에 일곱 개의 별이 있어서 천하를 통일하였다고 하오. 지금 정만식의 팔에 나타나 있는 북두칠성을 보니 장차 이 나라를 통치할 정진인은 바로 이 사람이오.《정감록》에도 분명히 그렇게 쓰여 있었소."

다른 노인들도 모두 정만식을 우러러보며 고개를 끄덕였다.

정만식은 빙그레 미소를 지으며 말한다.

"모든 것은 여러분의 협력 여하에 달려 있는 것입니다. 제가 아무리 정진인이기로 저 혼자만의 힘으로야 어찌 새 나라를 이룩할 수 있겠습니까. 여러분께서 나를 도와 새 나라를 이룩해 주시기만 한다면 그 공로는 건국 이후에 몇만 갑절의 보답을 받게 되실 것입니다."

노인들은 그 말을 듣고 어쩔 줄을 모르도록 기뻐하며 말한다.

"여러분! 우리들은 '정진인'을 이렇듯 가깝게 모시게 되었으니 이것이야말로 우리들에게는 다시없는 영광이오. 오늘부터 우리들은 이분을 외람되게 정만식이라는 이름으로 부를 게 아니라, 선춘군宣春君이라는 존칭으로 받들어모시도록 합시다."
 "물론 그래야지요. 우리들은 이 자리에서 다같이 '선춘군'에게 큰절을 올리도록 합시다."
 주성칠의 선동으로 노인들은 일제히 일어나 새파랗게 젊은 정만식에게 큰절을 정중하게 올렸다.
 정만식은 일이 제대로 되어 가는가 싶어 사뭇 호기를 보이며 말한다.
 "여러분이 나의 사업에 협력을 해주신다니 고맙습니다. 다같이 새 나라 창업에 힘을 모으십시다. 그 공로는 결코 헛되지 아니할 것입니다."
 그리하여 정자에 우연히 모여 앉았던 사람들은 그 자리에서 비밀 결사를 결성하고, 각지로 떠돌아다니며 새 나라 건설의 기금을 모으기 시작하였다.
 나라가 어지러울 때에는 혹세무민하는 무리가 반드시 들끓게 되는 법이다. 그러한 사실들이 대원군의 귀에 들어가자, 대원군은 크게 진노하였다.
 그리하여 전국 각지의 수령 방백들에게 '혹세무민하는 무리를 모조리 체포하여 가차없이 처단하라'는 추상 같은 엄명을 내렸다.
 그러나 혹세무민하는 무리들은 그런 줄도 모르고 각지로 떠돌아다니며 유언비어를 퍼뜨리다가, 정덕기 일당은 호남지방에서 체포되어 참형을 당했고, 정만식의 무리는 남해현南海縣에서 체포되어 효수형에 처단되었다.
 그러나 혹세무민하는 무리들은 여전히 전국 각지에서 발호하고 있었으니, 이는 진실로 세상을 풍미하던 국태공 대원군의 세도에 쇠운이 들기 시작한 징후라고 볼 수밖에 없었다.

여명의 소리

　민 중전은 상감의 친형이요, 대원군의 맏아들인 이재면을 자기편 사람으로 포섭한 뒤에도 많은 인재들을 포섭하는 공작을 하루도 게을리하지 않았다. 그리하여 외교 수완이 비상하여 대원군의 신임이 두터운 예조판서 이유원李裕元이나 형조판서 조규수曹珪壽 등과도 뜻을 통하게 되었고, 사사건건 대원군을 못마땅하게 여기는 최익현과 이세우李世愚 같은 유생들도 민승호와 조영하 등과 다리를 놓아 항상 긴밀한 연락을 취해 오고 있었다. 친정 탈환을 위한 계획을 추호의 착오도 없이 착착 추진시켜 나가고 있었던 것이다.
　그러는 동안에도 세월은 거침없이 흘러서 한 해가 가고, 또 새해가 왔다.
　새해 초닷샛날 민 중전은 느닷없이 흥인군 이최응 대감댁을 예방하였다. 흥인군 이최응은 대원군의 친형이요, 민 중전에게는 큰시아버님뻘이 되는 사람이었다. 그러나 대원군과 뜻이 맞지 않아 아무 벼슬도 못 하고 있었기 때문에, 민 중전은 그 사람조차 자기편 사람으로 포섭할 계획이었던 것이다.

"중전은 어딜 가시려고 그러시오?"

상감이 그렇게 묻자, 민 중전이 대답한다.

"홍인 대감댁에 세배를 다녀올 생각이옵나이다."

"세배라뇨? 홍인군이 며칠 전에 신년 하례를 다녀가셨는데, 중전이 새삼스럽게 무슨 세배를 가신다는 말씀이오?"

"홍인 대감께서 대궐에 다녀가신 것은 신하가 임금에게 올리는 신년 하례였었지만, 저는 조카며느리로서 큰시아버님에게 새해 세배를 따로 올려야만 도리가 아니겠사옵니까. 그래서 잠깐 다녀오고자 하오니, 상감께서는 허락을 내려 주시옵소서."

"중전의 말씀을 들어 보니 그렇기도 하구려. 중전이 세배를 가시면 홍인 대감께서는 크게 기뻐하실 것이오."

민 중전이 예물을 갖추어 가지고 홍인군 댁을 찾아가니, 과연 이최응 내외는 부리나케 달려나와 허리를 굽혀가며 민 중전을 내당으로 모신다.

"중전께서 저의 집에 이처럼 몸소 행차해 주셔서 저희들은 몸 둘 바를 모르겠사옵니다."

"큰아버님께서는 무슨 과분한 말씀을 하시옵니까. 저는 조카며느리로서 큰아버님 내외분에게 세배를 올리려고 온 것이오니, 두 분께서는 세배를 받아 주시옵소서."

"중전께서 저희들에게 세배를 하시다니 그게 무슨 말씀이시옵니까."

"거듭 말씀드리겠습니다. 지금 이 시간만은 저는 중전이 아니옵고, 대감의 조카며느리이옵나이다. 그러므로 두 분 어른께서 세배를 받아 주시지 않으면 그처럼 섭섭한 일은 없을 것이옵니다. 사양 마시고 어서 받아 주시옵소서."

이리하여 흥인군 내외는 민 중전의 세배를 아니 받을 수가 없게 되었는데, 세배를 받는 흥인군 내외는 영광과 고마움이 뼈에 사무칠 지경이었다. 우리 나라 속담에 '천 냥 빚에 술 한잔'이라는 말이 있거니와, 민 중전은 세배 한 번으로써 흥인군 이최응의 마음을 완전히 사로잡을 수가 있었던 것이다.

세배가 끝난 뒤에 민 중전은 흥인군과 이런 이야기 저런 이야기를 나누다가,

"저는 대궐 안에 깊이 들어앉아 있어서 세상 돌아가는 형편을 전연 모르옵니다마는, 상궁들이 간간이 들려 주는 말에 의하면 각지에서 민심이 매우 소란하다고 하옵는데, 그게 사실이옵니까?"

하고 물어보았다.

흥인군의 마음을 떠보려는 술책이었음은 말할 것도 없다. 흥인군은 아무 대꾸도 아니하고 오랫동안 무거운 침묵에 잠겨 있었다. 그러다가 문득 굳은 결심이라도 한 듯이 얼굴을 힘있게 들며 말한다.

"곤전마마 전에 이런 말씀 여쭙기가 황공하옵니다마는, 이즈음 민심이 매우 소란스러워, 이 나라의 장래가 크게 걱정되옵니다."

그에 대해 민 중전은 짐짓 놀라는 표정으로 반문한다.

"큰아버님께서 걱정하실 정도로 민심이 소란스럽다면 그야말로 큰일이 아니옵니까? 섭정 대감께서는 그 일을 알고 계시옵니까?"

"섭정인들 귀머거리가 아닌 이상 그런 일을 모를 리가 있겠습니까?"

"알고 계시면서 민심을 다스려 나가지 못한다면 그야말로 큰일이 아니옵니까?"

"신이 걱정하는 점은 바로 그 점이옵니다."

"도대체 민심이 소란하게 된 원인이 어디 있는 것이옵니까?"

"그 원인은 한두 가지가 아니옵니다마는, 간단하게 한 마디로 요약해 말씀드리오면, 대원군의 성격이 너무도 강하기 때문이 아닌가 하옵니다. 정치란 민심의 소재를 알아서 백성들을 강유겸전剛柔兼全으로 다스려 나가야 옳을 일이온데, 대원군은 섭정이 된 이후로 민심은 숫제 무시한 채 오직 힘만 가지고 나라를 다스려 나가고 있으니, 그게 어디 될 말입니까. 옛글에도 剛則切이라는 말이 있지 아니하옵니까. 지나치게 강하면 반드시 부러지는 법이온데, 섭정은 그 점을 전연 고려하지 않고 있어서 걱정이옵니다."

민 중전은 이최응의 맘속을 알고도 남음이 있었다. 그만했으면 포섭할 조건이 충분하므로, 민 중전은 시치미를 떼고 이렇게 말했다.

"그렇잖아도 엊그제 상감께서는 큰아버님을 영의정으로 모시면 나라의 다스림이 지금보다 훨씬 좋아지리라는 말씀이 계셨사옵니다."

"성은이 망극하옵니다. 소신이 무슨 재능으로 그런 높은 직책을 감당해낼 수 있겠나이까."

홍인군 이최응은 말은 그렇게 하면서도, 그의 얼굴에는 기쁨의 빛이 넘쳐 보였다.

"그것은 큰아버님의 겸양의 말씀이옵니다. 저는 아무것도 모르는 철부지이기는 하오나, 저 역시 큰아버님을 모시고 앉아 있으면 마음이 아늑해 옴을 느끼옵니다. 백성들을 잘 다스리려면 그러한 덕을 갖추신 어른이라야 할 것이 아니옵니까."

"성은이 망극하옵니다."

"민심이 그토록 소란하다면 어찌해야 좋겠사옵니까?"

이최응은 또다시 무거운 침묵에 잠긴다. 아무리 기다려도 그는 오직 침묵에만 잠겨 있을 뿐이었다.

민 중전은 다시 묻는다.

"지금 제가 큰아버님께 여쭤 본 말씀은 국가의 흥망에 관한 중대사이오니, 큰아버님께서는 나라를 위하고 상감을 위하시는 마음에서 높으신 뜻을 기탄없이 말씀해 주시기를 바라옵니다."

"성은이 망극하옵니다. 곤전마마께서 그처럼 말씀하시니 신이 무엇을 숨기겠나이까. 한 마디로 말씀드리면 어지러워진 나라를 구할 수 있는 길은 섭정제도를 철폐하고 주상께서 국정을 친히 다스리는 길밖에 없을 것이옵니다. 대원군은 과거 섭정 기간 동안에 누적된 실정이 너무도 많아서, 이제는 미봉지책으로 구악舊惡을 시정해 나가기에는 때가 너무도 늦어진 것이옵니다."

마침내 홍인군의 입에서는 놀라운 말이 튀어나왔다. 민 중전은 지금까지 동분서주하며 많은 인재들을 포섭해 왔으나, '나라를 구할 길은 친정밖에 없다' 라는 말을 직접 들어 보기는 이때가 처음이었다.

민 중전은 너무도 감격스러워 눈물이 솟았다.

"큰아버님의 뜻은 잘 알겠사옵니다. 대궐에 돌아가거든 상감전에 그 말씀을 잘 여쭈어서 큰아버님의 도움을 많이 받도록 하겠습니다. 만약 대원위 대감께서 이런 얘기를 들으시면 크게 진노하실 것이므로, 그 점도 십분 주의하도록 하겠습니다."

민 중전은 홍인군과 굳은 약속을 다지고 대궐로 돌아왔다. 이 날의 소득은 상상 외로 컸던 것이다.

이래저래해서 민 중전은 대원군과 싸우는 데 점점 자신이 생겼다. 게다가 이해 정월에 민 중전에게는 커다란 경사가 하나 생겼다. 지금까지 수태를 못할 줄만 알고 있었던 민 중전은 자신이 결혼한 지 5년 만인 스물한 살에 아기를 갖게 된 것이었다. 원자가 없어 대원군에게 무시를 당해 오다가 잉태를 했으니 그 기쁨은 말로 다할 수가 없었다.

중전이 잉태했다는 말을 듣고 상감도 크게 기뻐하였다.

"중전이 아기를 가지셨다니 이런 경사가 없구려."

"만약 제가 아들을 낳으면 상감께서는 누구로 대통을 이어나가실 생각이옵니까?"

완화군을 머리 속에 두고 물어본 질문이었음은 말할 것도 없다.

"그야 중전이 아들을 낳으면 그 애가 적자니까 마땅히 중전의 아들을 왕세자로 책봉해야 할 게 아니겠소?"

"그러나 대원군은 완화군을 이미 왕세자로 책봉해 놓으셨으니, 그 문제를 어떻게 처리하시렵니까?"

"그 문제는 섭정과 상의하여 해결할 일이기는 하지만, 그 어른인들 적자를 왕세자로 책봉하자는 데 반대는 못하실 것이오."

상감은 매사를 단순하게만 생각하기 때문에 민 중전은 그 말을 믿을 수가 없었다.

그리하여 하루는 박 상궁과 반야월을 운현궁에 보내 잉태한 사실을 대원군 내외에게 알려드리게 하였다. 대원군 내외의 반응을 직접 타진해 보려는 수단이었던 것이다.

그런데 박 상궁과 반야월이 운현궁에 다녀와서 들려 주는 섭정 내외의 반응은 매우 좋지 않았다.

박 상궁이 섭정 내외에게 민 중전이 잉태한 사실을 직접 말씀 올렸더니 부부인은 뛸 듯이 기뻐하면서,

"곤전마마께서 태기가 계시다니 이야말로 나라의 큰 경사로구나. 나도 대감을 모시고 입궐하여 축하의 말씀을 올려야 하겠다"

라고 말했지만, 정작 대원군 자신은 별로 기뻐하는 기색도 없이

"곤전이 잉태를 하셨다니 큰 기쁨이구려. 그러나 아들이 될지 딸이 될지는 두고 봐야 할 일이 아니겠소?"

하고, 마치 아들보다는 오히려 딸을 낳아 주기를 바라는 듯한 눈치더라는 것이었다.

대원군으로서는 그것이 솔직한 심정이었다. 근자에 민씨 일족들이 중전을 등에 업고 조정의 요직을 하나씩 둘씩 점령해오고 있는 이 판국에 민 중전이 아들까지 낳아 놓으면 자신의 세력 판도가 크게 흔들릴 것 같았기 때문이었다.

대원군이 중신들의 반대를 무릅써가면서 서출인 완화군을 굳이 왕세자로 책봉한 것은, 그래야만 외척 세도의 두려움이 없겠기 때문이었다.

물론 고아나 다름없는 민 처녀를 중전으로 받아들인 것도 외

척 세도의 구축을 미연에 방지하기 위해서가 아니었던가. 임금의 성품이 워낙 나약하여 얼마든지 맘대로 주무를 수 있기 때문에 외척 세도만 없으면 자기가 섭정으로서 영구 집권을 할 수 있다고 생각되었던 것이다.

그러나 정작 지금 와서 보면 민 중전 자신은 비록 고아이기는 하여도 그녀의 배후에는 민씨 일족의 제제다사가 도사리고 있을 뿐만 아니라, 민 중전 자신도 맹랑할 정도로 총명하여 자기네 일족을 야금야금 끌어들이고 있지 않은가. 아직까지는 민 중전을 철부지라고 우습게만 여겨 왔었는데, 민승호, 민겸호 등을 조정의 요직에 소리없이 박아넣는 것을 보면 '당돌하고도 앙큼하기 짝이 없는 계집'임이 분명하였다.

따라서 민씨 일족들이 세도의 뿌리를 박기 전에 싹을 잘라버려야 할 이 판국에, 민 중전이 아들까지 낳아 놓음으로써 외척들의 세도가 강화되면 자신의 아성이 언제 무너져 버릴지 모를 일이 아니던가.

대원군이 완화군을 서둘러 왕세자로 책봉한 이유도 그 때문이었고, 민 중전이 아들을 낳는 것을 달갑게 여기지 않는 원인도 바로 그 점에 있었다.

아무튼 민 중전은 박 상궁과 반야월의 입을 통해 그러한 사실들을 알고 나자 절치부심하였다.

'그 늙은이가 그렇게 나온다면 내게도 생각이 있다. 먹느냐 먹히느냐, 흥망의 관두에 서 있는 이 판국에 그 늙은이가 그렇게까지 가혹하게 나온다면 난들 무엇을 주저하랴!'

이제는 대원군을 섭정의 자리에서 하루속히 무자비하게 몰아내는 길밖에 없다고 생각되었다.

 그러나 문제를 근본적으로 해결하자면 대원군만 몰아내서도 안 된다. 그와 동시에 완화군이라는 존재도 숫제 없애 버려야만 할 것 같았다.

 '오냐! 내가 아들만 낳아 보아라. 그때에는 완화군도 내 손에서 결코 무사하지는 못하리라.'

 완화군을 없애 버리고 싶은 충동이 불현듯 강렬하게 솟구쳐올랐던 것이다.

내우 외환

　나라를 제대로 다스려 나간다는 것은 여간 어려운 일이 아니다. 민심의 소재를 민첩하게 파악하여 매사를 덕으로 다스려 나간다 하더라도 불평이 없기란 어려운 법인데, 하물며 대원군처럼 민심을 전적으로 무시해 버린 채 모든 것을 힘으로만 다스려 나가려고 할 때에는 더욱 그러하다. 인덕仁德을 근본으로 삼는 왕도정치에는 백성들을 감화시키려는 능력이 내재해 있어도, 억압을 유일한 수단으로 삼는 패도정치는 백성들의 반발을 일으키기 쉬운 법이다.
　옛부터 민심 즉 천심이라고 일러 온다. 민심은 하늘의 뜻이라는 소리다. 백성들을 위해 임금이 필요한 것이지, 임금을 위해 백성이 필요한 것은 아니다. 그것은 영원불변의 진리요, 정치의 기본이기도 하건만, 대원군은 그러한 원칙을 무시한 채 권도를 유지해 나가기에만 급급하였다.
　그러니까 민생이 도탄에 빠져 백성들의 원성은 더욱 높아가게 되었고, 대원군은 그러한 불평을 짓누르기 위해 더욱 억압정치를 하게 되었고, 그에 분개한 백성들은 각지에서 민란과 반란을 일으킬 수밖에 없었다.

　게다가 민 중전은 민 중전대로 대원군을 몰아내려고 백성들의 불평에 부채질까지 하고 있었으니, 대원군 치하의 3천리 강토가 하루도 평온할 날이 없는 것은 너무도 당연한 일이었다.

　그나 그뿐이랴. 내우內憂가 많아도 외환外患이나 없었으면 좋으련만, 병인양요(丙寅洋擾:1866년에 불란서 함대가 내침하여 강화도를 점령했던 일) 이후에는 불란서 함대를 비롯하여 미국, 러시아, 영국, 청국, 일본 등의 군함들이 앞을 다투어 우리나라를 찾아와 통상조약을 맺자고 자꾸만 치근덕대고 있는 것이 아닌가.

　대원군은 물론 철두철미한 쇄국주의를 고집해 왔지만, 이쪽이 무슨 소리를 하든간에 선진 제국은 자꾸만 통상을 맺자고 졸라대고 있었던 것이다.

　말할 것도 없이 그들이 표면에 내세운 대의명분은 통상이었다. 그러나 실상인즉 선진 강국인 그들이 미개국인 조선에 군함을 빈번하게 파견해 온 것은, 조선이라는 처녀국을 식민지로 삼켜 버리고 싶었기 때문이었다.

　그러나 국제 대세에 감감무소식인 대원군이 열강들의 그러한 야망을 알 리가 없었다. 그때만 해도 대원군은 불란서나 미국, 영국, 러시아 같은 선진 제국을 순전히 오랑캐놈들이라고만 생각하고 있었던 것이다.

　그러나 그러한 '오랑캐'들이 뻔질나게 찾아와 통상을 하자고 졸라대고 있으니, 대원군도 마침내 그들의 위협에 두려움을 느끼지 않을 수가 없게 되었다. 그리하여 그때부터는 국방 태세를 더욱 강화해야겠다는 생각이 들었다.

때마침 훈련대장 신관호申觀浩가 국방력의 강화를 주장하는 군무육조軍務六條라는 상소문을 올려 왔으므로, 대원군은 그 상소문을 근거로 하여 전국적으로 호병제(戶兵制:민병제도)를 실시하는 동시에 병력을 크게 확장하고 군제도 근본적으로 개혁하였다.

그리하여 모든 군대를 3군부로 나누고, 각 군의 인사 배치도 새로 발표했는데 그 군제는 대략 다음과 같았다.

영 3군부사(총사령관 격)領三軍府事에 김좌근,
판 3군부사判三軍府事에 김병익 · 김병국 · 이규철,
행지 3군부사行知三軍府事에 신관호 · 이경순 · 신명순,
지 3군부사知三軍府事에 이경하 · 이현직 · 이주철 · 이용희.

이상과 같이 3군 사령관들을 임명하여 국방 태세를 새롭게 갖추었을 뿐만 아니라, 현직 영의정 · 좌의정 · 우의정 등을 군사 행정에 직접 관여하게 하였다.

그리고 3군을 유지해 나가는 데 필요한 막대한 재정을 충당하기 위해 삼도포량미三都砲糧米라는 이름으로 국방세를 새로 징수하기도 하였다.

이상과 같이 군대를 확장해 놓고 나서, 그만하면 외적들을 격퇴시키기에 부족함이 없다고 생각하고 있었다.

그러나 백성들은 다년간의 학정으로 가뜩이나 피폐한데다가 젊은이들은 군인으로 뽑혀 나가고 늙은이들에게는 국방세라는 새로운 세금을 부과하는 바람에 원성은 점점 높아가고 있었다.

그리하여 고종 8년에는 진주에서 또다시 민란이 일어나고, 고종 9년에는 안동의 유흥영柳興瑩이라는 자와 해주의 오윤근吳潤根이라는 자가 각각 반란을 일으켰다.

그나 그뿐이랴. 고종 8년 4월에는 미국 함대가 강화도에 내침하여 광성보廣城堡를 일시 점령했다가 물러간 일이 있었고, 이듬해에는 청나라의 적도賊徒 70여 명이 국경 지대인 원창군原昌郡에 내습하여 백두산의 나무들을 맘대로 벌목해갔고, 이해 6월에는 대마도 문제로 일본이 초량에 두고 있는 왜관을 철폐함과 동시에 국교 단절을 선언해 왔다.

국내외의 정세가 그토록 복잡다단하여 정신을 제대로 가누기가 어려운 판국이었는데 민 중전은 그와 같이 부산한 틈을 타서 정부 요직에 민씨 일족들을 자꾸만 등용하였다. 그리하여 승정원 부승지로 등용되었던 민승호는 석 달이 채 못 가 병조참의를 거쳐 형조판서, 병조판서를 연달아 역임하였고, 민승호의 종제인 민규호는 이조참의와 형조참판을 거쳐 이조참판이 되었고, 민승호의 아우인 민겸호는 일약 이조참판이 되었고, 민규호의 형 민태호는 황해도 관찰사로 임명되었다.

그리고 대원군의 장인인 동시에 민승호의 친아버지이기도 한 민치구는 판의금부사判議禁府使와 판돈녕부사判敦寧府使를 거쳐 공조판서가 되었고, 그의 종제인 민치상은 도승지를 거쳐 민치구의 뒤를 이어 공조판서가 되었다.

민씨 일족은 4,5년 사이에 36명이나 조정에 들어와 이吏·호戶·병兵·형刑 등 가장 중요한 자리를 모조리 점령해 버림으로써 국가의 실권을 완전히 장악해 버리고 말았다.

대원군은 외척들의 세도를 없애기 위해 안동 김씨들을 뿌리째 뽑아 버렸고, 다시는 외척 세도가 성립되지 못하게 하려고 무남독녀인 민 처녀를 중전으로 맞아들였건만, 민 중전은 이 귀인과 완화군 문제로 대원군을 적대시하게 되자 대원군의 측근에서 포섭할 수 있는 자는 자기편으로 포섭해 버리는 동시에, 민씨 일족을 대거 등용하기 시작했던 것이다.
　물론 모든 인사 정책이 고종의 어명에 의하여 이루어진 것은 말할 것도 없다. 그러나 내용을 알고 보면, 고종은 중전이 시키는 대로만 했을 뿐, 뒤에서 조종한 사람은 오직 민 중전이었던 것이다.
　민 중전은 임금을 어떻게나 능수능란하게 조종했는지, 고종은 중전의 말이라면 하나도 반대하는 일이 없었고, 고종이 중신회의에서 어명을 내릴 때에는 민 중전이 언제든지 병풍 뒤에 숨어서 실수가 없도록 엿듣고 있었던 것이다.
　게다가 민 중전은 전에 포섭한 바 있는 대원군의 친형인 이최응을 좌의정으로 발탁하였고, 영의정 이유원까지 자기편으로 포섭해 버렸으니, 섭정인 흥선 대원군은 실질적으로는 거세를 당해버린 허수아비와 다를 바가 없었다.
　대원군도 이제 와서는 그와 같은 책동을 하고 있는 배후의 인물이 민 중전임을 알게 되었다. '철없는 계집'으로만 얕잡아보았다가 자기도 모르는 사이에 당해버린 셈이었다.
　대원군은 그 사실을 알고 나자 절치부심하였다. 그리하여 지금이라도 고종을 폐위시키고 맏아들 이재면을 임금으로 옹립할까 하는 생각도 해보았다.

그러나 그것을 실천에 옮기기는 결코 쉬운 일이 아니어서 혼자 고민을 하고 있는데, 돌연 생각지도 못했던 불상사가 발생하였다.

고종 8년 12월에 민 중전이 왕자를 낳은 것이었다.

민 중전은 아들을 낳자 이제야말로 내 세상이 왔다고 크게 기뻐하였다. 임금도 적자가 탄생했다고 크게 기뻐하였다.

대원군도 싫든 좋든 간에 왕자 탄생에 경축을 아니할 수가 없었다. 그리하여 즉시 입궐하여 경축사를 올림과 동시에 영아嬰兒를 위해 산삼 보약을 지어 올렸다. 그런데 갓난아기는 그 약을 먹고 나서 사흘씩이나 설사를 계속하더니 출생한 지 여드레 만에 죽어 버린 것이 아닌가.

민 중전은 가슴이 터질 듯이 흥분하여 인왕산에 있는 늙은 무당을 불러다가, 왕자가 급사한 원인을 물어보았다.

인왕산 무당은 방울을 울리며 신령님을 모셔다가 물어보더니,

"왕자는 제 명에 죽은 것이 아니라, 누군가의 손에 독살을 당한 것이니라"

하고 큰소리로 단안을 내려버리는 것이었다.

사태가 그렇게 되고 보니, 모든 누명이 대원군에게 돌아갈 수밖에 없었다.

'그 늙은이는 완화군에게 대통을 물려주려고, 적자인 내 아들에게 독약을 먹여 죽여 없앤 것이 분명하다.'

민 중전은 그렇게 확신하자 악이 머리끝까지 치밀어올랐다.

이제는 공공연하게 드러내놓고 대원군을 섭정의 자리에서 쫓아낼 결심이었던 것이다.

대원군이 과연 완화군에게 대통을 물려주기 위해 민 중전의 몸에서 태어난 갓난아기에게 독약을 먹였는지 어쩐지, 그 비밀은 아무도 모른다. 그것은 오늘날까지 영원한 비밀에 속한다.

그러나 대원군 자신은 민씨 일가의 외척 세도를 두려워한 나머지 민 중전뿐만 아니라, 고종까지 폐위시켜 버리려고 했던 것만은 사실이었다. 그러니까 그 산삼 보약이 진짜 보약이었든 독약이었든 간에 그러한 누명을 벗어 버리기는 어려운 일이었다.

누명에 몰린 대원군은 매우 초췌한 기분이었다. 10년 가까이 세도를 휘둘러 오다가 철부지나 다름없는 민 중전에게 그처럼 처참하게 당할 줄은 몰랐다.

'두고 보자. 온 천하를 맘대로 주름잡던 내가 설마 너같은 계집아이에게 패배할 줄 아느냐. 안동 김씨들의 30년 세도를 하루 아침에 뒤엎어버린 이 홍선을 네가 뭘로 알고 있었더란 말이냐!'

대원군도 민 중전과 정면으로 대결할 결심이었다.

그러나 마음이 어지러워 오는 것만은 어찌할 수가 없어 대원군은 어느 날 저녁에 기생 연홍의 집을 찾아 나섰다. 기생 연홍은 낙척 시절에 자주 만나던 기생이었기에, 오래간만에 그녀를 만나 마음껏 술에 취해 보고 싶었던 것이다.

대원군이 대문 안으로 들어서자, 연홍이 버선발로 달려나와 반갑게 맞아 주며,

"아이구머니! 대원위 대감께서 어쩌다가 저의 집에 행차를 하셨사옵니까?"

하고 호들갑을 떨고 있었다.

"그 동안 잘 있었느냐. 오늘은 네가 보고 싶어서 일부러 찾아

왔다. 어서 들어가자."

연홍은 대원군을 안방으로 모시고 들어오며 종알거린다.

"대감, 마음에도 없는 말씀은 그만하시옵소서. 운현궁에는 기화요초가 만발했다고 들었사온데, 쇤네같이 못생긴 호박꽃이 뭐가 보고 싶으셨다는 말씀이시옵니까?"

"허어……, 모르는 소리 그만하거라. 운현궁 안에는 꽃이란 한 송이도 없느니라."

"그것도 믿지 못할 말씀이시옵니다. 설사 대감께서 꽃을 멀리 하셨더라도 천·하·장·안의 무리가 밤마다 장안의 미녀들을 몇 명씩 진상하고 있을 것이 확실하옵니다."

"강짜 그만 부리고 어서 술상이나 올려라. 옷은 새 옷이 좋아도 임은 옛님이 제일인가 보더라."

"어리석은 것이 계집이오니, 대감의 말씀을 그대로 믿고 오늘 밤은 쇤네도 대감과 더불어 잔뜩 취해 보고 싶사옵니다."

이리하여 술상이 이내 들어왔는데, 대원군은 술을 혼자 마시기가 멋쩍어 심복 부하인 천·하·장·안, 네 사람을 모두 불러오게 하였다.

심복 부하 4명을 좌우에 거느리고 대원군이 상좌에서 술을 마시기 시작하자, 10여 명의 기녀들이 주안상 주위에 둘러앉아 아리따운 목소리로 노래를 부른다.

처음에는 권주가를 부르고, 그 다음에는 〈공명가孔明歌〉를 부르는 것이었다.

〈공명가〉란 공전절후空前絶後의 모사인 제갈공명을 찬양한 노래로서, 대원군은 그 노래를 들을 때면 언제든지 마음이 흐뭇하였다. 왜냐하면 그 노래는 마치 자기 자신의 탁월한 인품을 찬양해 주는 노래만 같았기 때문이었다.
〈공명가〉 중에서도 특히 다음과 같은 대목은 언제든지 대원군의 가슴을 설레게 하였다.

……이때 오吳나라의 군사軍師 주유가 서성·정봉, 두 장수를 불러 분부하되 '공명은 천신天神 같은 모사이므로 그런 모사를 그냥 두었다가는 반드시 후환이 미칠 듯하니 너희 두 장수는 불문곡직하고 남병산南屛山에 올라가 공명의 머리를 베어 오너라. 만약 베어 오지 못하면 군법 시행을 하리로다. 서성·정봉 분부 듣고 필마단기로 장창을 높이 들고, 서성은 수로로 가고 정봉은 육로로 가서 남병산에 올라가니 공명 선생은 간 곳 없고 다만 남은 건 좌우단을 지키는 조사뿐인지라, 조사더러 묻는 말이 '선생이 어디로 가시더냐?' 조사 여쭈되 '발벗고 머리 풀고 단에 올라 동남풍 빈 후에 단하로 내려가시더니 어디로 가셨는지 종적을 알지 못하나이다.' 서성이 그 말 듣고 대경하여 산하로 총총 내려가 강구에 당도하니 강구에 인적은 고요한데 다만 남은 건 좌우 강을 지키는 사공뿐이라, 사공더러 묻는 말이 '선생이 어디로 가시더냐?' 사공이 대답하되 '이제 웬 한 사람 발 벗고 머리 풀고 구절죽장九節竹杖 짚고 예 와서 계셨는데 강상江上에서 웬 편주 둥둥둥 떠오더니 한 장수 선두先頭에 성큼 나서 양손을 읍하고 선생을 맞아 모시고 강상으로 행하더이다……

대원군은 〈공명가〉의 이상과 같은 사설을 들을 때면, 마치 그 옛날 자기 자신이 큰 뜻을 품고 있으면서도 안동 김씨들의 집중 화살을 피하려고 의식적으로 상갓집 개 행세를 했던 일이 불현듯 회상되곤 하였다. 그런 점에 있어서는 자기도 '천신 같은 모사' 라는 제갈공명과 다를 바가 없다고, 어깨가 절로 으쓱해지곤 했던 것이다.

'음……, 아직 입에서 젖비린내도 가시지 않은 민 중전이 공명 같은 나를 상대로 싸우려고 덤비다니, 이 싸움의 결과는 누가 보아도 자명한 일이 아니겠는가.'

대원군은 〈공명가〉를 들으며 그러한 자부심에 도취되기까지 했었다.

한번 그와 같은 자부심이 생기자, 대원군은 취흥이 도도해와서 심복 부하들에게 술잔을 내려 주며 호기롭게 말한다.

"천·하·장·안, 듣거라. 내가 살아 있는 한 이 세상은 너희들의 것이니 모두들 안심하고 취하도록 마셔라."

"성은이 망극하옵나이다."

천·하·장·안은 한결같이 머리를 조아리며 술잔을 받아 마신다.

바로 그때였다. 기녀들은 기나긴 〈공명가〉를 끝내고, 이번에는 노래를 바꿔 부르기 시작하는데, 그 노래는 하필이면 〈노랫가락〉이 아닌가.

대원군은 기녀들이 무심코 부르는 〈노랫가락〉의 사설을 듣다가, 별안간 비수로 가슴을 찔리는 듯한 충격을 받았다.

노세 젊어 놀아
늙어지면 못 노나니

화무 십일홍이요
세무 십년勢無十年이라
인생 일장춘몽이니
아니 놀지는 못하리라

대원군은 대뜸 얼굴에서 핏기가 가셨다. 기생들은 흔히 부르는 노래였지만, 대원군은 '세무 십 년'이라는 말에 웬일인지 가슴이 섬뜩했던 것이다.
'내가 국권을 장악한 지도 어느덧 9년. '세무 십 년'이라는 그 십 년이 바로 명년에 해당하지 않는가.'
대원군은 그런 생각이 번개같이 머리를 스치자 술맛이 싹 가셨다.
기생들은 그런 줄도 모르고 노래를 계속한다.

산지조종山之祖宗은 곤륜산崑崙山이요
수지조종水之祖宗은 황하수黃河水라
얼씨구 좋다 좋을씨고
아해조종兒孩祖宗은 강 도령姜道令이요
양반조종兩班祖宗은 대원위 대감일세
얼씨구 좋다 좋을씨고 아니 놀지는 못하리라.

대원군은 그와 같은 노래를 더 이상 듣고 있을 수가 없어 자리에서 벌떡 일어서며, 천·하·장·안에게 거친 어세로 명한다.
"모두들 일어나 가자. 아이들이 몹쓸 노래만 부르고 있구나."

연홍은 물론 대원군의 복잡한 심정을 알 리가 없었다. 그러기에 부리나케 쫓아나오며 도포 자락을 붙잡고 애걸하듯 말한다.

"대감마마, 갑자기 왜 자리를 뜨시옵나이까. 저희들에게 잘못이 있으면 백배 사죄하겠사오니, 노여움을 푸시고 그대로 머물러 주시옵소서."

"아니다. 너희들에게 잘못이 있어서가 아니라 볼일이 있어서 가련다."

대원군은 그 이상 아무 말도 아니하고 연홍의 집에서 총총 나와 버리기는 했지만, 속으로는 기생들을 모조리 능지처참해 버리고 싶은 심정이었다.

그날은 그것으로 끝났다. 그러나 대원군은 그날부터 웬일인지 '세무 십 년'이라는 말이 머릿속 깊이 달라붙어 지워지지 않았다.

그런데 그 무렵 누가 퍼뜨린 소문인지는 몰라도, 항간에는, '대원위 대감이 머지않아 섭정의 자리에서 물러나게 된다더라'라는 소문이 널리 퍼져 돌아가고 있었다.

말할 것도 없이 대원군으로서는 청천벽력 같은 뜬소문이었지만, 세도가 아무리 당당해도 백성들의 입을 모조리 막아 버릴 수는 없는 일이었다.

백성들 사이에 그와 같은 소문을 널리 퍼뜨린 장본인은 다른 사람 아닌 민 중전이었던 것이다.

불꽃 튀는 암투

 대원군은 민 중전의 방자스러운 행실을 그냥 내버려두었다가는 자기 자신이 섭정의 자리에서 언제 쫓겨날지 모른다는 위험 의식이 날이 갈수록 농후해졌다. 그러니까 이제는 자기가 살기 위해 민 중전을 때려잡을 수밖에 없다고 생각되었다.
 그래서 어느 날은 조 대비를 비밀리에 찾아뵙고 이런 말을 하였다.
 "대비마마, 조정에는 하루도 걱정이 끊일 날이 없사옵니다."
 늙은 조 대비가 이맛살을 찌푸리며 반문한다.
 "조정에 무슨 걱정거리가 있기에 섭정께서 그런 말씀을 하시오?"
 "그 동안 양이들의 내침이 빈번하여 매우 골칫거리였사오나, 그것만은 신이 국방에 전력을 기울임으로써 이제는 외적이 감히 침범을 못해 오도록 만들어 놓았사옵니다. 그러하오나……."
 여기서 대원군은 일단 말을 끊었다.
 "섭정께서 온갖 노력을 기울여 사직을 반석 위에 올려놓으셨다니 참으로 노고가 많으셨소이다. 그런데 무슨 걱정거리가 있으시다는 말씀이오?"

"걱정거리는 외환에 있는 것이 아니옵고 내우에 있는 것이옵니다. 대비마마께서는 일찍이 안동 김씨들에게 심한 박해를 당해 오셨기 때문에, 조정에 외척 세도가 강해지는 것을 경계해야 한다는 것은 누구보다도 잘 알고 계실 것이옵니다."

조 대비는 그 소리를 듣자 고개를 설레설레 내저으며 말한다.

"안동 김씨들의 얘기는 말도 마시오. 그 얘기를 들으면 지금도 이가 갈리오."

"그런데 지금 조정에는 그와 같은 새로운 외척 세도가 또다시 조성되어 가고 있사옵니다. 신이 걱정하는 것은 바로 그 점이옵니다."

조 대비는 그 소리를 듣고 눈을 커다랗게 떠보이는 것이었다.

"외척 세도가 또다시 조성되어 가고 있다뇨. 그게 무슨 말씀이시오. 그렇다면 안동 김씨들이 다시 머리를 들고 일어난다는 말씀인가요?"

"새로 일어나는 외척 세도는 안동 김씨가 아니옵고 여흥 민씨이옵니다."

조 대비는 너무도 뜻밖의 말에 또다시 눈을 커다랗게 떠보인다.

"여흥 민씨라니, 그게 무슨 말씀이오?"

대원군은 이때다 싶어서, 조 대비에게 이렇게 품하였다.

"지금 조정은 모두가 민씨판이옵니다. 병조판서 민승호를 비롯하여 민규호가 형조참판으로 있사옵고, 민겸호가 이조참판으로 있사옵고, 민치상이 형조판서로 있사옵니다. 게다가 신의 장인인 민치구 어른까지 공조판서로 계시니 만조백관이 모두 민

불꽃 튀는 암투 75

씨 일족이 아니고 무엇이옵니까. 그 밖에도 민씨로서 조정의 대소 요직을 점령하고 있는 사람이 무려 36명이나 되오니, 그것을 어찌 새로운 외척 세도의 시초라고 아니할 수 있겠사옵니까. 외척 세도의 쓰라린 전철을 밟지 않으려면 그들의 지반이 확고하게 굳어지기 전에 단호한 조치를 내려야 할 것 같사옵니다."

말할 것도 없이 그것은 민 중전을 폐위시켜 버리기 위한 전주곡이었다. 조 대비는 '외척 세도'라는 말만 들어도 이를 갈아왔기 때문에, 민 중전을 축출할 구실을 거기서 찾으려 했던 것이다.

대원군은 그렇게 말하면 조 대비가 벌벌 떨며 크게 걱정할 줄 알았다. 그러나 조 대비는 천만뜻밖에도 태연한 기색이었다.

"섭정의 말씀을 들어 보니 과연 민씨 일족이 많이 등용되어 있는 것만은 사실이구려. 그러나 다른 사람도 아닌 섭정께서 그런 걱정을 하신다는 것은 도무지 이해가 가지 않는구려."

대원군은 그 말에 크게 실망하였다. 조 대비가 그 문제를 그처럼 가볍게 보고 있을 줄은 상상조차 못했었기 때문이었다.

"대비마마! 그 문제가 어찌 가볍게 보아 넘길 문제이옵니까. 일찍이 안동 김씨는 순조 때 딸 하나를 왕비로 입궐시킴으로써 전후 60여 년간이나 외척들의 세도정치로 국가의 기강을 크게 어지럽혔사온데, 오늘날은 민씨 일가가 민 중전이 입궐한 것을 기화로 안동 김씨의 재판을 노리고 있으니 그야말로 크게 우려해야 할 일이옵니다. 바라옵건댄 대비마마께서는 냉엄하게 통찰해 주시옵소서."

민 중전을 폐위시키자는 말을 차마 자기 입으로는 말할 수 없어서, 대원군은 안동 김씨들의 고사故事를 들어 조 대비에게 경각심을 불러일으키려고 한 것이었다.

그러나 대원군이 기를 쓸수록 조 대비는 오히려 의아스러운 표정만 지었다.

"외척 세도를 두려워하여 아버지가 안 계신 민 규수를 중전으로 맞아들이자고 주장한 사람은 바로 섭정 자신이 아니셨소. 그리고 병조판서 민승호는 민 중전의 양오라버니인 동시에 섭정의 처남이고, 이조참판 민겸호는 섭정의 셋째 처남이고, 공조판서 민치구는 섭정의 장인 어른이 아니오? 그러고 보면 그들은 민 중전의 외척이라기보다는 오히려 섭정의 처가 사람들이 아니오?"

"그 사람들이 신의 처족인 것만은 사실이옵니다. 그러나 그들은 신이 등용한 것이 아니옵고, 상감의 어명에 의하여 등용된 사람이옵니다."

"그건 나도 알고 있소. 그러나 유충하신 상감이 그들을 아무리 등용하고 싶어도 섭정이 극력 반대를 했다면 그처럼 많은 민씨를 등용했을 수는 없었을 것이 아니겠소."

조 대비는 오히려 섭정인 대원군을 못마땅하게 여기는 빛조차 보인다.

대원군은 입장이 매우 난처하였다. 혹을 떼려고 왔다가 오히려 혹을 붙인 결과가 되었기 때문이었다.

민승호를 비롯하여 민겸호 · 민규호 · 민태호 등은 모두가 처남뻘 되는 사람들이요, 민치구 · 민치상 · 민치삼 · 민치오 등은 장인이요, 처숙에 해당하는 사람들이 아닌가. 그러므로 누가 보

불꽃 튀는 암투 77

아도 그들을 등용한 사람은 대원군 자신이라고 생각하고 있을 것이다.

그러나 정작 내막을 털어놓고 보면 대원군이 등용한 사람은 한 사람도 없었다. 모든 민씨들은 상감의 어명에 의하여 등용되었는데, 상감을 배후에서 조종한 사람은 민 중전이 아니었던가. 그러므로 결국 따지고 보면 그들은 대원군과는 지극히 가까운 처족들이기는 하면서도 실질적으로는 대원군을 적대시하고 있는 민 중전의 사람이었다.

그러기에 숫제 민 중전을 제거해 버리고 싶은 생각에서 외척 세도를 경계해야 한다는 대의명분을 들고 나왔건만, 그처럼 복잡한 내용을 알 턱 없는 조 대비는 '섭정으로 앉아서 처족들을 맘대로 등용'해 놓고 나서 무슨 그런 소리를 하느냐고 오히려 비난하는 기색조차 보이지 않는가.

상감을 앞에 내세우고 배후에서 인사 정책을 맘대로 휘두르는 민 중전의 능수능란한 정치 수완에 대원군은 예기치 못했던 고배를 또 한번 마시게 된 셈이었다. 그렇다고 조 대비에게까지 그런 내막을 샅샅이 뒤집어보일 수는 없는 일이다.

그러한 내막을 숨김없이 토로해 놓으면, 조 대비는 속도 모르고,

"중전이 배후에서 상감을 조종하여 그런 과오를 저질렀다면 섭정은 마땅히 그것을 미연에 방지했어야 옳을 일이 아니오? 내가 생각하기에 모든 책임은 섭정에게 물어야 옳을 것 같구려"

하고 나올지도 모르니, 그렇게 되면 자신의 무능을 백일하에 폭로하는 결과밖에 안 된다.

그러니까 대원군은 부득이 이렇게 대답하는 수밖에 없었다.
"대비마마의 분부는 잘 알았사옵니다. 신이 불민하여 과오가 많았사오나, 차후에는 명심하여 외척 세도가 구축되지 않도록 십분 유념하겠사옵나이다."
"그러잖아도 나는 그 일로 진작부터 섭정을 한번 만나고 싶었소. 섭정은 외척 세도가 구축되지 않도록 재삼 명심해 주기 바라오."
대원군은 꼼짝 못하고 모든 책임을 뒤집어쓰는 결과가 되었다.
조 대비는 잠시 침묵을 지키다가 다시 말한다.
"중전이 아직 나이가 어려 정사는 전연 몰라도 예의범절이 매우 밝아서 모두들 칭찬이 대단합디다. 종묘로서는 크게 다행한 일이오."
"대비마마! 성은이 망극하옵니다."
대원군은 본의 아니게 머리를 조아리며 그렇게 말했지만, 속으로는 울분을 금할 길이 없었다. 민 중전에 대한 조 대비의 신망이 그처럼 두터울 줄은 몰랐던 것이다.
그렇다면 중전을 폐위시킬 계획만은 깨끗이 단념하는 수밖에 없었다.
과거 10년 동안 대원군은 하고 싶은 일을 뜻대로 못해 본 것이 하나도 없었다. 그 거대한 경복궁 중건도 힘으로 준공하였고, 전국 유생들의 격렬한 반대를 무릅쓰고 서원도 철폐하였다. 그러나 민 중전만은 자기로서도 어쩔 수 없도록 확고부동한 존재가 되어 버리지 않았는가.
'그러나 아직 민 중전에게 손을 들어 버리도록 무능한 나,

불꽃 튀는 암투 79

홍선은 아니다. 싸움은 이제부터니까 누가 이기나 두고 보기로 하자.'

대원군이 조 대비에게 허탕을 치고 대궐을 물러나오는 바로 그 시간에, 민 중전의 심복 비녀婢女인 반야월은 조 대비의 처소인 중희당에서 민 중전이 거처하는 침전으로 부리나케 달려왔다. 민 중전은 대원군이 조 대비와 만나고 있다는 박 상궁의 밀고를 듣고 즉시 반야월을 밀파하여 그들의 담화 내용을 옆방에서 속속들이 엿듣고 오게 했던 것이다.

반야월은 침전으로 숨가쁘게 달려 들어오더니 무슨 큰일이나 난 듯이 눈알을 희번덕거려 보이며 민 중전에게 말한다.

"중전마마께서는 대원위 대감 때문에 하마터면 큰일날 뻔하셨사옵니다. 대원위 대감께서 중전마마를 그처럼 못마땅하게 여기실 줄은 정말 몰랐사옵니다."

"네가 무슨 소리를 하고 있느냐. 흥분하지 말고 보고 들은대로를 찬찬히 고해 바쳐라."

어떤 경우에도 흥분한 빛을 보이지 않는 것은 민 중전의 특징이었다.

반야월은 그제서야 침착해지며,

"중전마마, 송구스럽사옵나이다. 쇤네가 이제부터 대원위 대감께서 대비 전에 품한 말씀을 속속들이 고해 올릴 터이오니, 중전마마께서는 놀라지 마시옵소서"

하고 말한다.

"놀라지 않을 터이니 안심하고 어서 사실대로 일러라."

"대원위 대감께서는 정말로 중전마마를 너무도 미워하시는 것 같았사옵니다."

"너무도 미워하다니? 대원위 대감께서 대비 전에 나를 죽여버리자는 말씀이라도 하셨더란 말이냐?"

"그렇게 말씀하셨다면 오히려 다행한 일이었을 것이옵니다. 실상은 그런 게 아니옵고 중전마마가 민씨 일족을 자꾸만 등용하여 외척 세도를 구축해 가고 있으니 외척 세도에서 오는 폐단을 미연에 방지하기 위해서는 중전마마를 차제에 폐위를 시켜버리는 것이 좋겠다고 조 대비에게 품하고 있지 뭡니까. 그야말로 얼마나 놀라운 일이옵니까?"

대원군이 조 대비에게 민 중전의 폐위 문제를 정식으로 거론한 일은 한 번도 없었다. 그러나 경우 빠른 반야월은 대원군의 심중을 재빠르게 꿰뚫어 보고 있었기 때문에 마치 대원군이 그런 말을 한 것처럼 꾸며댄 것이었다.

아무러한 민 중전도 폐위라는 말에는 소스라치게 놀라지 않을 수 없었다.

"아니, 대원위 대감이 나를 폐위시키자고 했다니, 그게 사실이냐?"

"대감께서 그런 말씀을 아니하셨다면 쇤네가 어떻게 그런 거짓말을 꾸며댈 수 있겠나이까. 쇤네는 이 귀로 분명하게 들었사옵니다."

"음……, 그래……?"

민 중전은 숨을 한번 깊이 들이마셨다가 소리없이 내뿜고 나서,

"그러니까 대비마마께서 뭐라고 대답하시더냐?"

"민씨 일족을 등용한 것은 섭정의 책임인데, 그러한 책임을

불꽃 튀는 암투 81

어찌하여 아무 죄도 없는 중전에게 뒤집어씌우려고 하느냐고 대원위 대감을 오히려 나무라셨사옵니다."

"음……, 참으로 고마우신 말씀이로구나."

민 중전은 아무것도 아닌 것처럼 말하면서도 속으로는 승리의 쾌재를 불렀다. 자기가 일체 표면에 나서지 아니하고 모든 일을 어명으로 처리한 것은 만일의 경우에 모든 책임을 섭정인 대원군에게 뒤집어씌우기 위해서였는데 그 계획이 너무도 잘 들어맞은 것이 통쾌해 견딜 수 없었던 것이다.

"그러니까 대원위 대감이 뭐라고 하시더냐?"

"아무 말씀도 못하고 황공하다는 말씀만 하셨습니다."

그리고 반야월은 문득 생각난 듯이,

"참, 대비마마께서는 대원위 대감에게 이런 말씀도 하셨습니다."

"무슨 말씀을?"

"중전은 나이가 어려 정사는 잘 몰라도 예의범절이 밝아 모든 사람에게 칭찬을 받고 있으니, 종묘로서는 그런 다행한 일이 없소이다……, 하고."

"그래애……. 정말 고마우신 말씀이로다."

민 중전은 다시 한번 회심의 미소를 지었다. 왕가의 최고 어른이신 조 대비의 환심을 사기 위해 거의 매일같이 조 대비를 찾아갔던 효과가 여실히 나타났기 때문이었다.

아무튼 대원군의 입에서 '중전을 폐위하자'라는 말까지 나왔다니, 이제는 자기가 살기 위해 대원군을 하루속히 섭정의 자리에서 몰아내지 않을 수가 없게 되었다.

한 번 결심하면 용맹과감하게 실천에 옮겨 나가는 것이 민 중전의 성품이었다.

이날 밤 민 중전은 반야월의 말을 고종에게 낱낱이 고해바쳤다.

그리고 이렇게 말했다.

"섭정 대감께서 저를 폐위하자는 것은, 상감을 폐위하자는 말씀과 마찬가지 뜻이 아니고 무엇이겠습니까. 그러니까 상감께서는 이러고 계실 때가 아니옵니다."

자기를 폐위시킨다는 소리에 고종은 분노와 함께 얼굴이 새파랗게 질렸다.

"섭정이 비록 사사롭게는 나의 아버님이기는 하지만 나는 공적으로 임금이요, 그는 신하가 아니오. 그런데 신하가 어찌 임금을 맘대로 폐위시킬 수 있다는 말씀이오?"

그렇게 말하는 고종의 음성은 떨려 나왔다.

"물론 상감의 말씀대로 신하가 상감을 폐위한다는 것은 있을 수 없는 일이옵니다. 그러나 자고로 권력을 위해서는 이신벌군 以臣伐君을 하는 경우가 있지 아니하옵니까?"

"섭정이 설마 그러기야 하겠소. 뭔가 잘못 전해진 말이 아니오?"

"그처럼 중대한 말씀을 제가 어찌 잘못 알고 상감 전에 품하겠나이까. 오늘 낮에 섭정이 대비마마를 찾아뵙고 분명히 그런 말씀을 하셨습니다."

"그래서 대비마마는 뭐라고 하셨답디까?"

"대비마마는 천만다행하게도 섭정의 요청을 일언지하에 거절하셨답니다. 저는 진작부터 그런 기색이 엿보였기 때문에 매일같이 대비마마를 찾아뵈면서 만일의 경우에 대비했던 것이옵니다."

"중전이 평소에 거기까지 마음을 써오셨다니 참으로 고마운 말씀이오. 이러나저러나 섭정이 설마 내게 대해 그러실 리가 없는데……."

고종은 그 일이 아직도 믿어지지 않는 모양이었다 그러니까 민 중전은 이 기회에 쐐기를 단단히 박아 두지 않을 수 없었다.

"상감마마! 그렇게 생각하시다가는 큰일나시옵니다. 상감께서는 섭정이 아버님이라는 정리에서 그렇게 생각되시는지 모르겠사오나, 자고로 왕위를 탈환하기 위해서는 부자지간이라도 인정사정이 없는 것이 정쟁인 것이옵니다. 이신벌군한 실례가 중국 역사에는 얼마든지 많사오나, 굳이 중국 역사를 끌어올 것도 없이 아조我祖의 역사를 보더라도 태종은 방원대군 시절에 왕위를 탐낸 나머지 아우인 왕세자 방석 대군을 살해한 전례가 있지 아니하옵니까."

"음…… 섭정이 그렇게 나온다면 정말로 큰일이구려."

"상감과 저를 위해서는 큰일도 이만저만한 큰일이 아니옵니다. 때가 때여서, 섭정이 그 일을 급히 서두를 것이오니, 상감께서도 신속히 손을 쓰셔야 하옵니다."

"때가 때라니? 그건 무슨 말씀이오?"

"지금까지는 상감이 유충하셨기 때문에, 대원군께서는 섭정이라는 이름으로 국권을 맘대로 휘두르셨던 것이옵니다. 그러나 상감께서는 이미 성년이 되셔서 이제는 친정을 하셔야 하기 때문에 섭정이라는 존재가 필요없게 된 것이 아니오니까. 대원위 대감께서는 그러니까 차제에 숫제 상감을 폐위하고 스스로 왕위에 오르시려고 그런 생각을 하고 계실 것이옵니다."

 고종은 그 말을 듣자, 얼굴에 분노의 빛이 치밀어올랐다. 어찌 보면 슬픔이 넘쳐 보이는 얼굴이기도 하였다.

 "중전! 그러면 이 일을 어찌했으면 좋겠소. 너무도 어이없는 일인지라 나는 어찌했으면 좋을지를 모르겠구려."

 "이 기회에 섭정제도를 없애 버리고 상감께서 정사 백반百般을 친히 다스리도록 하셔야 하옵니다."

 "나 역시 그렇게 하고 싶지만, 섭정이 녹록하게 물러날지가 의문이 아니오?"

 "물론 섭정의 자리를 없애기가 용이한 일은 아닐 것이옵니다. 그러나 곱게 물러가려고 하지 않으면 이편에서 힘으로라도 쫓아내야 합니다."

 "그 강철 같은 어른을 어떤 방법으로 쫓아낸다는 말씀이오?"

 고종은 믿을 수 없다는 표정으로 물었다.

 이에 민 중전이 굳은 표정으로 대답했다.

 "거기 대해서는 제가 계획한 바가 있사오니 상감께서는 저를 믿고 모든 것을 저에게 맡겨 주시면 고맙겠나이다."

 "그러면 모든 것은 중전에게 맡길 테니 중전이 알아서 해결해 주기 바라오. 사태가 이렇게 되었으니 중전이 아니면 내가 누구를 믿겠소!"

 "성은이 망극하옵나이다. 신첩은 상감을 위해 신명을 다해 충성할 것을 거듭 맹서하옵니다."

"오오, 중전의 그 말씀을 들으니 마음이 놓이는구려. 중전, 고맙소. 나는 오직 중전만 믿으니 부디 불행한 일이 생기지 않도록 애써 주기를 바라오."

힘에는 힘으로

민 중전은 '만약 대원군이 섭정의 자리에서 스스로 물러나지 않으면 힘으로라도 쫓아내야 한다'라고 상감에게 분명히 말한 바 있었다. 정권 싸움이란 생과 사를 겸하는 절대절명의 투쟁이어서 힘이 아니면 승리할 수 없다는 것을 잘 알고 있었기 때문이었다. 그녀는 어려서부터 중국 역사를 많이 공부했기 때문에 왕가의 흥망이 오로지 힘으로 결정된다는 것을 너무도 잘 알고 있었던 것이다.

그러나 그 '힘'이라는 것은 반드시 무력만을 의미하는 것은 아니었다. 최후에 가서는 무력에 호소할 수밖에 없겠지만, 그보다도 더 중요한 힘은 민심이라고 믿고 있었다. 백성들의 지지를 받지 못하면 임금의 자리는 사상누각과 같은 것임을 알고 힘에는 힘으로 대항할 것을 벼르고 있었던 것이다.

그래서 민 중전은 대원군을 몰아내기 위해서는 무엇보다도 먼저 민심의 동향을 자기편으로 돌려놓을 필요를 느꼈다.

고종 10년(1873). 대원군이 섭정으로서 국권을 전단해온 지 10년째 되는 이해 6월에 관학 유생 이세우라는 자가 느닷없이 대원군에게 대한 '존칭 문제'로 임금에게 상소문을 올렸다.
그 상소문의 요지는 대략 다음과 같았다

……국태공 홍선 대원군은 국가의 원로로서, 과거 10년간에 성상을 잘 보도輔導하시고 국가의 경륜을 널리 펴셨으며, 허다한 외침을 모조리 막아내시고, 또 각지의 난동을 유감없이 평정하셨으니, 그 공로는 실로 청사에 길이 빛날 것이옵니다. 그러나 국태공께서는 치덕이 이미 높으셔서 심신이 매우 곤비困憊하실 것이오니 성상께서는 널리 보살피시와 지금 이후로는 국태공을 대로大老라는 존칭으로 부르심과 아울러 편히 쉬실 기회를 드리는 것이 좋을 것 같사옵기에 이에 그 뜻을 상감전에 아뢰는 바이옵니다.

상소문의 내용은 어디까지나 대원군에 대한 충성으로 가득 차 있었다. '국태공'이나 '대원위 대감'이라는 칭호로서는 오히려 부족하므로, '대로'라는 새로운 존칭으로 부르게 하자고 제의했으니 얼마나 충성어린 상소문인가.
말할 것도 없이 유생 이세우로 하여금 그와 같은 상소문을 올리도록 배후에서 조종한 사람은 민 중전이었다. 민 중전은 대원군의 반석 같은 지위를 흔들어놓기 위해, 많은 심복 신하들과 결탁하고 그와 같이 교묘한 상소문을 올리게 했던 것이다.
이세우의 상소문이 올라오자, 민 중전은 상감으로 하여금 그 상소문을 만조백관들에게 즉시 공표하게 하였다. 만조백관들은 상소문을 읽어 보고 그 내용이 너무도 교묘함에 한결같이 놀랐다. 대원군을 섭정의 자리에서 쫓아내려는 계략이 내포되어 있음이 분명했기 때문이었다.

그러나 상소문에는 그런 말은 한 마디도 표현되어 있지 아니하고, 대원군의 공로만을 극구 찬양하면서 '대로'로 존칭하자고 했으니, 그 뜻을 누구도 반대할 수가 없었다. 더구나 우의정 이유원은 민 중전과 진작부터 내통을 하고 있는 터인지라 그는 즉석에서 머리를 조아리며 아뢴다.

"이세우의 상소문 내용은 지극히 옳은 뜻인 줄로 아옵니다. 국태공의 공로는 청사에 길이 빛날 것이오니 '대로'로 존칭함과 동시에, 금후로는 편히 쉬시게 하는 것이 마땅한 예우인 줄로 아옵나이다. 성상께서는 이세우의 뜻을 가상히 여기시와 널리 용납하시옵소서."

민 중전은 이날도 어전회의에 직접 참석은 아니했으나 병풍 뒤에 숨어서 어전회의의 내용을 일일이 엿듣고 있었다. 그러므로 민 중전은 이유원의 발언에 혼자 회심의 고개를 끄덕였다.

임금이 말한다.

"그러면 이 상소문을 세상에 널리 공표하고, 오늘부터 '국태공'을 '대로'라고 존칭해도 여러 중신들은 이의가 없겠소?"

"성은이 망극하옵니다. 국태공을 '대로'로 존칭하는데, 신들이 어찌 이의가 있사오리까."

이리하여 이세우의 상소문을 그날로 세상에 공표함과 아울러 대원군에게도 도승지를 보내 그 사실을 알렸다.

대원군은 그 상소문과 임금의 전지를 읽어 보고, 주먹으로 갑을 치면서 혼잣말로 이렇게 격분하였다.

"너희놈들이 나를 차마 죽이지는 못하고 살아 있는 송장으로 만들어 버릴 작정이로구나."

그리고 밖에다 대고 큰소리로 호통을 질렀다.

"여봐라! 거기 누구 없느냐?"

바깥채에서 술추렴을 하고 있던 천·하·장·안, 네 심복부하가 부리나케 대원군 앞으로 달려 들어왔다.

대원군은 그들에게 추상 같은 호령을 내린다.

"너희들은 지금 곧 의금부로 달려가서 의금부판사더러 성균관 유생 이세우라는 자를 당장 체포해 오라 해라. 그런 놈은 내 손으로 당장 물고를 내버려야겠다."

"곧 분부대로 거행하겠사옵니다."

천·하·장·안은 일령지하에 비호같이 의금부로 달려갔다.

대원군은 그 동안을 참지 못해 넓디넓은 운현궁 사랑방 안을 이리 왔다 저리 갔다 하며 주먹으로 허공을 연방 휘둘러쳤다.

그러자 곧 의금부판사가 대원군 앞에 부복을 하며 아뢴다.

"의금부판사 김치선金致善이 대령하였사옵나이다."

"이놈아! 이세우란 놈을 체포해 오라고 했는데, 어째서 혼자 왔느냐. 지금이라도 부리나케 달려가 체포해 오너라."

의금부판사가 머리를 조아리며 아뢴다.

"이세우란 자를 체포하려고 집으로 달려갔사오나 그자는 집에 없었사옵니다."

"이놈아! 그놈이 집에 없으면 삼수갑산까지라도 쫓아가서 잡아와야 할 게 아니냐."

"아뢰옵기 황공하오나, 이세우란 자는 성상의 부르심을 받자옵고 지금 대궐에 들어가 있다고 하옵니다."

"뭐야? 그자가 어명을 받들고 대궐에 들어가 있다고?"

대원군은 의금부판사의 대답을 듣는 순간 눈앞이 캄캄해오는 것만 같았다. 이세우란 자를 임금이 대궐로 불러들여 갔다면 자기의 박해가 있을 것을 지레 짐작하고 그자를 보호하기 위한 것임이 분명했기 때문이었다.

그 추측은 과연 옳았다. 민 중전은 대원군의 보복이 이세우에게 반드시 있을 것을 알고 상감으로 하여금 그를 보호하게 했던 것이다.

사태가 그렇게 되고 보니 대원군으로서도 이세우에게 보복을 할 방도가 없게 되었다.

'아아, 이제는 내 손으로 선비 한 놈도 처벌할 수 없게 되었다는 말인가!'

대원군은 치밀어오르는 울분을 혼자 삭여버리는 수밖에 없었다.

그렇다고 아직 섭정의 권한이 박탈된 것은 아니므로,

'오늘은 참고, 다음 기회를 노리자. 네놈이 언젠가는 내 손에 죽게 되리라'

하고 스스로 위안을 해볼 수밖에 없었다.

그로부터 대원군은 앙앙불면하는 날이 계속되었다.

그러나 이세우의 상소문은 그런 정도로 끝난 것이 아니었다.

그 상소문이 세상에 한번 공표되자 백성들간에는,

"대원위 대감은 불일간 섭정의 자리에서 물러나고 이제부터는 상감께서 모든 정사를 친히 다스리시게 된다지?"

하는 소문이 날이 갈수록 널리 퍼져 나갔다.

그런 소문이 파다하게 퍼지자, 운현궁에 자주 드나들던 무리들도 눈에 띄게 줄어들고 있었다.

한편, 민 중전은 모든 계획이 신기할 정도로 계획대로 들어맞는 것이 통쾌하고도 기뻤다. 그리하여 그때에는 대원군과 앙숙인 유생 최익현을 승정원 부승지로 등용하고 나서, 그해 10월에는 최익현으로 하여금 다음과 같은 상소문을 또 올리게 하였다.

삼가 성상 전에 아뢰옵니다. 과거 10년간의 치적을 돌아보옵건대, 경복궁 중건이라는 과대한 부역으로 백성들은 피골이 상접할 정도로 피폐해졌사옵는데, 게다가 원납전과 호포세와 문세 등등의 잡다한 세금이 꼬리에 꼬리를 물고 나와서 백성들은 지칠대로 지쳐 죽지 못해 초근목피로 간신히 목숨을 이어 오고 있는 형편이옵니다. 그러고도 부족하여 조정에서는 매관매직만을 일삼아오며, 국가의 정신적인 지주로 되어 있는 1백여 소의 서원을 모조리 철폐함으로써 도의를 땅에 떨어뜨려 사림들은 원성이 자자하옵고, 양이와 왜구들은 우리나라의 국정이 어지러워졌음을 틈타서 변방 각지에 침범이 끊일 날이 없으니 때는 진실로 국가 존망지추存亡之秋가 아닌가 하옵니다. 그럼에도 불구하고 백성들은 가렴주구에 진저리가 나서 생업에 태만하게 되었고, 정사가 그러함에도 불구하고 삼공육경三公六卿들은 이렇다할 건백建白을 하는 일이 없사옵고, 대간臺諫들도 부질없는 논쟁만 하고 있을 뿐 이렇다할 직간을 하는 일조차 없으니, 상하가 모두 이래가지고서는 나라를 오래 지탱할 수가 없다고 생각되옵니다. 신이 엎드려 바라옵건댄, 영명하신 성상께서는 그러한 국정을 널리 통찰하시와 구악을 일소하시는 동시에 친정으로 서정庶政을 쇄

신하심으로써 일대 신기운新氣運을 진작해 주시옵소서. 그러한 중대 사업은 성상이 아니시고서는 누구도 과감하게 쇄신할 수 없는 일이오니, 구국제세救國濟世의 대방책을 친히 경영하시기를 엎드려 바라옵니다.

 말할 것도 없이 그 상소문도 민 중전과 민승호와 조영하 등의 사촉에 의하여 최익현이 직접 집필한 것이었다.
 고종은 그 상소문을 받아 읽고 크게 기뻐하며,
 "나의 막하에 이런 충신이 있다는 것은 진실로 가상하기 그지없는 일이로다. 최익현의 충성이 이렇듯 극진하니 그를 곧 호조판서에 제수하도록 하라!"
하고 도승지에게 명하였다.
 그러자 그때 대원군의 사람인 좌의정 강노와 영의정 한계원이 최익현의 상소 내용이 매우 불온함을 이유로 그를 호조판서로 임명하는 것을 정면으로 반대하고 나왔다.
 그러자 최익현은 며칠 후에 또다시 상소문을 올렸는데, 그 상소문에는,

 ……대원위 대감은 이미 치덕이 높으셨으니 섭정의 자리에서 물러나시어 노후를 만온하게 보내시게 하는 것이 효도의 길인 줄로 아옵나이다

하고 권좌에서 퇴위시킬 것을 정면으로 권고하고 나왔다.
 이에 대원군을 지지하는 일파는 크게 분노하여, 국태공을 모

독하는 최익현이란 자를 능지처참해야 한다는 소리가 높아졌다.

　최익현을 서울에 그냥 두었다가는 목숨을 부지하기가 어려울 것 같으므로 민 중전은 그를 살리기 위해 제주도로 유배를 보내 버렸다.

　그러나 그의 상소문은 그대로 실천에 옮겨져서, 그해 11월에 고종은 마침내 조보朝報를 통해,

　　대왕대비께서 수렴청정을 거두신 후 국태공께서 섭정의 자리에 앉아계시기는 했으나, 실질적으로 정사만기正事萬機를 과인이 친히 결재해 왔었다. 이제 과인이 성년에 달하여 섭정이 필요치 않게 되었으므로, 섭정제도를 철폐함과 동시에 국태공은 국가의 '대로'로서 노후를 편히 지내시게 하겠으니, 만백성과 만조백관들은 그리 알라!

하는 친정 포고의 교지를 선포하였다.

　대원군으로서는 실로 청천벽력 같은 포고문이었다.

　그럼에도 불구하고 대원군은 재기를 노리는 마음에서 다음날 아침 조회에 참석하려고 입궐하려니까, 돈화문 수문장이 앞을 가로막고 나서며,

　"어명이옵니다. 국태공께서는 오늘부터 입궐하시지 말라는 어명이 계셨사옵니다"

하고 대궐 안으로 들어가는 것조차 제지해 버리는 것이 아닌가.

　대원군은 땅을 치며 통곡이라도 하고 싶은 심정이었다. 그렇게도 어이없게 쫓겨날 줄은 정말 몰랐던 것이다.

　"그러나! 어명이라면 어쩔 수 없는 일이로구나."

대원군은 그 한 마디를 남기고 운현궁으로 되돌아오는 수밖에 없었다.

그러나 천지가 아득하여 운현궁에 돌아가도 마음이 안정될 것 같지 않으므로, 도중에서,

"여봐라. 운현궁으로 가지 말고, 이 수레를 양주楊州 곧은골로 돌려라. 이 기회에 선형이나 한번 참배하고 돌아봐야 하겠다"
라고 말했다.

지금까지는 대원군의 행차라면 어디를 가도 요란스러웠다.

그러나 섭정의 자리에서 쫓겨나 초헌을 타고 양주로 향하는 그의 뒤를 따르는 사람은 아무도 없었다.

'돌이켜보면 지나간 10년은 그야말로 일장춘몽이었구나. 지난 겨울 어느 날 밤 그 기생년이 요망스럽게도 '세무 십 년'이라는 노래를 부를 때 웬일인지 가슴이 섬뜩해 왔었는데, 나의 오늘의 운명은 그때에 이미 결정되어 있었더란 말인가?'

초겨울의 맑게 갠 푸른 하늘을 우러러보는 운현궁 대감의 눈에서는 자기도 모르게 구슬 같은 눈물이 거침없이 흘러내리고 있었다.

그러면서도 철부지로만 알고 있었던 민 중전에게 여지없이 참패한 것이 생각할수록 분하여,

"나는 아직도 연부역강年富力强한 52세. 세상이 오늘로 끝나는 것이 아니므로, 너무 슬퍼 말고 이제부터라도 후일을 기하기로 하자"
하고 혼잣말로 중얼거렸다.

권좌에 대한 야망은 아직도 끈질기게 살아 있었던 것이다.

여인 천하

 고종 10년(1873) 11월. 민 중전은 치밀한 계략으로 흥선 대원군을 섭정의 자리에서 몰아내고, 모든 국사를 상감이 친히 다스리게 하는 데 성공하였다. 고종이 임금의 자리에 오른 지 10년 만에 처음으로 임금으로서의 모든 권한을 제대로 장악하게 된 것이었다.
 그러나 임금이 정사를 친히 다스린다는 것은 허울 좋은 겉치레에 불과하였고, 실상인즉 국사 전반을 배후에서 일일이 조종하고 있는 인물은 다른 사람 아닌 민 중전이었다. 상감은 제반 국사를 민 중전에게 일일이 물어서 처리하였고, 민 중전은 그것만으로도 부족하여 어전회의가 있을 때에는 언제든지 병풍 뒤에 숨어서 중신들의 발언 내용을 일일이 엿들었던 것이다.
 이를테면 흥선 대원군의 10년 세도가 물러가자, 이번에는 온 세상이 민 중전의 여인 천하가 되어 버리고 만 것이었다.
 대원군이 퇴위하자, 국정의 최고 기관인 내각도 일대 혁신을 단행하여 대원군 계열의 인물은 모조리 일소해 버렸다. 그리고 새 내각은 민 중전의 의중 사람만으로 조각組閣하였다.

우선 대원군을 몰아내는 데 공로가 컸던 이유원을 영의정에 제수하였고, 일찍부터 내통해 오던 대원군의 친형 홍인군 이최응을 좌의정에 제수하였고, 외교정책에 있어서 대원군과 항상 대립되어 오던 박규수(朴珪壽: 박지원의 손자)를 우의정에 제수하였다.

홍인군 이최응은 워낙 돈밖에 모르는 무능하기 짝없는 인물이었다. 너무 무능한 까닭에 대원군은 친형임에도 불구하고 일체 등용을 아니했었다. 민 중전도 물론 그런 사정을 잘 알고 있었다. 그런 사정을 너무도 잘 알고 있었기 때문에 대원군 일가의 가란家亂을 일으키기 위해 진작부터 그를 자기편 사람으로 포섭해 왔었고, 일단 천하를 장악한 뒤에는 대원군에게 심리적 타격을 주기 위해 의식적으로 그를 좌의정 자리에 등용한 것이었다.

말하자면 인사 정책에 있어서도 국민민복을 위주로 인물을 등용한 것이 아니라, 나라의 정치야 어찌 되었든 간에 오로지 민씨 일가의 세력 강화에 필요한 인물만을 등용했던 것이다.

다만 박규수 한 사람만은 민씨 일파와 관련이 없었음에도 불구하고 우의정으로 발탁했는데, 그 이유는 그가 대원군의 쇄국주의와 반대되는 개화정책을 고집해 왔다는 점과, 열강들의 외침이 하도 극심하여 외교정책을 기본적으로 바꿔 보고 싶었기 때문이었다.

이상과 같이 삼정승을 결정하고 나서 육조의 판서들은 모조리 민씨 일가가 아니면 민씨의 충복들로만 조직함으로써 새로운 세력을 철통같이 굳건하게 하였다.

10년 독재의 대원군이 물러가자 백성들은 이제야 살 길이 생겼는가 싶어 임금의 친정을 크게 환영하였다. 민 중전은 경향 각지에서 보내오는 축하의 선물이 산더미처럼 쌓여 가는 것을 보고 말할 수 없는 기쁨을 느꼈다.

게다가 민 중전에게는 또 하나의 커다란 경사가 있었다. 첫아기가 죽고 나서 2년 만에 또다시 태기가 있게 된 것이었다.

민 중전은 태기가 있자, 무엇보다도 먼저 머리에 떠오르는 것이 눈엣가시와 같은 완화군이라는 존재였다. 완화군이 살아 있어가지고서는 마음이 안정되지 않았던 것이다.

그러나 이 귀인이 완화군을 워낙 엄중하게 보호하고 있기 때문에, 그 아이를 살해한다는 것은 결코 용이한 일이 아니었다.

'오냐. 내가 아들만 낳아 보아라. 그때에는 네 목숨을 부지하기가 어려우리라.'

민 중전은 몇 번이고 앙심을 품으며 해산의 결과를 기다려보기로 하였다.

그러면서도 민심을 수습하고 대원군의 비정秘政을 바로잡기 위해 국가의 기본 정책을 과감하게 뜯어고치기로 하였다.

우선 서민들의 환심을 사기 위한 정책으로 연강沿江지방의 세금을 면제해 주는 제도를 창설하였고, 또 나라에서 고급 관리들에게만 발급해 주던 아패(牙牌:호패)제도를 철폐하여 관민官民간의 계급 의식을 타파하게 하였다. 그리고 대원군 시대에는 양목洋木 같은 고급 포목은 양반만이 사용하고 서민대중은 사용을 못하도록 되어 있었는데, 민 중전은 서민대중의 환심을 사는 수단의 하나로 서민대중도 양목으로 옷을 맘대로 지어 입게 하였다.

그리고 또, 대원군이 서원을 권력으로 철폐함으로써 사림들의 원한을 크게 사고 있었음을 알았던 까닭에, 민 중전은 서원의 대종大宗이라고도 볼 수 있는 만동묘萬東廟와 화양서원華陽書院을 다시 복원시켰다.

외교면에 있어서도 대원군의 쇄국정책을 일소하는 뜻에서, 일찍이 일본의 동래 왜관을 철폐했던 사건의 책임을 물어 경상감사와 동래부사를 새삼스러이 처벌하였다.

물론 거기에는 개화주의자인 우의정 박규수의 작용이 컸다. 민 중전은 뚜렷한 개화사상을 가지고 있는 것이 아니었지만, 다만 대원군의 치적을 부인하는 정책을 쓰자니까 자연히 개화노선을 밟게 되었던 것이다.

민 중전이 해산을 한 것은 고종 11년(1874) 2월의 일이었다. 이번에도 또 아들을 낳았는데, 아기의 이름을 척拓.후에 순종이라고 하였다.

고종은 원자가 탄생한 것을 크게 기뻐하여 각 지방에 귀양 보냈던 사람들의 죄를 풀어 주었고, 원자의 탄생을 경축하는 뜻에서 소위 경과(慶科:경축과거)를 보게 하였다.

그리하여 이때 지방 선비들은 과거를 보려고 서울로 많이 모여들었다. 그러나 과거에 급제할 사람이 이미 내정되어 있었기 때문에, 시골에서 상경한 응시자들은 남의 들러리 구실을 하는 데 불과했었다.

그때의 과거 풍경에 대해서는 다음과 같은 웃지 못할 이야기가 있다.

그날의 과거는 대제학大提學이 명관命官이 되어 성균관에서 과

거를 보기로 되어 있었는데, 응시자들이 아무리 기다려도 시관
試官이 나타나지 않았다. 그리하여 응시자들이 불평을 말하고
있는 중에 난데없이,
 "시관이 아직도 나타나지 못하는 것은 과거에 장원급제시킬
사람을 아직 결정하지 못했기 때문이다"
하는 소문이 들려왔다.
 말할 것도 없이 장원급제란 시험 성적에 따라 결정될 일이지,
미리 결정할 수 있는 성질의 것이 못 된다. 그럼에도 불구하고
그와 같이 괴상망측한 소문이 들려오므로 응시자들은 크게 분격
하였다.
 "시관이 장원급제할 사람을 미리 결정해가지고 나온다면 우
리들은 남의 들러리 구실만 하라는 말이냐."
 그러자 뒤미처 괴상망측한 소문이 또다시 들렸다.
 "오늘 과거에서 장원급제할 사람은 영의정 이유원 대감의 아
들인 이수영으로 결정되었단다."
 과거를 보려고 전국 각지에서 모여든 선비들은 그와 같은 뜬
소문을 듣고 모두들 분노하였다. 그러면서도 너무나 경우에 벗
어나는 소문이었기 때문에 설마하고 있었는데, 정작 시험이 끝
난 뒤에 방문을 내붙이는 데 보니, 장원급제를 한 사람은 과연
영의정 이유원의 외아들 이수영이 틀림없지 않은가.
 과거에 응시했던 선비들은 그 방문을 보고 땅을 치며 울분을
참지 못했다.
 "대원군은 나라를 구하기 위해 매관매직을 했거니와, 세상 바
뀌고 나서는 과거조차 저희끼리 해먹을 작정이란 말이냐?"

친정 이후 나라 꼴은 말이 아니었다.

그나 그뿐이랴. 민 중전은 원자를 낳고부터는 완화군을 더욱 미워하게 되었고, 원자의 장수를 빌기 위해 대궐 안에 무당을 불러들여 안택경安宅經을 10여 일씩이나 계속하게 하였다.

그러고도 부족하여 전국 각지의 명산 대찰로 사람을 보내 불공을 드리느라고 국가의 경비를 아낌 없이 탕진하였다. 그러한 비용을 처음에는 내수사에서만 지출하였으나, 내수사의 예산만으로는 엄청난 비용을 감당해낼 수가 없어, 나중에는 호조와 선혜청에서도 담당하게 되었다.

사간원과 대사헌에서 그러한 사정을 보다 못해 하루는 민 중전을 찾아와,

"중전마마! 국가의 비용이 너무도 많이 탕진되오니 불공은 그만 중지하시옵소서. 대궐의 비용은 오직 내수사의 예산만으로 지출하도록 되어 있사옵고 호조와 선혜청의 예산은 대궐에서는 쓰지 못하도록 법으로 제정되어 있사옵니다."

하고 간했더니, 민 중전은 얼굴에 노기를 띠며 이렇게 꾸짖는것이었다.

"왕자를 위하는 일에 무슨 말이 그렇게 많으오. 나라의 예산을 나라에서 쓰는데 무슨 상관이란 말이오."

"대원위 대감께서 10년 동안에 쓰신 비용을 지금은 1년에도 부족하게 되었으니 큰일이 아니옵니까?"

"예산이 부족하면 백성들에게서 거둬들이면 될 게 아니오!"

그 모양으로 백성들은 대원군 시대보다도 더 한층 궁핍에 몰리게 되었다.

집권 이후의 민 중전의 머리 속에는 백성들의 민생고 같은 것은 염두에도 없었다. 그녀는 오직 자신의 세도를 영생토록 누리기에만 급급하여, 이해 6월에는 대궐 안에 파수군把守軍제도를 신설하여 대궐 수비를 철통같이 하기에 바빴던 것이다.

원자가 출생한 지 백 일째 되는 날 대궐 안에 있는 관물헌觀物軒에서는 백일 축하 잔치가 크게 벌어졌다. 그 자리에는 고종과 민 중전을 비롯하여 만조백관들이 모두 참석했는데, 민씨 일가의 총수인 민승호가 어전에 나와 왕자를 우러러보며 경축의 말씀을 올린다.

"왕자마마의 옥안을 우러러보오니, 열성조列聖朝에 대하여 면목이 크게 서는 듯하오이다."

임금도 지극히 만족스러운 듯 미소를 지으며 대답한다.

"모든 것이 중전의 덕인가 하오."

"황공하옵니다. 만백성들은 원자로 하여금 속히 세자로 책립하시기를 바라오니 성상께서는 원자를 속히 왕세자로 책립하시와 사직의 기틀을 확립하도록 하시옵소서."

"경들의 뜻이 그토록 간곡하다면 대왕대비 전에 상주하여 백성들의 뜻을 속히 이루도록 하겠소."

"황은이 망극하나이다. 영특하신 왕세자의 만수무강을 엎드려 비옵나이다."

그러나 민 중전의 소생인 어린아기를 왕세자로 책립하는 데는 두 가지 해결해야 할 문제가 있었다.

첫째는, 대원군이 이미 왕세자로 책립해 놓은 완화군에게서 왕세자의 자격을 박탈해야 하는 것이요, 둘째는 완화군을 왕세자로 책립한 사실이 청나라에 이미 보고가 되어 있기 때문에 왕세자를 바꾸려면 청 나라의 양해를 구해야 하는 점이었다.

그런데 어린아기는 백 일이 지난 지 얼마 후에 돌연 마마(水痘)에 걸려 생사의 경지를 방황하게 되었다. 이에 첫아기를 잃어 버린 쓰라린 경험을 가지고 있는 민 중전은 아기의 병을 고쳐 주기에 정신이 없었다. 명의란 명의는 모조리 불러다가 약을 썼지만, 그것만으로는 안심치 않아 날마다 무당을 불러다가 굿도 하였고, 여러 산으로 찾아다니며 산치성山致誠도 올렸다.

그리하여 어린 환자는 다행히 얼굴만 얽었을 뿐으로 마마는 완치되었는데, 민 중전은 그 모두가 무당과 산신령의 덕택이라 하여 그때부터는 산치성에 정신이 팔리고 말았다.

그로 인해 탕진되는 국고가 막대했건만 그러한 낭비를 막아낼 사람은 아무도 없었던 것이다.

재기를 꿈꾸는 늙은 호랑이

　모든 권세를 눈 깜박할 사이에 송두리째 빼앗기고 양주 곧은 골로 낙향한 흥선 대원군은 마음이 울적하지 않은 날이 하루도 없었다. 처음에는 인생무상이라는 말로 모든 것을 체념하려고도 노력해 보았지만, 세상만사를 깨끗이 체념해 버리기에는 그의 야망은 너무도 컸다. 서울에는 발길조차 돌리고 싶지 않아서 성묘를 끝낸 뒤에는 온양으로 내려와 재기의 기회만 노리고 있었다.
　그가 온양 온천에 체류하자 천·하·장·안을 비롯하여 벼슬에서 쫓겨난 많은 심복 부하들이 그를 찾아왔다.
　대원군은 그들을 상대로 서울 형편을 묻는다.
　"요새 정국이 어떻게 돌아가고 있는가?"
　"정국이 바뀌자 천하를 휩쓸고 돌아가는 사람은 민승호이옵니다. 철폐했던 서원을 복원시키라는 명령을 내린 자도 민승호였사옵고, 완화군을 왕세자의 자리에서 몰아내고 새로 탄생한 왕자를 왕세자로 책립하기로 촉구한 자도 다른 사람 아닌 민승호이옵니다. 민승호는 대원위 대감의 치적을 하나에서 열까지 모조리 부인하고 나오는 것이옵니다."

"음……, 민승호 그놈이 내게 대해 그렇게 나올 줄은 정말 몰랐구나."

대원군은 자기도 모르게 이를 부드득 갈았다. 민승호는 대원군 자신의 처남이 아니었던가. 그를 민 중전의 양오라비로 보낸 사람도 대원군 자신이었고, 그를 조 대비에게 소개한 사람도 대원군 자신이 아니었던가. 민승호가 자기를 적대시하고 나온다는 것은 '제가 기른 개에게 발뒤축을 물린 셈'이나 다름없었다.

"아닌게 아니라, 그자는 과거의 은공을 모르고 배은망덕하는 놈이옵니다."

"음……, 그런 놈은 숫제 없애 버려야 세상이 바로 될 것이로다."

대원군이 혼잣말로 중얼거리자, 옆에서 듣고 있던 장가張哥가 주먹을 불끈 불어 쥐며 말한다.

"대원위 대감의 말씀은 참으로 옳으신 말씀이옵니다. 민승호와 같이 배은망덕한 요물이 조정에서 난동을 치면 나라는 반드시 망하는 법이옵니다. 대감께서 명령만 내려 주신다면 제가 목숨을 걸고 그자를 죽여 없애 버리겠습니다."

"네가 그자를 어떤 방법으로 없애 버리겠다는 말이냐?"

"그자 하나쯤 없애 버리기는 식은 죽 먹기보다도 쉬운 일이옵니다."

"방법을 말해 보아라. 집으로 습격하여 칼로 찔러 죽이면 소문이 나서 곤란할 게 아니냐?"

"그런 어리석은 방법을 쓰면 대원위 대감께 누가 미칠 것이므로 그래서는 아니되옵니다."

"그럼 어떤 방법을 쓰겠다는 말이냐?"

"최근에 청나라에서 자기황自起磺이라는 최신 무기가 들어왔사온데, 그것만 가지면 귀신도 모르게 죽일 수 있사옵니다."

"음……, 그런 신통한 무기가 있다면 네가 알아서 맘대로 해 보려무나."

"황공하옵니다. 그럼 제가 책임지고 그자를 처치해 버릴 터이오니, 대원위 대감께서는 양주에 들어가셔서 기다려 주시옵소서."

민승호만 죽여 없애면 국권이 대원군에게 절로 돌아올 것처럼 믿고 있는 그들이었다.

그러나 대원군은 민 중전의 수완이 비상함을 알고 있는지라 모든 일이 그렇게 쉽게 이루어지리라고는 생각하지 않았다.

"나는 어차피 양주에 돌아가 낚시질이나 하고 있을 테니까 내일은 걱정 말고 네 일이나 잘 보고 돌아오너라."

그로부터 한 달 가량 지난 이른 봄 어느 날의 일이었다.

호조판서 민승호는 4월 초파일을 며칠 앞두고 절에 가 불공을 올리고 저녁때가 다 되어서야 집에 돌아왔다. 그리하여 사랑방에서 손님들과 담화를 나누고 있노라니까 청지기가 문 앞에 와서 아뢴다.

"대감마마, 어떤 스님이 선물을 가지고 왔사옵니다."

"어디서 온 스님이라고 하더냐?"

"대감께서 늘 다니시는 절의 스님이라고 합니다. 귀한 물건이 생겨서 특별히 가지고 왔다는 것이옵니다."

민승호는 세도가 좋아 스님들로부터 선물을 가끔 받아왔기 때문에 별로 의심하지 않았다.

"좋은 선물을 주신다니 고마운 일이로구나. 지금은 손님이 계셔서 직접 만나지 못하겠으니, 네가 선물을 받아 오려무나."

이윽고 청지기가 가지고 들어온 선물은 새파란 보자기에 싼 나무상자였다.

그로부터 얼마 후에 민승호는 손님들을 보내고 선물을 안방으로 가지고 들어왔다.

마누라는 나들이를 가고, 집에 있는 식구는 60이 넘은 양모와 열 살짜리 외아들뿐이었다.

"아버지! 그게 뭡니까?"

"절에서 중이 선물을 가져왔다는구나. 뭔지 끌러 봐야 알겠다."

민승호는 노모와 아들과 함께 둘러앉아 선물 보자기를 끌러 보았다.

보자기를 풀어 보니, 보물 상자 같은 함이 나오는데, 자물쇠로 잠겨 있고, 열쇠가 옆에 달려 있었다.

"어서 열어 봐 주세요."

내용이 궁금하여 세 사람은 머리를 모으고 열쇠를 열었다. 그리하여 뚜껑을 막 열어젖뜨리는 순간,

"꽝!"

하는 폭음 소리와 함께 폭탄이 사방으로 파열하여, 노모와 외아들은 그 자리에서 즉사하고, 민승호는 전신에 중상을 입은 채 쓰러졌다. 그리고 방 안은 불바다로 화해 버렸다.

하인들이 부리나케 달려와 민승호를 밖으로 끌어내었다. 그러나 민승호는 피투성이가 된 채로,
"운현궁이……운현궁이……."
마지막으로 그 한 마디를 남기고 숨을 거두어 버리고 말았다.
민 중전은 어머니와 오라버니와 친정 조카가 폭탄 세례로 몰살됐다는 비보를 듣고 음모자가 대원군임을 의심치 않았다.
그러나 단서를 잡지 못했으니 처벌은 할 수가 없었다.
그리하여 울면서 상감에게 그 사실을 고하니, 상감도 크게 분노하며,
"문제의 중놈을 신속히 체포하여 배후를 소상히 밝히라"
하는 엄명을 내렸다.
그로 인해 서울 장안은 범인을 잡느라고 한동안 삼엄하였다.
그러나 범인은 어디까지나 오리무중이었다.
그런데 그와 때를 같이하여 장령掌令 손영로孫永老라는 유생이 대원군을 섭정으로 다시 모셔 오라는 상소문을 올렸다.
그 상소문에는 이런 구절이 들어 있었다.

대원위 대감은 10년간 정치를 바로잡아 탐관오리를 일소하고 나라의 기틀을 바로잡으셨습니다. 그래서 백성들은 이제야 태평성대를 누리게 될 줄로 믿고 있었사온데, 친정 불과 1년에 영의정 이유원을 비롯하여 삼공육경들이 모두 보필을 잘못했을 뿐만 아니라, 가렴주구만을 일삼아온 까닭에 민생들은 도탄 속에서 헤어나지 못하게 되었습니다. 그러므로 이 나라 이 백성들이 다시 구제되려면 오로지 대원위 대감을 섭정으로 다시 모셔 오는 길밖에 없을 줄로 믿

사옵니다.

그러나 그와 같은 종이 조각 하나로 정권이 뒤바뀔 리는 만무하였다.

민씨 일파는 그 상소문도 대원군의 사주에 의한 장난임이 틀림없다고 생각되어 손영로를 금갑도로 정배 보냈다가 대역죄로 사약을 내렸다.

이리하여 대원군의 복권 음모는 애꿎은 선비 몇 사람만 희생시켰을 뿐으로 어이없이 실패극으로 끝나고 말았다.

그러나 민승호 부자의 급사는 민씨 일족에게는 적잖은 충격을 주었다. 민승호 자신이 중전의 오라비로 막강한 세력을 장악하고 있었던 관계로 이제는 누가 그의 양자로 들어가느냐에 따라 세력 분포도 크게 달라질 판이었다.

민승호의 양자로 물망에 오른 사람들은, 민겸호의 아들 민영환閔泳煥과, 민관호閔觀鎬의 아들 민영적閔泳迪과, 민두호閔斗鎬의 아들 민영휘閔泳徽와 민태호閔台鎬의 아들 민영익閔泳翊 등등이었다. 그들은 입양 문제를 둘러싸고 치열한 경쟁을 하다가 결국에 민태호의 아들 민영익이 양자로 선정되었다. 그리고 모든 민씨는 대원군에게 대항해 민 중전을 중심으로 결속을 가일층 굳건하게 다져 나갔다.

대원군의 음모는 실패로 돌아갔으나, 그 사건 자체는 국내외적으로 몇 가지의 커다란 영향을 미쳤다.

그 첫째는, 민 중전은 대원군의 음모를 격파하고 나자 자신의 지위를 더욱 강화하기 위해 대원군이 각별히 사랑하던 완화군을 왕세자의 자리에서 쫓아내고, 이제 겨우 첫돌이 지났을 뿐인 자기 소생인 척을 정식으로 왕세자로 책립하였다.

그리고 그 둘째는, 대원군의 음모사건을 계기로 일본과 수교조약을 급속히 체결하지 않을 수 없게 된 것이었다.

대원군은 본디 쇄국주의를 철저하게 써왔기 때문에, 일본은 오래 전부터 우리와 통상을 하고 싶어도 먹혀 들어가지 않았다. 그러다가 대원군이 물러나고 민 중전이 정권을 잡게 되자 간신히 통상을 하게 되었는데, 대원군의 음모사건이 널리 알려지자 일본은 크게 당황하여 대원군이 재기하기 전에 어떤 비상수단을 써서라도 수교조약을 맺어 두고 싶었던 것이다.

그리하여 음모사건이 있은 이듬해에는 운양호雲揚號를 비롯하여 군함 13척을 보내 강화도를 침범해 왔다.

이에 우리는 일본과 대항하여 싸웠으나, 무기라고는 화승총火繩銃밖에 없었으니, 적의 대포 공격을 당해낼 능력이 없었다. 그리하여 적은 강화도 연안의 초지진 등을 모조리 점령하고 나서 수교조약을 강요해 오므로 우리는 어쩔 수 없이 수교조약을 맺게 되었는데, 그것이 이른바 '강화도조약'으로서, 우리로서는 건국 이후 최초의 개국조약이었던 것이다.

그것은 고종 12년(1875) 8월의 일이었다.

쇄국주의를 포기하고 개화정책으로 나가자, 평소에 쇄국주의를 신봉해 오던 전국의 유생들은 크게 반발하였다. 그러잖아도 평소부터 민 중전의 방자스러움을 미워하던 그들은 왜구와 국교를 맺는 것이 매우 못마땅했던 것이다.

게다가 장령 손영로가 억울하게도 참살당한 울분까지 겹쳐서,

경상도의 유생 유도수柳道洙는 수십 명의 동지들과 연명連名하여, 대원군을 양주에서 운현궁으로 다시 모셔 와야 한다는 상소문을 올렸다.

그런데 그 상소문에는 다음과 같은 구절이 있었다.

동방예의지국인 우리가 왜구와 수교조약을 맺었다는 것은 진실로 부끄럽고도 어리석기 짝없는 일이옵니다. 일본의 근본은 양이와 다르다 하겠으나 그자들도 지금은 서양 오랑캐의 풍속에 물이 들어버린 가짜 양이들인 것이옵니다. 전날 대원위 대감께서는 영명하시게도 그러한 점들을 통찰하시어, 일체 인교隣交를 아니 하셨는데, 이제 일본과 수교조약을 맺으셨으니 이는 진실로 한심스럽기 짝없는 일이옵니다. 바라옵건댄 성상께서는 양주에 계신 대원위 대감을 운현궁으로 영하迎賀하시어 효행孝行을 다하시는 동시에, 대원위 대감으로 하여금 국가의 그릇된 정책을 시정토록 하소서. 나라의 백년대계를 위해 저희들 유생 일동은 다같이 엎드려 간곡히 바라는 바이옵니다.

그것은 친정에 대한 노골적인 불평인 동시에, 대원군을 다시 섭정으로 옹립하라는 주장이었다. 민 중전은 고종을 통해 소를 올린 자들을 상세히 조사하게 하였다.

그리하여 소두疎頭 유도수와, 그의 소문을 집필한 유생 이영수李榮洙와 도청 이상철李相喆과 유생 서승렬徐昇烈, 네 명을 멀리 원박도로 정배를 보내 버렸다.

그러나 대원군을 양주에서 운현궁으로 모셔 와야 한다는 상소문은 그것으로 두절된 것이 아니었다. 유도수와 이영수 등이 상소문 관계로 귀양을 가게 되자, 전국 각지에 흩어져 있는 수십만의 유생들은 그 가혹한 처사에 더욱 분격하여 저마다 상소문을 올리게 되었고, 극렬 분자들은 죽음을 각오하고 경복궁 궁문 앞으로 몰려와 연좌 시위를 하기까지 하였다.

그나 그뿐이랴. 뜻을 같이하는 유생들은 각 도 별로 조직을 강화하는 동시에, 경상도 소두 최화식과 충청도 소두 홍학주와 경기도 소두 조충식과 서울 소두 임도준과 평안도 소두 이수 등은 서로 긴밀한 연락을 취해가며, 대원군을 다시 모셔다가 서정을 쇄신하라는 소문을 연방 올렸다.

사태가 그처럼 험악해지니 조정에서도 탄압만으로는 해결하기 어려움을 알고 그때부터는 유생들에게 회유정책을 쓰지 않을 수가 없게 되었다.

대원군을 다시 섭정으로 옹립할 수는 없었으나, 유생들의 격분을 무마하기 위해서는 대원군을 일단 양주에서 운현궁으로 모셔오지 않을 수가 없었던 것이다.

그리하여 대원군은 고종 10년 11월에 섭정의 자리를 빼앗김과 동시에 운현궁을 떠났다가, 그로부터 2년 만인 고종 12년 6월에야 다시 운현궁으로 돌아오게 되었다.

그러나 몸은 비록 운현궁에 돌아왔어도, 운현궁은 민규호가 지휘하는 군사로 이중삼중으로 포위를 당하고 있어서, 그때의 대원군은 창살 없는 감옥의 수인과 다를 바가 없었다.

비운의 왕자

민 중전은 완화군을 왕세자의 자리에서 몰아내고, 자기가 낳은 어린 아들을 세자로 책립하는 데 성공하였다. 그 문제에 대해서는 고종도 다소간 이의가 있었으나, 민 중전은 끝까지 고집하여 모든 것을 뜻대로 해버렸던 것이다.

그러나 그 당시는 청나라가 우리의 종주국처럼 되어 있었기 때문에 왕세자를 책립하려면 청조淸朝의 동의가 필요하였다.

왕세자를 책립하기 두어 달 전에 때마침 청국에 경사가 있어서 민 중전은 민태호를 경축 사신으로 보내면서,

"청나라에 가거든 이번 기회에 왕세자 책립 문제에 대해서 미리 양해를 구해 놓고 돌아오시오"

하고 명했다.

민태호는 청나라에서 경축 임무를 끝내고 반접관伴接官과 간담을 나누다가,

"참, 우리나라에서 머지않아 세자 책봉 주청사奏請使를 보내올 터인데 그때에는 내가 또다시 오게 될지도 모르겠소"

하고 운을 떼어 보았다.

말할 것도 없이 민 중전의 명대로 세자 책봉의 양해를 미리 얻어두기 위해 반접관의 의사부터 타진해 보려는 것이었다.
반접관은 눈을 커다랗게 떠보이며 묻는다.
"귀국에서는 이미 왕세자가 내정되어 있는 줄로 알고 있는데, 왕세자를 또다시 책립한다니, 그게 무슨 말씀이오?"
"전에는 궁녀의 몸에서 난 완화군을 세자로 책립했었는데, 이번에 중전께서 원자를 낳으셨기 때문에 왕세자를 원자로서 바꿀 생각입니다."
"완화군은 몇 살이고 새로 탄생한 원자는 나이가 어떻게 되오?"
"완화군은 여덟 살이고 원자는 작년에 탄생했으니 두 살밖에 안 됩니다."
"청국에서는 세자를 맏아들로 책봉하는 법인데, 귀국에서는 맏아들을 제쳐놓고 둘째 아들로 세자를 책립하겠다는 말씀인가요?"
"하나는 서자이고 하나는 적자이니까 신분이 다르지요."
"서자이거나 적자이거나 임금의 아들이기는 마찬가지가 아니오. 나는 잘 모르기는 하지만 나이 어린 사람을 세자로 바꾼다면 우리 조정에서는 양해를 구하기가 어려울 것이오."
민태호는 그 말을 듣고 크게 당황하였다. 그 문제를 그 이상 왈가왈부하다가는 오히려 화가 미칠 것 같아서, 일체 입을 다물고 말았다.
그런데 민태호가 고국에 돌아와 보니 민 중전은 그 동안을 참지 못하고 원자 척을 이미 왕세자로 책봉해 버리지 않았는가.

"중전마마! 청나라에서는 원자를 세자로 책봉하는 데 대해 난색을 보이고 있사오니, 지금이라도 특사를 급히 보내 양해를 구해야 하옵니다. 이 일은 매우 중대한 일이옵니다."

그 말을 듣고 이번에는 민 중전이 당황해 하였다.

"그러면 이 일을 어찌했으면 좋겠소?"

"중신회의를 급히 열어 대책을 강구해야 하옵니다. 신의 생각으로는 원로급의 특사를 사신으로 보내 청조의 양해를 정중하게 구할 필요가 있을 것 같사옵니다."

민 중전은 영의정 이유원을 비롯한 원로 중신들을 대궐로 불러들여 그 문제를 진지하게 상의하였다.

청국에 특별주청사를 보내는 데는 누구도 반대하지 않았다.

그러나 청조의 양해를 구하는 데 대해서는 아무도 자신이 없어 하였다.

영의정 이유원이 심사숙고하다가 문득 말한다.

"우리가 서둘러 특사를 보내 양해를 막바로 구하기보다는 어느 외국 사신으로 하여금 미리 양해를 할 수 있도록 준비공작을 해놓고 나서 특사를 보내는 편이 훨씬 좋을 것 같사옵니다."

임금과 민 중전은 그 말을 듣고 매우 기뻐하였다.

"좋은 생각이오. '중이 제 머리 못 깎는다' 라는 속담이 있듯이 제3자를 내세워 미리 양해를 구해 두는 것이 훨씬 효과적일 것이오. 그러면 그 일을 누구에게 부탁하는 것이 좋겠소?"

"일본국은 청나라에 상주하는 사신이 있사옵니다. 일본은 지금 우리나라와 수교하기를 갈망하고 있으니, 우리가 수교조약을 맺어 주는 조건으로, 청국에 주재하는 일본 사신으로 하여금 그

임무를 부탁하는 것이 어떠하겠나이까?"

"그것 참 절묘한 계책이오. 때마침 일본의 전권대신全權大臣 흑전청릉黑田靑陵과 부사 정상향井上響 등이 수교조약을 맺자고 부산에 와 있으니, 밀사를 부산으로 내려 보내 그 문제를 부탁해 보시오."

밀사가 부산에 내려가 일본국의 전권대신을 만나 보니, 흑전은 즉석에서 쾌락하였다.

"그런 조건이라면 세자 책봉 문제는 청국에 상주하는 우리 대사로 하여금 책임지고 해결해드리도록 할 테니, 그 대신 수교조약을 되도록 빨리 맺기로 합시다."

"그 문제만 해결해 주면 수교조약을 곧 맺도록 하겠소."

"그 문제는 염려 마시오. 우리가 책임지고 해결해 드리겠소이다."

일본 사신은 장담을 하고 나섰지만, 실상인즉 그것은 완전히 간계에 불과하였다. 그 당시의 사정으로 보아, 청국은 조선 문제에 대해 일본의 중재를 용납할 리가 만무했던 것이다.

일본 대신에게 그와 같은 부탁을 한 지 얼마 후에 영의정 이유원과 예조판서 민규호가 세자 책봉 주청사로 북경을 직접 방문하였다.

청나라 황제가 조선 사신을 접견하고 묻는다.

"내가 듣건댄 귀국에서는 장자長子를 버리고 차자次子를 왕세자로 책봉하려고 한다는데, 그것은 무슨 이유요?"

"장자는 8세이오나 후궁의 소생이옵고, 차자는 2세에 불과하오나 왕비 민씨의 소생이옵니다. 그러므로 적자를 소중히 여기는 뜻에서 차자를 왕세자로 책봉하려는 것이옵니다."

"음……, 적자와 서자는 신분이 다르니까 왕가의 법통을 계승하려면 그래야 옳을 것 같구려. 그러면 그 문제는 귀국의 사정대로 하구려."

청나라 황제는 즉석에서 양해를 해주었다. 중국에서도 적서의 관계를 엄격히 따지므로, 그것은 너무도 당연한 일이었다.

그러나 이유원은 그 문제가 쉽게 해결된 것은, 일본국 사신이 사전 교섭을 잘해 두었던 덕택인 줄로 알고, 서울에 돌아오자 임금과 중전에게 그렇게 보고하였다.

그러니까 민 중전으로서는 일본 사신의 공로에 깊이 감사할 수밖에 없었다.

약삭빠른 일본 사신들은 세자 책봉 문제가 순조롭게 해결된 것을 알고, 그것을 마치 자기네의 공로인 것처럼 내세우며, 수교조약을 강요하였다. 그리하여 고종 13년(1876) 2월에 굴욕적인 강화도조약이 마침내 체결되었는데, 국가의 권익에 위배되는 악조건을 그대로 받아들이게 된 이면에는 세자 교체 문제의 약점이 크게 작용했던 것이다.

일본과의 국교가 정식으로 성립되자 일본은 화방의질花防義質을 주조선공사駐朝鮮公使로 임명하여 서울에 상주하게 하였고, 우리도 이해에 승지 김기수金綺秀를 수신사修信使로서 일본을 시찰하게 하였다.

그때부터 일본과의 국교가 더욱 두터워져서 고종 16년에는 김홍집金弘集을 제2의 수신사로 다시 일본에 보내어 새로운 문물을 많이 배워 오게 하였다.

그런데 서울의 한복판인 청수관請水舘에 상주하는 일본 공사 화방의질은 통상에만 만족하지 아니하고, 조선을 송두리째 말아먹을 생각에서 조선국의 근본 정책에까지 간섭을 하기 시작하였다.

간교하고도 노회한 일본 공사 화방의질은 조선국의 실권자가 민 중전임을 알고, 그는 민 중전의 비위를 맞추는 데 전력을 기울였다.

그 당시 민 중전은 신변 보호를 위해 정규군대와는 별도로 대궐 안에 무위영武衛營이라는 별개의 군대를 두고 있었다. 이를테면 대궐만을 수비하는 친위대와 같은 군대였다.

그런데 그 군대의 무술이 매우 치졸하고 장비가 몹시 허술하였으므로, 화방의질은 민 중전의 환심을 사려고 무위군武衛軍 만은 무보수로 현대식 무술을 훈련시켜 주겠다고 제안하였다.

민 중전은 일본 공사 화방의질의 제안을 받아들여 무위영장 이경하와 장위영壯衛營 신정희申正熙 등을 일본에 파견하여 일본 군대를 시찰하고 돌아오게 하는 동시에, 일본의 육군 소위인 굴본예조堀本禮造라는 교련관을 초빙해다가 무위군만은 순전히 일본식 훈련을 받게 하였다. 그들은 복장도 새파란 군복을 입혔고, 대우도 정규군보다 훨씬 우대를 하면서 명칭조차 별기군別技軍이라고 부르게 하였다.

그러니까 정규군들이 차별 대우에 불평이 없을 수 없었다.

"다 같은 군인인데 어떤 놈은 잘 먹이고 옷도 잘 입히면서 우리는 푸대접을 하고 있으니, 세상에 이럴 수가 있는가."

"어디 두고 보자. 우리도 너희놈들의 코를 납작하게 만들 때가 있을 것이로다."

 무지한 정규군들은 차별 대우를 하게 만든 민 중전도 미웠지만, 푸른 복장을 입고 거드럭거리며 거리를 활보하고 있는 별기군이 더욱 미웠다.

 운현궁에 칩거해 있는 대원군은 그 소식을 듣고 울분을 금치 못했다.

 '군대의 훈련은 본시 은밀히 해야 하는 법인데, 군대의 훈련을 일본 군인이 직접 시키다니 거기에는 국가 존망에 관계되는 흑막이 깔려 있음이 분명하다.'

 이리하여 대원군은 구식 군대와 뜻을 같이하며 민 중전의 개화정책에 더 한층 불만을 품게 되었다.

 그러나 조정의 젊은 재사들은 개화정책을 적극적으로 지지하였으니, 김옥균·박영효·서광범·서재필 같은 소장 친일파가 바로 그런 사람들이었다.

 이로써 정국은 민 중전을 중심으로 하는 개화파와 대원군을 중심으로 하는 쇄국파의 대립이 노골화되었고, 군대도 별기군과 구식 군대가 정면으로 충돌하게 되었다.

 그러나 민 중전은 일본과 수교조약을 맺기는 했어도 그 자신이 신념을 가진 개화주의자는 아니었다. 그는 다만 자신의 지위를 보존하는 방편의 하나로서 일본과 화친했을 뿐이었던 것이다.

 대원군은 민 중전의 처사라면 뭐든지 마땅치 못해 호시탐탐 재기의 기회를 노리면서 구식 군대들의 불평을 은연중에 조장시켜 나가고 있었다. 그러면서도 마음이 하도 어지러워 어느날은 비밀리에 어린 손자 완화군을 운현궁으로 불러다가 저녁을 같이 먹은 일이 있었다.
그런 일이 있은 지 몇 시간 후에 민 중전의 편전에 반야월이 부리나케 달려 들어오며 외친다.
"중전마마! 큰일났사옵니다. 조금 전에 운현 대감께서 완화군을 운현궁으로 불러다가 저녁을 융숭하게 대접해 보냈다는 것이옵니다."
민 중전은 그 소리를 듣고 눈에서 불이 일어나는 것만 같았다.
"뭐야? 운현 대감이 아직까지도 그 애를 감싸고 돌아간다는 말이냐?"
"그냥 감싸고 돌아가기만 하면 별일 없을지 모르오나, 완화군을 비밀리에 데려다가 저녁까지 대접해 보낸 것을 보면 필시 대원군께서는 무슨 무서운 음모를 꾸미고 있지 않는가 짐작되옵니다. 중전마마께서는 그 점을 깊이 통찰하셔야 하옵니다."
"음……, 들어 보니 네 말이 과연 옳을 것 같구나."
"그렇다면 완화군을 그냥 살려 두었다가는 정말로 큰일이 생길지 모를 일이 아니옵니까. 그래서 쇤네는 진작부터 완화군을 없애 버리시라고 여쭈었던 것이옵니다."
"그런 일이란 나의 지시를 받을 것도 없이 네가 알아서 해야 할 일이 아니냐?"
민 중전은 마침내 굳은 결심을 하고 반야월에게 적잖은 재물을 내주면서,
"비용은 얼마든지 대줄 테니 네가 하고 싶은 대로 한번 해보아라!"

하고 말했다.

"중전마마의 말씀은 잘 알아들었사옵니다. 쇤네가 열흘 안에 목숨을 걸고 중전마마의 뜻대로 거행하겠나이다."

그로부터 열흘 후에 생때 같던 완화군은 자다가 급사를 하고 말았다. 임금의 아들로 태어나 12년 동안을 불우하게 지내다가 비참한 최후를 마친 것이었다.

세상에는 완화군을 민 중전이 독살했다는 소문이 떠돌았다. 그러나 민 중전의 혐의를 추궁할 사람은 아무도 없었다.

더구나 완화군이 급사한 다음날에는 반야월마저 원인 모르게 죽어버려서 완화군의 사인死因은 오늘날까지도 수수께끼로만 전해 내려오고 있는 것이다.

귀신 같은 살인술

완화군 살해 사건은 대원군에게 커다란 반발심을 불러일으켰다. 대원군은 그렇잖아도 민 중전이 일본의 압력에 못 이겨 굴욕적인 강화도 수교조약을 체결하고 나서 원산과 인천을 개항한 것을 몹시 못마땅하게 여겨 오던 판인데, 이제는 자기가 사랑하는 완화군까지 살해해 버렸으므로 그의 분노는 머리끝까지 치밀어올랐던 것이다.

'오냐! 너 같은 계집년에게 국권을 맡겨 두었다가는 나라가 결딴이 나겠다. 나라를 구하기 위해 너 같은 계집년은 단호히 죽여 버려야만 한다.'

때마침 사대주의자들은 대원군의 복위를 갈망해 마지아니하였으므로 대원군은 마침내 고종과 민 중전을 몰아내고 자기의 서자인 이재선李載先을 왕으로 옹립시킬 계획을 꾸몄다. 말하자면 쿠데타를 하려고 한 것이었다.

그리하여 이재선을 중심으로 승지 안기영과 권정호 등을 앞장세워 왜병을 친다는 명목으로 고종 18년(1881)에 수백 명의 군사를 3군으로 나눠, 1군은 대원군을 모시고 대궐로 쳐들어가 임금 내외를 몰아내고, 1군은 일본 공사가 있는 청수관淸水館과 왜군이 주둔하는 평창련군교장平昌鍊軍敎場을 습격하고, 나머지 1군은 민씨 일파와 개화파 대신들을 모조리 잡아 죽일 계획을 세웠다.

그러나 그 음모는 거사를 하루 앞둔 8월 26일에 광주산성의 장교 이풍래李豊來가 밀고함으로써 비밀이 사전에 탄로되어 하룻밤 사이에 모두 체포되고 말았다. 그래서 승지 안기영·권정호와 장교 이철원·강달선·이두영·이종학·이종해·조중호·이연응·정건섭 등은 대역죄로 참형에 처하고, 이재선만은 일단 제주도로 유배를 보냈다가 후에 죽임으로써 일단락을 지었다.

그러나 대원군만은 물적 증거가 없어 차마 손을 대지 못했다. 그러나 그와 같은 대역모의 사건이 있고 나자 민 중전과 대원군 사이가 더욱 멀어져 갔음은 말할 것도 없다.

조선이 그와 같이 친일 일변도로 기울어지자, 이번에는 청국이 우리의 외교정책을 심히 못마땅하게 여겼다. 게다가 미국과 영국 등도 일본이 미개국인 조선을 독점해 버릴 기세를 보이자, 청국을 통해 수호조약을 강력히 요구해 왔다.

그리하여 고종 19년 3월에는 미국과도 수호조약을 맺었고, 그로부터 한 달 후에는 영국과도 수호조약을 맺었다.

그러한 대외정책이 대원군에게는 모두 마땅치 못했다.

그러나 민 중전의 세도는 날이 갈수록 승승장구하여 이제는 그녀에게 대항할 사람은 아무도 없었다.

그런데 이해 봄에 민 중전은 이제 겨우 아홉 살밖에 안 되는 왕세자 척에게 세자빈世子嬪을 맞아들임으로써 자신의 세력 지반을 더욱 공고하게 다져 나가고 있었다. 세자빈은 대제학 민태호의 딸로 열한 살의 소녀였다.

아홉 살짜리 신랑과 열한 살짜리 신부의 꼭두각시놀이 같은 혼인이었다. 그럼에도 불구하고 경사가 있다고 하여 대궐에서는 그때부터 밤마다 곡연曲宴이 계속되었다. 며느리를 얻은 기쁨도 기쁨이려니와, 서른두 살의 민 중전은 몸에 넘치는 왕성한 정력을 주연으로 풀어 버리려고 그랬는지도 모른다. 그로 인해 나라의 재정은 극도로 궁핍해가고 있었건만 민 중전은 그런 것은 문제시하지 않았다. 다만 일신상의 영화와 쾌락을 누리기에 여념이 없었다.

그러면서도 대원군이라는 존재만은 눈엣가시처럼 여겨져서 대궐 안에 신당神堂을 지어 놓고 복술卜術쟁이를 불러들여 '대원군이 속히 죽어 버리도록' 한밤중에 기도까지 올리게 하였다. 그와 같은 책임을 맡고 있는 점쟁이는 정동貞洞에 사는 이당주李堂主라는 판수였다.

이당주는 장님이기는 하지만, 기골이 장대하고 정력이 절륜한 사내여서, 민 중전에게 남모르는 총애를 받고 있었다.

그는 자기 집 후원에 신당을 지어 놓고 스스로 당주라고 자칭해 왔는데 한번 민 중전의 눈에 들고 나서부터는 사흘이 멀다 하게 대궐에 들어가 밤을 새고 나오기도 하였다. 표면상의 대의명분은 대궐로 들어가 기도를 올리는 것으로 되어 있었으나, 실상인즉 민 중전의 뜨거운 정열을 만족시켜 주는 중요한 임무까지 맡고 있었는지도 모를 일이었다.

대원군은 이당주라는 자가 자기 집 후원에 신당을 지어 놓고 자기가 죽기를 축원한다는 소문을 듣자 어느 날 심복 부하인 한석호를 불러 이렇게 말했다.

"내 듣건대 정동에 사는 이당주라는 판수가 자기 집 후원에 신당을 모셔 놓고 밤마다 오경이면 나의 만수무강을 위해 기도한다고 하니, 이는 진실로 가상하기 짝없는 일이로다. 네가 비밀리에 이당주의 집을 찾아가 그 진상을 한번 알아보고 오너라."

한석호는 대원군의 명령이라면 불 속에라도 뛰어들어갈 심복이었다.

"목숨을 걸고 분부를 거행하겠사옵니다."

한석호는 그날 밤 담을 넘어 신당을 모셔 놓은 이당주의 집 후원에 잠입해 들어갔다. 민 중전의 각별한 총애를 받고 있는 덕택인지 이당주의 집은 호화롭기 짝이 없었다. 높다란 담장을 두 개나 넘어 후원으로 들어와 보니, 때마침 오경이어서, 이당주는 애첩인 듯싶은 여인과 함께 신당에서 기도를 올리고 있었다.

신당 바람벽에는 '대원군 이하응'이라고 쓴 영정이 걸려 있고 그 영정 앞의 제사상에는 제물이 요란스럽게 차려져 있는데, 이당주는 그 앞에서 북을 치고 경쇠를 흔들며 축원을 올리고 있었다. 그런데 그 축원이라는 것이 놀랍게도,

"옥황상제께옵서는 대자대비를 베푸시사 대원군 이하응을 칠일 안으로 아비지옥으로 데려가 주시옵소서"

하고 축원하는 것이 아닌가.

영정 앞에서 네 번씩 절하며 그와 같은 축원을 아흔아홉 번 올리고 나자, 이번에는 옆에 앉아 있던 아리따운 여인이 미리 옆에 마련해 놓았던 활을 들어 대원군의 영정에 화살을 아흔아홉

번이나 쏘아갈기는 것이었다.

어둠 속에서 그 광경을 엿보고 있던 한석호는 너무도 어이가 없어 입을 딱 벌렸다.

그리하여 다음날 아침에 보고 들은 그대로를 대원군에게 낱낱이 고해 바치니 대원군은 입을 굳게 다문 채 아무 말이 없었다.

"대감마마! 그런 괘씸한 놈을 그냥 살려 둘 수는 없는 일이 아니옵니까?"

"살려 두지 않으면 어떡하겠느냐?"

그리고 나서 한참 동안이나 심사숙고하고 있다가 다시 말했다.

"네가 그 당주란 놈을 붙잡아올 재주가 있겠느냐?"

"제 힘으로 혼자 잡아오기는 어렵겠사오나 장사 열 명만 달아 주시오면 오늘 밤으로 영락없이 잡아다 대령하겠사옵니다."

"그러면 장사 열 명을 달아 줄 테니, 그놈을 꼭 잡아오도록 하여라."

대원군은 종친부宗親府의 심복 부하인 장사 열 명을 한석호에게 달아 주었다.

다음날 아침, 한석호는 장사 열 명과 함께 보교步轎까지 가지고 당당하게 이당주의 집을 찾아갔다. 그리하여 판수인 이당주에게 인사를 청한다.

"주인 어른, 처음 뵙겠습니다. 저는 한석호라는 사람입니다."

이당주는 보지도 못하는 눈을 번득거리며 물었다.

"무슨 일로 나를 찾아오셨소?"

"저희 집 주인 대감께서 판수 어른을 모셔 오라는 분부가 계셔서 보교를 가지고 모시러 왔사옵니다."

"주인 대감이라니? 도대체 나를 오라 가라 하는 당신네 주인 대감이 누구요?"

이당주는 민 중전의 절대적인 총애를 받고 있는지라 웬만한 대감 따위는 우습게 여기는 마음에서 큰소리를 치고 나왔다.

"가서 만나 보시면 아실 만한 대감님이시니까 어서 가십시다."

"도대체 나를 오라 가라 할 만큼 무식한 대감이 누구란 말이오? 그 사람이 누군지 말해 주기 전에는 나는 못 가오."

갈수록 기세가 당당하였다.

"그렇게 나온다면 알려드리죠. 판수 어른을 모셔 오라고 하신 분은 운현 대감이시오."

이당주는 자기가 한 짓이 있는지라, '운현 대감'이라는 말을 듣더니 대번에 사지를 벌벌 떨었다.

"뭐? 운현 대감……!"

"그렇소. 운현 대감께서 당신을 모셔 오라는 분부이시오."

이당주는 사지를 와들와들 떨다가 문득 이렇게 묻는다.

"운현 대감이 무슨 일로 나를 부르신답디까?"

"그것은 가보면 아실 것이오. 우리네가 그런 것까지야 어찌 알 수 있겠소."

운현궁에 끌려가기만 하면 꼼짝 못하고 죽을 것은 뻔한 일이었다.

그러니까 이당주는 살기 위해서는 무슨 수단을 써서라도 민중전을 먼저 만나는 길밖에 없었다.

"여보시오. 운현 대감의 분부라면 가기는 가겠소. 그러나 지금 당장은 못 가오."

"왜 못 가시겠다는 말씀이오?"

"조금 전에 대궐에서 급히 입궐하라는 어명이 내려왔기 때문이오. 운현궁에 가기는 가되 대궐에 다녀서 나오는 길에 들르겠소이다."

그러나 그와 같은 잔꾀에 속아 넘어갈 한석호가 아니었다.

"운현궁에 먼저 들르고 난 후 입궐하더라도 그다지 늦지는 않을 것이오."

그러자 이당주는 준엄한 표정을 지으며 오히려 꾸짖기까지 한다.

"여보시오. 어명을 뒤로 미루다니 그런 불충스러운 말이 어디 있단 말이오!"

한석호가 웃으면서 대답한다.

"아버지와 아들이 똑같은 명령을 내렸을 때에는 아버지의 명령에 먼저 따르는 것이 아들의 도리일 것이오. 잔말 말고 어서 갑시다."

이당주는 끌려가지 않으려고 버둥거렸지만, 장사들은 그를 억지로 보교에 올려놓고 운현궁으로 직행하였다.

그러나 운현궁을 감시하고 있는 군인들은 민 중전의 심복 부하들이었다.

이당주는 그러한 사실을 알고 있는 까닭에, 파수병들을 붙잡고 호소하였다.

"나는 중전마마의 부르심을 받고 지금 곧 입궐해야 할 판인데, 이 사람들이 나를 이리로 끌고 왔으니, 이 일을 어찌했으면 좋겠소. 당신네들이 나를 곧 입궐하게 해주시오."

이리하여 운현궁 대문 앞에서 옥신각신 말다툼이 벌어져서 파수병들은 이당주를 기어코 대궐로 보내 버릴 기세였다.

이에 한석호가 당황하여 대원군에게 알리니, 대원군이 파수대장을 불러들여 추상 같은 호령을 내린다.

"내가 할 말을 마치고 나서는 대궐로 보내 줄 텐데 무슨 말들이 많으냐?"

이당주가 운현궁 안으로 끌려 들어오자, 대원군은 그를 만나보지도 아니하고 한석호에게 명한다.

"오늘부터 너는 이당주를 모시고 바깥사랑방에서 이틀간같이 거처하거라. 깍듯이 모시고 식사도 융숭하게 대접해야 하느니라."

"예? 그런 자를 융숭하게 대접하라뇨? 무슨 말씀이시옵니까?"

"글쎄 여러 말 말고, 내가 시키는 대로만 하거라."

이당주가 붙잡혀 오기만 하면 당장에 물고를 내버릴 줄 알았는데 자기와 같이 거처하면서 대접을 융숭하게 하라니, 그 이유를 전연 알 수가 없었다.

한석호는 그런 괘씸한 판수쟁이와 같이 거처하기는 싫었지만, 대원군의 명령이니 어쩔 도리가 없었다.

대원군은 이당주를 잡아다 놓고도 말 한 마디 물어보지 아니하고, 대접만 잘하게 하였다.

그리고 사흘째 되는 날에는 한석호를 불러 명한다.

"그자를 오늘로 놔주어서 대궐에 들어갈 수 있게 하여라."

"옛? 그자를 석방하시다뇨? 그러실 생각이면 무엇 때문에 그

귀신 같은 살인술 129

자를 붙잡아 오라고 하셨습니까?"

"글쎄, 여러 말 말고 내가 시키는 대로 하라는데 그러는구나."

한석호는 분통이 치밀어올라 견딜 수 없었지만, 이당주를 그냥 놓아 보내는 수밖에 없었다.

이당주는 죽는 줄만 알았다가 문초도 안 받고 그냥 석방되어서 어쩔 줄을 모르도록 기뻐하였다.

'그러면 그렇지! 대원군이 제아무리 호랑이 같기로 민 중전의 각별한 총애를 받고 있는 나를 감히 어찌할 것인가.'

이당주는 운현궁에서 석방되는 즉시 대궐로 들어가 민 중전을 만났다.

민 중전은, 이당주가 운현궁에 붙잡혀 갔던 사실을 이미 알고 있었기 때문에, 무사히 석방된 것을 크게 기뻐하였다.

그리하여 좌우를 물리고 손을 다정하게 붙잡으며 말한다.

"네가 운현궁에 붙잡혀 갔었다니 그 동안에 얼마나 많은 곤욕을 치렀느냐."

"곤욕을 치르기는커녕 운현 대감은 만나 뵙지도 못했습니다. 이 모두가 중전마마의 총애가 깊으신 덕택이 아닌가 하옵나이다."

"뭐야? 운현 대감을 만나보지도 못했다고? 그게 말이 되는 소리냐? 나를 속이려 들지 말고 모든 것을 사실대로 직고하여라."

민 중전이 그렇게 말하는 것도 무리는 아니었다. 장사들을 10여 명이나 동원시켜서 이당주를 붙잡아간 대원군이 만나 보지도 않고 그냥 놓아 보냈을 리가 만무했기 때문이다. 문초도 아니하고 그냥 놓아 보내려면 애시당초 붙잡아가지 않았을 것이 아니겠는가.

그러나 이당주는 눈을 번득거리며 사실대로 말하는 수밖에 없었다.

"중전마마! 운현 대감을 만나 뵙지도 못한 것은 사실이옵나이다."

"그러면 붙잡혀가서 사흘 동안을 어떻게 지냈다는 말이냐?"

"운현궁 바깥사랑방에 가두어 놓고 음식 대접을 잘해 주다가 사흘 만에 그냥 돌아가라는 분부이셨습니다."

"그게 사실이냐?"

"모두가 사실 그대로이옵나이다."

"문초도 아니하고 그냥 돌려보내려면 처음부터 붙잡아가지도 않았을 것이 아니겠느냐?"

"모르기는 하오나 처음에는 무슨 소문을 듣고 소인을 단단히 문초하려고 잡아갔었지만 소인이 중전마마의 각별한 총애를 받고 있다는 사실을 아셨기 때문에 중전마마의 후환이 두려워 그냥 석방해 주신 것이 아닌가 짐작되옵니다."

이당주는 무사히 석방된 연유를 자기 나름대로 해석하였다.

그러나 민 중전에게는 모두가 거짓말로밖에 들리지 않았다. 그러기에 그녀는 얼굴에 노기를 띠며 달래듯이 말한다.

"두려워 말고 사실대로 일러라. 운현 대감이 너를 보고 뭐라고 하더냐."

"무슨 말씀이 계시기는커녕 만나 뵙지도 못한 것이 사실이옵나이다?"

"네가 끝까지 나를 속일 생각이냐?"

"속이는 것이 아니옵고 사실이옵나이다. 소인이 어찌 중전마마를 속이겠나이까?"

드디어 민 중전은 비수같이 날카로운 눈으로 이당주를 노려보았다.

"이당주 듣거라. 네가 운현 대감의 능수능란한 설득에 감화되어, 대궐 안의 비밀을 운현 대감에게 낱낱이 고해 바쳤을 것을 나는 잘 알고 있다. 그러므로 네가 모든 것을 이실직고하면 평소의 의리를 생각해 너를 특별히 용서해 주리라. 그러나 운현 대감에게 설복되어, 나를 끝까지 속이려 들면 살려 두지 않을 테니, 그런 줄 알고 사실대로 털어놓아라."

사태가 험악해지자, 이당주는 사지를 와들와들 떨었다.

"중전마마! 소인이 마마의 은총을 생각해서라도 어찌 감히 마마를 기만할 수 있으오리까. 모든 것은 사실 그대로이옵나이다."

"네 이놈! 네놈이 대원군과 어떤 묵계가 있었기에 나를 끝까지 속이려고 드느냐!"

"아, 아니옵니다. 모두가 사실대로이옵나이다."

그러자 민 중전은 드디어 분노가 폭발하였다. 총애가 깊었던 만큼 분노도 컸던 것이다.

"여봐라! 저놈을 끌어내어 즉시 물고를 내버려라."

이당주는 거무하에 포장捕將에게 끌려나가 형장의 이슬이 되고 말았다.

얼마 후에 민 중전은 이당주를 처형했다는 보고를 받고 눈물을 흘리며 혼잣말로 중얼거렸다.

'내가 평소에 그자를 그토록 귀여워해 주었건만, 그자는 단

사흘 사이에 대원군과 손이 맞아 나를 배신했으니, 세상에 못 믿을 것이 인심인가 보구나.'

이리하여 대원군은 손가락 하나 움직이지 아니하고 자기를 저주하던 이당주를 민 중전 스스로의 손으로 죽여 버리게 하는 데 성공했던 것이다.

실로 귀신같이 교묘한 살인술이었다.

임오군란

민 중전은 총애하던 이당주를 자기 손으로 죽이고 나자 마음이 몹시 산란하여 그때부터는 밤마다 대궐에서 곡연으로 우울한 회포를 달래고 있었다. 그래도 마음이 유쾌하지 못해, 나중에는 무당과 광대들을 궐내로 마구 불러들여 연일 연야 굿과 광대놀이를 즐겼다.

고종 19년(1882). 이 해에는 초봄부터 가뭄이 심하여 농군들은 농사도 짓지 못할 형편이었건만, 민 중전은 그런 것은 아랑곳 아니하고 대궐 안에서는 여전히 밤마다 굿과 광대놀이로 불야성을 이루었다.

점과 무당에게 미쳐서 점쟁이 이유인李裕仁과 이름도 없는 무당에게 당상관 벼슬까지 주었다.

그나 그뿐이랴. 이당주가 죽고 난 뒤에는 이경하의 서자인 이범진李範晋의 가무에 반하여 그를 항상 측근에 두고 총애하였다.

백성들은 기아에 허덕이는 판인데, 민 중전은 노래 한 곡에 3천 금을 내던지고, 점 한 번에 비단 1백 필과 현금을 1만 냥씩 주었으니 국고가 견뎌낼 수가 없었다.

그러면서도 군인들에 대한 대우는 야박하기 짝이 없었다. 대궐을 수호하는 별기군(일본식 훈련을 받은 군대)만은 후하게 대접했으나 나라를 지키는 정규군에게는 1년이 넘도록 월량月糧도 주지 않았다.

그러니까 정규 군인들은 민 중전에 대한 원성이 자자할 수밖에 없었다. 그러나 백성들의 원성이야 어찌 되었든 간에 민 중전의 낭비벽은 날이 갈수록 심해 갔다. 그리하여 이해 초파일에는 세자의 건강을 기원한다는 명목으로 금강산 1만 2천 봉의 봉우리마다 돈 1천 냥에 쌀 한 섬과 포목 한 필을 골고루 공양했으니, 그것만으로도 돈이 1천2백만 냥에 쌀이 1만 2천 석이요, 포목이 1만 2천 필이라는 엄청난 재물을 낭비한 셈이었다.

그러면서도 군인들의 봉량棒糧을 1년이 넘도록 주지 않다가, 열석 달 만에 겨우 한 달 분의 봉량을 주었다.

그런데 군인들에게 준 쌀은 말(斗)도 박하거니와, 그 쌀에는 모래가 3분의 1이나 섞여 있었다. 그 알량한 봉량에서도 선혜청의 관리들이 농간질을 해먹은 것이었다.

군인들은 관리들의 너무도 심한 농간질에 격분한 나머지 김영춘金永春, 유복만柳卜萬, 정의길鄭義吉, 강명준姜命俊 등 네 명의 감때 사나운 포수들이 선혜청으로 달려와 고지기를 두들겨 패버렸다. 선혜청의 도봉소都棒所가 포수들의 난동으로 난장판이 되어 버린 것이었다.

병조판서 민겸호가 그러한 보고를 받고 크게 노하며, 난동분자들을 모조리 투옥시켜 버렸다.

이에 군인들 대표자 몇 사람이 무위대장 이경하를 찾아와 투

옥된 동료들을 석방시켜 줄 것을 호소하였다.

그러나 이경하는 본디 대원군의 심복 부하로 무위대장을 지내고 있기는 했으나 민씨 세력에 눌려 구금자들을 석방시켜 줄 능력이 없었다. 그리하여 병조판서 민겸호에게 편지를 써주면서 병조판서를 찾아가라고 일렀다.

관인들이 병조판서 민겸호의 집으로 찾아갔으나, 때마침 민겸호는 집에 없었다.

병조판서가 집에 없는 것까지는 좋았으나, 그 집 하인들이 군인들을 마치 거지 떼처럼 취급하며,

"이 거렁뱅이 같은 놈들아, 대감께서 계시지 않는다고 했으면 국으로 곱게 돌아가 버릴 일이지, 무슨 잔소리들이 그렇게 많으냐!"

하고 호통을 치는 바람에 군인들은 크게 격분하여 대문짝을 사정없이 부수고 안으로 몰려들어가 가장 집물을 닥치는 대로 파괴해 버렸다. 오랫동안 쌓이고 쌓였던 울분이 여지없이 폭발하고 만 것이었다.

그러나 난동을 부리고 나서 생각해 보니 사태가 이만저만 중대하지 않았다. 군인의 신분으로 병조판서댁 가장 집물을 풍비박산을 내놓았으니 목숨이 남아나지 못할 것은 명약관화한 일이 아닌가. 그런 상황에 누군가가,

"우리들은 어차피 죽게 된 판이니 이판사판이다. 이제는 운현궁으로 찾아가 대원군을 받들고 세상을 뒤엎어버리고 말자. 그것만이 우리들이 살아날 수 있는 길이다"

하고 외치자, 다른 군인들도 모두들 그 말에 호응하여,

"그렇다! 이제는 대원군을 받들어모시는 것만이 우리들의 살 아날 길이다. 운현궁으로 가려면 우리만 갈 게 아니라, 많은 동료들과 다같이 몰려가기로 하자."

이리하여 그들이 운현궁으로 몰려갈 때에는 군인들은 이미 수백 명이나 되었다.

살기등등한 군인들이 운현궁으로 몰려오자, 대원군은 무위영 장순길張順吉을 시켜서 군인들을 만나보게 하였다.

장순길이 군인들을 만나보고 들어와,

"군인들은 나라를 바로잡기 위해 민겸호 대감댁을 때려부수고, 대원위 대감을 다시 섭정으로 모시고자 찾아왔다는 것이옵니다"

하고 말했다.

대원군은 자기도 모르게 회심의 미소를 지었다. 민씨 일가의 세도를 뒤엎고 다시 집권할 수 있는 때가 이제야 왔다고 생각한 것이었다. 그러나 그는 겉으로는 어디까지나 냉철한 빛을 보이며 말했다.

"군인들이 나라를 바로잡겠다는 충성은 매우 가상한 일이로다. 그러나 그 때문에 난동을 부려서야 되겠느냐. 내가 잘 타이르도록 할 테니, 대표자 몇 명만 들여보내라."

대표자 김장손, 유춘만 등이 대원군 앞에 부복하며 아뢴다.

"이놈의 세상이 이대로 나가면 꼼짝없이 나라가 망할 판이옵니다. 소인들이 엎드려 바라오니, 대원위 대감께서 다시 이 나라를 구해 주시옵소서."

"음……, 너희들의 애국지정은 잘 알겠다. 너희들의 말대로 세상 꼴이 이대로 가면 나라가 망할 것은 나도 잘 알고 있다. 나라를 구하기 위해서는 내가 무엇을 주저하겠느냐. 그러나 덮어놓고 난동을 부린다고 나라가 구제되는 것은 아니다. 너희들이 뜻을 제대로 이루기 위해서는 탁월한 지도와 치밀한 작전 계획이 필요하다는 말이다. 내가 지휘자 한 사람을 보내 줄 테니, 너희들은 동지들을 규합해 가지고 그 지휘자의 명령에 따라 일사불란하게 움직이도록 하라. 내 말 알아듣겠느냐?"

"대원위 대감의 분부라면 저희들은 물불을 가리지 않고 복종하겠나이다."

대원군은 곧 심복 부하인 허욱許煜에게 군복을 입혀 반란군의 총사령관으로 삼는 동시에, 허욱에게는 아무도 모르게 비밀 작전 계획을 일러 주었다.

대원군의 격려를 받은 반란군들은 사지에서 구세주를 만난 듯 기세가 등등하였다. 이미 두려울 것이 없어진 그들은 우선 동별영東別營을 습격하여 수비 군인들을 죽이고 무기고에서 무기를 꺼내 완전무장을 하였다.

무위대장 이경하가 급보를 받고 달려와 무마하려 했으나, 대원군을 배경으로 한 그들의 난동은 누구도 막아낼 수가 없었다.

그들은 환성을 지르며 포도청으로 달려와 구금 중인 동료 김영춘, 유복만, 정의길, 강명준 등을 구출해가지고, 그들과 합세하여 이번에는 의금부로 달려와 억울하게 옥살이를 하고 있는 척사 유생 백낙관白樂寬을 석방시켰다.

그리고 그때부터는 총지휘관인 허욱의 명령에 따라 군대를 두 부대로 나누어, 한 부대는 서대문 밖에 있는 경기감영을 습격하러 나섰고, 다른 한 부대는 세도가 민씨들을 모조리 살해하려고 민씨의 집들을 찾아 나섰다.

경기감영으로 달려간 군대는 관찰사 김보현金輔鉉이 집에 없자 무기고를 습격하여 무기를 다수 노획한 후 많은 군중들에게 나눠 주며, 자기네와 같이 행동할 것을 호소하였다. 그리하여 반란군의 수효는 시간이 경과할수록 불어났고 그럴수록 그들의 기세는 왕성해졌다. 이윽고 강화부사 민태호의 집을 습격하여 집에 불을 지르고, 다시 여세를 몰아 별기군의 본거지인 하도감下都監을 습격하여 일본 교관인 굴본예조와 그의 부하 3명을 죽여 버렸다.

그리고 나서는 두 부대가 다시 합세하여 민씨의 집들을 모조리 찾아다니며 사람을 살해하고 집에 불을 질렀다.

그날 밤따라 비가 왔으므로, 군인들의 난동은 그칠 줄을 몰라서 서울 장안은 완전히 암흑의 수라장으로 화해 버린 것이었다.

조정에서는 군인들의 돌발적인 난동에 크게 당황하여 무위대장 이경하를 파면하고 대원군의 큰아들 이재면을 무위대장으로 새로 임명하는 동시에 병조판서와 선혜청 당상관을 겸임하고 있던 민겸호와 도봉소 당상 심순택沈舜澤을 파면 조치하였다.

그러나 그런 미온적인 조치로 군인들의 난동이 진압될 리가 만무하였다. 군인들의 난동은 이미 단순한 난동이 아니라, 대원군을 재옹립한다는 뚜렷한 정치적 목표가 있었기 때문이었다.

그리하여 그날 새벽에는 일부는 일본 공사관을 습격하여 불을 질렀고, 일본 공사 화방의질 이하 28명의 공사관 직원들은 배를 타고 인천에서 밤도망을 쳐버렸다.

이에 용기를 얻은 반란군은 다음날은 이태원과 왕십리 등지의 군인 가족과 서민층 젊은이들을 선동하여 동지를 더욱 규합해 가지고 사동寺洞에 있는 전 영의정 이최응을 먼저 살해하고 그의 집을 불살라 버렸다.

세상은 완전히 반란군의 천하가 된 것이었다.

이제 남은 문제는 창덕궁 점령뿐이었다.

"자, 이제는 마지막으로 창덕궁을 점령하고 대원위 대감을 모셔 올리자."

반란군은 드디어 여러 대로 분산하여 곳곳의 문을 통해서 창덕궁을 쳐들어갔다.

수문장들이 반란군의 총칼에 쓰러져 죽고, 군졸들은 함성을 드높이 올리며 대문마다 노도와 같이 대궐 안으로 밀려들었다.

고종은 크게 놀라, 대원군을 급히 입궐하게 하라는 어명을 내렸다. 반란군이 노도와 같이 밀려드는 바람에 민 중전은 사색이 되어 상궁으로 변복을 하고 몸을 피할 길을 찾았다.

때마침 대원군이 어명을 받고 부대부인과 함께 반란군의 물결을 헤치고 대궐로 들어오고 있었다.

반란군들은 대원군을 보자 환호성을 올렸다.

대원군도 남여에서 내려 개선장군처럼 손을 높이 들어 반란군들의 열화 같은 환호에 호응하였다. '나의 천하가 다시 온 것이다'라고 의기가 양양한 기세였다.

반란군들은 그래도 민 중전에 대한 원한만은 가셔지지 않아서,

"중전은 어디 갔느냐, 중전을 죽여 없애야만 세상이 바로 된다"

라고 외치며, 민 중전을 찾느라고 혈안이 되어 있었다.

그런데 부대부인 민씨가 남편과 함께 상감이 계시는 침전으로 들어오다 보니 민 중전이 변복을 하고 다른 상궁들과 함께 마당 가에 서서 사색이 되어 있는 것이 아닌가.

부대부인은 그 광경을 보자, 눈물이 왈칵 솟았다. 정권 싸움으로 남편을 배반하기는 했으나, 그래도 민 중전은 사랑하는 며느리가 아니던가. 호랑이도 쏘아 놓고 보면 불쌍하다는 격으로, 그처럼 오만불손하던 민 중전의 얼굴이 새파랗게 질려서 벌벌 떨고 있는 꼴이 애처로워 견딜 수 없었다.

그리하여 부대부인은 사인교를 멈추고 걸어서 침전으로 들어가며 민 중전더러 사인교를 타고 빨리 피신하라는 눈짓을 해보였다.

민 중전이 재빠르게 사인교에 올라타자, 교군들은 그녀를 모시고 밖으로 달려나가려 하였다. 그러자 반란군들이 우루루 몰려와 사인교의 문을 열고 민 중전을 끌어내렸다.

"너는 중전임이 분명하다. 중전이 어디로 도망을 가려 하느냐!"

이제는 꼼짝 못하고 붙잡혀 죽을 판이었다.

그러자 그 순간, 무예별감 홍재희洪在義가 반란 군졸들을 좌우로 갈라 헤치고 민 중전의 손목을 끌어내리며 큰 소리로 외쳤다.

"이 여자는 중전이 아니라, 나의 누이동생인 홍 상궁이다. 민 중전은 대궐 안 어딘가에 숨어 있을 테니, 쓸데없는 일로 지체 말고 빨리 중전을 찾아내어라."

홍재희가 너무도 태연스럽게 외치는 바람에 반란군들은 그들을 내버려둔 채 다른 곳으로 달려가버렸다. 민 중전은 홍재희의

기지로 구사九死에 일생을 얻은 것이었다.

그리하여 홍재희와 함께 대궐을 무사히 빠져나온 민 중전은 안국동에 있는 윤태준尹泰駿의 집으로 일단 피신했다가, 그날 밤을 정릉에서 보내고, 다음날 민응식, 윤재익 등의 도움을 받아 중랑천을 건너 망우리로 향하였다.

그때에 민 중전의 행방을 쫓는 반란군의 감시망은 서울 전역에 펼쳐져 있었다.

그러나 민 중전은 교묘하게 감시의 눈을 피하여 광나루를 건너 여주에 있는 민영위의 집에 며칠 숨어 있다가, 다시 장호원에 있는 민응식의 집에 가서 유숙하며 재기의 기회를 노리고 있었다.

천하를 주름잡던 민 중전도 이제는 간신히 목숨을 이어나가는 형편이었다.

그러나 그녀가 가슴 속에 품고 있는 야망과 복수심은 아직도 열화같이 불타고 있었다.

그리하여 민 중전은 숨어 사는 따라지 목숨이면서도 마음 속으로는 항상 다음과 같은 말을 부르짖고 있었다.

'나의 권력을 끝까지 빼앗아갈 수 있는가 어디 두고 보자. 머지않아 조선 천하는 또다시 나의 장중掌中으로 돌아오게 되리라.'

실로 굴할 줄을 모르는 불사신과 같이 강인한 야망의 소유자인 민 중전이었던 것이다.

대원군의 재집권과 납치

　대원군이 난동하는 군사들을 좌우로 갈라 헤치며 대궐로 들어오니, 골방에 숨어 몸을 떨고 있던 고종이 대원군을 보기가 무섭게 어린아이처럼 달려와 두 손을 덥석 움켜잡으며 볼멘소리로 호소한다.
　"아버님! 군인들이 난동을 치고 있으니 아버님께서 소자를 도와 주시옵소서."
　고종은 성품이 나약하여 정사 일체를 중전에게만 맡겨 오고 있던 터에, 별안간 난리를 당한데다가 중전마저 없어서 어찌할 바를 모르는 듯 싶었다.
　대원군은 아들을 측은한 심정으로 말없이 굽어보았다. 사랑스런 아들이었다. 사랑하는 까닭에 갖은 계략을 다 꾸며가면서 안동 김씨들의 세도를 거꾸러뜨리고 임금의 자리에까지 올려놓은 아들이었다.
　김씨 일문의 외척 세도가 하도 밉고 두려웠기에, 다시는 그와 같은 전철을 밟지 않으려고 중전도 아비조차 없는 빈한한 가문에서 맞아 왔었다.

대원군 자신은 먼 장래까지 내다보고 매사를 그처럼 치밀하게 꾸며 왔건만, 고종 자신의 성품이 너무도 나약하여 임금으로서의 중책을 감당하지 못하고 중전의 치마폭에 휘감겨 돌아가다가 오늘날 이 꼴이 되었으니, 생각하면 가엾고 측은하기 짝이 없었다.

대원군은 측은한 시선으로 아들의 얼굴을 오랫동안 묵묵히 바라보다가, 문득 입을 열어 말했다.

"지금 이 방에는 아무도 없으니, 이 시간만은 군신지례가 아니라, 가인지례家人之禮로써 만나기로 하자."

"아버님, 잘 알겠습니다. 아버님과 소자만이 있는 이 자리에서 어찌 군신지례가 필요하겠습니까!"

"재황아! 네가 이 아비를 아직도 잊지 않고 있으니, 고맙다."

대원군의 음성은 떨렸다.

"황공하옵니다. 아버님, 모든 잘못은 소자에게 있사오니 아버님께서는 깊이 통찰하시어 용서해 주시옵소서."

나이가 이미 서른한 살이건만 오랫동안 기승스러운 중전의 치마폭에만 휘둘려 온 탓인지 임금으로서는 기백이 너무도 부족해 보이는 몰골이었다. 대원군은 한숨을 씹어 삼키며 말한다.

"재황아! 내가 너를 임금의 자리에 올려앉힌 것은 우리 가문이 영화를 누리기 위해서가 아니라, 이 나라 이 백성이 너무도 못살기 때문에 그것을 구제하기 위해서였다. 그런데 너는 등극한 지 19년 동안 나라를 구하기는커녕 여지없이 더 망쳐 놓았으니 그 죄를 장차 어찌할 것이냐."

"소자도 아버님의 뜻을 모르는 바는 아니오나, 주위가 그렇지 못했습니다."

"주위가 그렇지 못했다고 하지만, 네가 임금의 위력으로써 그 것을 이겨냈어야 옳은 것이 아니었겠느냐?"

"소자의 힘으로는 이겨내기가 어려웠사옵니다. 아버님께서는 소자의 죄를 용서하시고 금후의 일을 잘 도와 주시옵소서."

"나라를 어지럽히기는 쉬워도 어지럽혀진 나라를 바로잡기는 결코 쉬운 일이 아니다. 그 동안 대궐 안이 유흥장처럼 되어 있었으니, 그래 가지고서야 나라가 어떻게 바로 될 수 있겠느냐."

"모두가 소자의 죄이오니, 너그럽게 용서하시고, 금후에는 아버님께서 옛날 모양으로 국가 전반을 몸소 이끌어나가 주시옵소서."

고종의 그 말에 대원군은 마음이 흐뭇하였다.

"그것이 진심에서 우러나온 말이냐?"

"지금 아버님이 아니시면 이 난국을 평정할 사람이 누가 있겠사옵니까. 아버님께서는 소자의 부탁을 꼭 들어 주시옵소서."

"음……, 네 생각이 그렇다면……."

대원군은 입을 굳게 다물고 눈을 무겁게 감았다. 무겁게 감은 그의 망막에는 삼천리 강토가 활연히 전개되어 보였다. 그가 명령만 하면 산천초목도 떨었던 옛날 일이 새삼 회상되어, 잃어 버렸던 3천 리 강토와 2천만 백성들을 다시 찾은 것처럼 감격되었다.

이로써 대원군은 섭정의 자리에서 쫓겨난 지 9년 만에 그토록 갈망하던 국권을 다시 한손에 휘어잡게 된 것이었다.

고종은 중전의 일이 걱정스러운 듯,

"아버님! 중전이 군인들의 난동에 겁을 먹고 어젯밤에 피신을 했사온데, 중전이 지금 어디 계신지 좀 알아보아 주시면 고맙겠습니다"
하고 애원하듯 말한다.
"중전의 행방을 곧 알아보도록 하겠다. 너무 걱정하지 말고, 너는 상감답게 은인자중하여라."
민 중전의 행방이 궁금하기는 대원군도 역시 마찬가지였다.
대원군은 곧 무위대장을 불러, 민 중전의 행방을 속히 탐지하라는 엄명을 내렸다.
그런 명령이 없었어도 반란 군졸들은 벌써부터 서울 장안 전역에 흩어져서 민 중전을 찾아내기에 혈안이 되어 있었다. 왜냐하면 민 중전을 그냥 살려 두면 후일에 어떤 보복을 당하게 될지 모르는 까닭에 이 기회에 자기네 손으로 깨끗이 죽여 없애야만 마음이 놓이겠기 때문이었다.
그러나 군인들이 서울 장안을 이 잡듯 샅샅이 뒤지고 돌아가도 민 중전의 행방은 여전히 묘연하지 않은가. 하루가 지나고 이틀이 지나도 민 중전의 모습은 아무데서도 찾아낼 수 없었다. 민가에 대한 수색이 갈수록 삼엄해지는 바람에 장안의 민심은 그야말로 불안에 떨고 있었다.
'민심을 이토록 불안에 떨게 하고서 어떻게 나라를 다스릴 수 있을 것인가. 민심을 안정시키기 위해 중전 문제는 차제에 조속히 결말을 내버려야 하겠다.'
대원군은 마침내 이렇게 결심하고,
"중전마마는 6월 17일 밤에 난군들의 손에 승하하시어 국상을 치러야 할 터인즉 만백성들은 오늘부터 국상이 끝나는 날까지 백립白笠을 쓰고 망곡望哭을 하도록 하라!"
하고 만천하에 국상을 선포해 버렸다.

대원군이 그러한 선포를 하자, 조정대신들 간에는 이론이 분분하였다. 시체를 발견했다면 모르거니와 생사도 분명치 않은 중전의 장사를 어떻게 치를 수 있겠느냐는 것이 지배적인 의견이었다.

그러나 대원군은 민 중전이 죽어 주었으면 하는 것이 소망이기도 했거니와, 군인들을 해산시켜 민심을 안정되게 하려면 어거지로라도 그런 방도를 택하는 길밖에 없었다.

"중전이 하늘로 날아 올라갔을 것도 아니고, 땅 속으로 잦아들지도 못했을 것이다. 그럼에도 불구하고 서울 장안의 집집을 뒤져 보아도 행방을 모르니 결국은 죽은 사람이 아니고 뭐란 말이냐. 난군들이 중전을 살해하여 시체를 물 속에 던져 버린 것이 분명하니 국상을 치러야 하는 것은 너무도 마땅한 일이다."

"시체도 없이 국상을 어떻게 치르신다는 말씀이옵니까?"

"시체조차 찾을 길이 없으니 결국은 유해 대신 의대衣帶를 관에 모셔 놓고 국상을 치러야 할 것이다."

한 번 명령을 내리면 굽힐 줄 모르는 대원군인지라, 그는 곧 국상도감國喪都監을 설치함으로써 장의의 절차를 밟게 하였다.

이에 따라 명정전明政殿 뜰을 망곡처望哭處로 하고 환경전歡慶殿을 빈전殯殿으로 하고, 국장에 대한 임원을 다음과 같이 임명해 버렸다.

총호사總護使에 영의정 홍순목,

빈전도감제조殯殿都監提調에 이재면 · 조영하,
　국장도감제조國葬都監提調에 김희정 · 민영목 · 정범조.
　산릉도감제조山陵都監提調에 이인명 · 한경원

　총호사로 임명된 영의정 홍순목과 원로대신 이유원과 강노 등은 국상을 반대하는 소를 저마다 올렸다. 그러나 대원군은 끝끝내 듣지 아니하고 국상을 강행함과 동시에 모든 백성들로 하여금 백립을 쓰고 전국 각지에서 망곡을 하게 하였다.
　죽었는지 살았는지 생사도 분명치 않은 왕비의 장사를 지낸 것은 일찍이 인류 역사상 어느 나라에서도 없었던 일이거니와 이제 앞으로도 영원히 있을 수 없는 만고의 진기한 일이었던 것이다.
　대원군은 그런 형식으로나마 민 중전에 대한 결말을 짓고 나자, 그때부터는 본격적으로 권력을 휘둘러 국정을 요리하기 시작하였다.
　우선 정부의 제도를 개혁하여 군대는 반란군들의 요구대로 무위영을 없애고 훈련도감을 부활시켰고, 민씨 일파와 친일파를 대거 숙청한 뒤에, 자기 사람으로 인사 행정을 일신했는데, 그의 중요한 임명은 다음과 같았다.

　훈련대장 겸 호조판서 이재면
　어영대장 신정희
　금위대장 조희순
　예조판서 이회정

우의정 신응조
포도대장 오하영
형조판서 김수현
대사헌 이세재
이조판서 정범조
한성부판윤 민영위

이상과 같이 대관大官들의 인사를 쇄신하는 동시에, 민 중전이 재정에 곤란하여 주전鑄錢을 마구 만들어내던 폐단도 아울러 일소해 버렸다.

이상은 대원군이 재집권한 후 한 달 동안에 단행한 일들이었다.

이로써 민비시대에 누적되어 오던 부정부패는 제법 일소된 듯하였다.

그러나 대원군 앞에는 세계적인 조류에 역행하는 쇄국주의라는 커다란 외교정책의 난관이 가로놓여 있었다.

대원군이 재집권과 동시에 척화정책의 기치를 높이 들고 나오자, 어느 나라보다도 당황한 국가가 일본이었다. 일본은 민 중전을 협박 공갈하여 가까스로 강화도 조약을 체결해 놓았는데, 난데없는 군란으로 민 중전이 퇴각하고 대원군이 재등장하면서 일본을 적대시하고 나오니, 일본으로서는 이만저만 큰일이 아닐 수 없었다.

이에 일본은 임오군란으로 일본 군인 세 사람이 살해된 것을 이유로 들어, 금강金剛 · 비예比叡 · 청휘淸輝 · 일신日新 등의 네 척의 군함에 군인들을 가득 실어가지고 인천에 도래하여 우리에게 다음과 같은 요구서를 제출하였다.

조선 정부에 대한 일본 정부의 요구 사항
1. 조선 정부가 치안 책임에 태만했던 탓으로 일본 군인이 살해되었고 일본 공관이 소실되었으니 조선 정부는 그에 대한 책임을 지고 문서로써 사죄하고 아울러 다음의 사항들을 이행할 것.
2. 이 요구서를 받고 나서 15일 이내에 흉도를 체포하여 일본 정부가 만족할 만한 처벌을 내릴 것.
3. 피살자들을 정중하게 예장禮葬해 주고 피살자의 유족에게 일금 5만 원의 보상금을 지불할 것.
4. 흉도 폭거로 일본군이 받은 손해와 출병에 소요된 일체의 비용을 조선국이 책임지고 보상할 것.
5. 조선 정부는 금후 5년간은 경성에 주재하는 일본 공관의 경비를 일본 군인으로 담당하게 할 것.
6. 부산, 인천 이외에도 원산, 함흥, 대구 등지에도 일본 상인이 자유롭게 내왕하며 통상할 수 있게 할 것.

그야말로 내정 간섭도 이만저만이 아닌 협박 공갈의 요구장이었다. 그들은 조선을 식민지로 삼켜 버리기 위해서는 어떤 수단으로든지 대원군을 제거해 버려야 한다고 생각했던 것이다. 일본의 침략정책이 그처럼 노골화되어 오자, 조선에 대해 종주국 행세를 해오던 청나라가 크게 당황하였다. 어름어름하다가는 조선이라는 보고寶庫를 일본에 빼앗겨 버리겠기 때문이었다.

그리하여 청국도 그와 때를 같이하여 마건충馬建忠, 정여창丁

汝昌 등의 장수로 하여금 네 척의 군함을 이끌고 인천에 당도하게 하였다.

청국도 일본과 마찬가지로 군란을 일으킨 배후의 인물이 대원군이라고 믿었기 때문에, 일본의 침략을 막아내려면 무엇보다도 대원군을 제거해 버려야 한다고 생각했던 것이다.

그러나 그러한 비밀을 알 턱 없는 대원군은, 일본 세력을 제거하기 위해서 청국 군함에 응원을 요청할 계획을 세웠다.

그때에는 청나라 군사의 일부가 서울에 들어와 있었으므로 대원군은 응원을 구하기 위해 몸소 청나라 군영軍營으로 마건충을 예방하였다.

청나라 군사들은 대원군을 반갑게 맞이하여 환영연까지 성대하게 베풀어 주었다.

그러나 그 연락이 막바지에 이르렀을 때 돌연 난데없는 한 무리의 맹병猛兵들이 총검을 휘두르며 나타나더니 대원군을 우격다짐으로 교거轎擧에 끌어다 싣고 어둠 속을 달려나가기 시작하는 것이 아닌가. 대원군에게는 호위병이 10여 명이나 따라와 있었지만, 납치병들의 행동이 어떻게나 민첩했던지 누구도 손을 쓸 사이가 없었다.

결국 대원군은 정여창의 진두 지휘하에 남양南陽으로 납치되어 오고 말았다.

남양만에는 청국 군함 제원호濟遠號가 이미 대기중에 있었다. 그리하여 대원군은 제원호에 실려 7월 14일에 청국으로 납치되어 가는 몸이 되었으니, 그것은 재집권을 하기 시작한 지 꼬박 한 달째 되는 날의 일이었다.

천하를 호령하던 불세출의 호걸이 일조에 외국 군인들의 손에 납치되어 청국으로 끌려가게 되었으니 그때의 대원군의 심정이 어떠했을까.
　이윽고 밤이 되자, 대원군은 함장의 특별 호의로 갑판에 올라와 밤하늘과 밤바다를 바라볼 수 있는 허락을 받았다.
　대원군은 밤바람이 거친 갑판 위에 올라와 밤바다를 숙연히 바라보았다. 제원호는 밤바다의 거친 파도를 좌우로 갈라 헤치며 청국으로 청국으로 전진하는데, 때마침 스무 날 달이 바다 위에 덩실하니 솟아올랐다. 감시병들은 총검을 들고 앞뒤를 지켜보고 있는데, 배는 자꾸만 고국에서 멀리로 달려가고 있지 않은가. 바다의 밤바람이 한없이 차갑다.
　바다를 바라보고 달을 우러러보고 감시병들의 총검을 바라보는 흥선 대원군의 눈에서는 구슬 같은 눈물이 두어 줄기 하염없이 흘러내렸다.
　그리하여 그는 자기도 모르게 즉석에서 다음과 같은 시 한 수를 읊조렸다.

　　원수의 화륜선 위에 우뚝 섰으려니
　　창검은 삼엄하고 가을 달이 밝구나
　　그리운 고국은 자꾸만 멀어가서
　　눈앞에는 끝없는 우주뿐이로다.
　　兀然奇在火輪船
　　刀劍山冷秋月天
　　有夢家鄕漸漸遠

無涯宇宙輕口前

　　경진년엔 즐거운 생을 타고났건만
　　늘그막 임오년의 고초를 어찌 감당하랴
　　생사의 안위는 누구도 모를 일이니
　　앞일은 오직 신명에 맡길 뿐이로다.
　　初生應樂庚辰武
　　暮境那堪壬午年
　　窮境安危人莫道
　　神明臨質十分先

　이 시를 읽어 보면 그날 밤 대원군의 비장한 심정을 추측하고도 남음이 있다.
　제원호는 그후 태고에 잠깐 들렀다가 20일에는 천진에 입항, 22일에는 청나라의 대양대신 이홍장을 만나기 위해 북경으로 향하였다.
　대원군이 정작 이홍장과 면담을 한 것은 이 달 29일의 일이었다. 아니, 면담이라기보다는 사문을 당하게 된 것이었다.
　그때에 이홍장과 대원군이 주고받은 문답은 다음과 같았다.

　"귀국에서는 6월 9일 군인들이 난동을 일으켰는데, 그 난동은 어떻게 해서 일어났는가?"
　"군인들에게 월봉을 오랫동안 주지 않았기 때문에 군인들이 그것에 불평을 품고 난동을 일으킨 것이다."

"군관을 배후에서 조종한 인물이 있었다고 하는데, 그 인물은 누구인가?"

"나는 모르는 일이다."

"난동 군인들이 운현궁에 자주 드나들었으므로 귀하가 배후의 인물을 모를 리가 없을 터인데, 귀하는 왜 모른다고 잡아떼는가?"

"나는 오랫동안 양주 별장에 있다가 운현궁에 돌아온 지가 오래지 않으니, 내가 어찌 그런 사실들을 알 수 있겠는가. 나는 그날 밤 임금의 부르심을 받고 입궐해서야, 군인들이 급료문제로 난동을 일으켰음을 알았을 뿐이다. 관리들이 군인들에게 지급해야 할 월봉을 가로채어 먹었기 때문에 변란이 일어난 것만은 분명하다."

"그러면 그와 같은 부정한 관리들을 기용하는데 귀하는 어찌하여 만류하지 않았는가?"

"나는 이미 섭정의 자리에서 물러난 지 오래다. 국왕이 신하들을 너무 믿었기 때문에 그런 일이 생긴 것이라고 짐작된다. 그러나 잘못을 저지른 관리들의 재산을 몰수하여 군인들의 봉급을 깨끗이 지불했으므로, 그 문제는 이미 다 처리되었다."

"공금을 횡령한 관리들의 죄상이 명백한데 어찌하여 그들을 처벌하지 않고 재물만 빼앗았는가?"

"부정했던 관리들에 대한 처벌은 곧 있으리라고 믿는다."

"군인들이 난동을 일으켰을 뿐만 아니라, 왕비와 조정 대신들까지 여러 명 죽였다고 하는데, 그런 반역도들을 아직까지 처벌하지 않고 살려 두었다는 것은 무슨 흑막이 있다는 증거가 아닌가?"

"대궐을 침범한 대역죄를 어찌 그냥 묻어 둘 수 있겠는가. 지금 포도청에서 흉도들을 체포해다가 엄중히 조사하고 있는 중이므로, 머지않아 엄벌을 내리게 될 줄로 믿는다."

"군란 이후에 귀하는 무위영을 혁파했다고 하는데, 그 이유는 어디 있는가?"

"정규 군대가 있음에도 불구하고 '무위영'이라는 별개의 군대를 두었기 때문에 양자간에 대립이 생겨 여러 가지로 폐단이 많았다. 그래서 무위영을 철폐하고 군대 조직을 하나로 통합한 것이다."

"우리는 귀하의 죄상을 다 알고 있는데, 귀하는 끝끝내 자기 변명에만 급급하니 그래도 된다고 생각하는가?"

"대장부는 언제나 죽음을 각오하고 있어야 하는 법인데, 어찌하여 구차스럽게 변명을 하고 있다고 생각하는가. 나는 모르는 일이기에 사실대로 모른다고 말했을 뿐이다."

"그날 귀하가 난군들을 지휘하는 광경을 목격한 사람이 있는데 그 사람 앞에서도 거짓말을 할 수 있겠는가."

"그 사람이 누구인지 나도 만나보고 싶다. 그 사람을 이 자리에 불러오기 바란다."

"그 사람은 지금 여기에 있지 않다."

"그 사람이 누구인지 이름이라도 알려 주기 바란다."

"나중에 때가 오면 알려 주겠다."

"누군가의 무고를 듣고 일방적으로 나를 죄인 취급하는 것은 옳지 못한 처사라고 생각한다."

"우리가 귀국에 조사관을 보내 정확한 진상을 다시 알아보도록 하겠다."

이 날의 사문은 그것으로 끝나고, 그로부터 며칠 후에는 원보령袁保齡과 마건충에게서도 그와 똑같은 사문을 받았다.

그러나 대원군은 시종일관하게 임오군란과는 무관함을 주장해 왔기 때문에, 청나라에서는 일방적으로 유죄 판결을 내려 대원군을 북쪽 지방에 있는 보정부保正府라는 곳으로 정배를 보내 버렸다. 그리하여 조선 천지를 휘두르던 불세출의 영웅 대원군은 재집권을 하게 된 지 불과 한 달 후에 이국 땅에서 억울하게도 3년간의 유폐생활을 하게 되었던 것이다.

여걸의 복권

민 중전은 장호원 민응식의 집에 숨어 있으면서도 서울 소식이 궁금해 견딜 수 없었다. 상감의 안부도 염려스러웠지만, 무엇보다도 걱정스러운 것이 정권의 향방이었다.

'군인들을 내세워 반란을 일으킨 장본인은 대원군임이 분명한데, 그 늙은이가 이번 기회에 또다시 표면에 나타나 정사를 좌우하게 된 것은 아닐까?'

그는 일찍이 섭정의 자리에서 쫓겨나자, 임금을 서자인 이재선으로 바꿔치고 또다시 천하를 휘둘러보려는 음모를 꾸몄던 일도 있었다. 그 일이 실패로 돌아가자 이번에는 군란을 일으켜 정권을 강탈하려고 한 것이 분명하다.

민 중전은 그 일만 생각하면 이가 갈렸다.

'안 된다. 어떤 일이 있어도 그 늙은이에게 정권을 내맡겨서는 안 된다. 내 목숨이 살아 있는 한 그 늙은이는 나의 원수다.'

마침 그 무렵 장호원에는 놀라운 소문이 퍼졌다.

민 중전이 군란으로 승하하여 나라에서는 국상을 치러야 하니 만백성들은 백립을 쓰고 날마다 대궐을 향하여 망곡을 해야 한다는 소문이었다. 아니, 그것이 단순한 소문이 아니라 국가의 정식 통보였으므로, 누구보다도 놀란 사람은 민 중전 자신이었다.

'멀쩡하게 살아 있는 나를 죽은 사람으로 만들어 국상을 치르다니, 이런 흉계를 꾸며낸 사람도 대원군임이 분명하다. 그렇다면 이러고 있을 때가 아니다!'

그렇게 생각한 민 중전은 상감에게 몰래 밀사를 보냈다. 자기가 살아 있음을 고종에게 직접 알림과 동시에, 그 후의 자세한 사정도 알아보고 싶었던 것이다.

밀사는 서울로 떠난 지 열흘 만에 고종의 친서를 가지고 돌아왔다. 친서의 내용은 다음과 같았다.

중전이 생존해 계시다니 무엇보다도 기쁜 일이오. 지금 당장 만나고 싶은 생각이 간절하나, 아직 분란이 진압되지 않았으므로 중전이 지금 환궁하면 생명이 위험할 것이오. 분란이 진압되는 대로 곧 대궐로 모셔 오도록 할 테니, 중전은 나를 믿고 괴로운 대로 당분간은 그곳에 숨어 계시기 바라오. 눈앞의 사태를 속히 수습하기 위해 국사를 국태공에게 일임하고 있기는 하지만, 그러나 그것은 임시 방편일 뿐이고, 이 나라의 통치권은 어디까지나 임금인 나와 중전의 것이오. 그러니까 중전은 나를 믿고 안심하시고 봉영奉迎의 어사御使가 갈 때를 기다려 주시기 바라오.

민 중전은 남편의 친서를 받아 읽고 뛸 듯이 기뻐하였다. 부부 간의 참다운 정리情理를 새삼스러이 깨달은 느낌이었다.

서울의 사정이 그렇다니 아무리 조급해도 기다리고 있을 수밖에 없었다.

그러던 어느 날 민 중전이 숨어 살고 있는 민응식의 집에 40이 넘은 무당 하나가 찾아왔다. 성이 박씨인 그 무당은 남편이 일찍 죽어 과부였는데, 말주변이 좋아서 충주 일대에서는 영험하기로 이름이 높은 무당이었다. 박씨 무당은 민응식의 집에 서울에서 귀한 부인이 피난을 내려와 있다는 소문을 듣고, 혹시 그 여인이 중전마마가 아닐까 하는 생각에서 일부러 찾아온 것이었다.

민응식의 마누라는 박씨 무당이 느닷없이 나타난 것을 보고 크게 당황하였다. 잡인들이 함부로 출입하다가 민 중전의 본색이 탄로나면 큰일이기 때문이었다. 그리하여 중문 안으로 들어서는 무당을 보자 황급히 달려나오며,

"오늘은 우리 집에 손님이 계시니, 그냥 돌아가 주게"

하고 문간에서 쫓아내려 하였다.

그러나 구렁이 같은 박씨 무당이 고분고분 물러갈 리가 만무하였다.

박씨 무당은 안마당 한복판에 버티고 서서 민씨댁 용마루를 올려다보며 말한다.

"돌아가라면 돌아가기는 하겠습니다. 저는 지금 이 앞을 지나다가 이 댁 용마루에 이상한 서기가 어려 있는 것을 보고 잠깐 들렀을 뿐이옵니다."

"에끼 이 사람! 우리 집 용마루에 무슨 서기가 어려 있단 말인가. 여러 말 말고 어서 돌아가 주게."

"주인마님은 모르시니까 그런 말씀을 하시지만, 제가 보기에 이 댁 용마루에 끼여 있는 서기는 이만저만한 서기가 아니옵니다. 이 댁에는 머지않아 반드시 커다란 경사가 있을 것이옵니다."

"그런 일은 어찌 되었든 간에 어서 돌아가라니까 그러네."

민 중전은 무당과 안주인이 마당에서 주고받는 이야기를 안방에서 빠짐없이 엿듣고 있다가, '이 댁에 머지않아 커다란 경사가 있으리라'라는 말을 듣고 귀가 번쩍 트였다.

그렇잖아도 평소에도 무당이라면 사족을 못 쓰던 민 중전인지라, 무슨 좋은 일이 생기는가 싶어 무당을 한번 직접 만나보고 싶었던 것이다.

그리하여 몸소 대청으로 나오며 안주인에게 말한다.

"누가 왔길래, 내 집에 온 사람을 다짜고짜로 돌아가라고 그러시오."

"저 여인은 충주 고을에 사는 무당이옵니다. 이 근방 일대에서는 영험하기로 이름이 높은 무당이옵니다마는, 오늘은 그냥 돌아가달라고 말하고 있는 중이옵니다."

"그처럼 영험한 사람이라면 나도 얘기나 한번 나눠 보고 싶구려······. 이왕 왔으니 잠깐 들어와 보아요."

민 중전이 그렇게 말하자 무당은 얼씨구나 싶어서 서슴지 않고 안방으로 따라 들어왔다. 그리하여 민 중전의 얼굴을 보는 순간 그가 중전마마임이 틀림없다는 자신이 생겨서, 그 앞에 넙죽 엎드려 큰절을 올리며 감격스러운 어조로 이렇게 말했다.

"소인이 평소에는 아무리 만나뵙고 싶어도 도저히 만나뵐 수 없었던 존귀하신 어른을 천만 뜻밖에도 이렇게 만나뵙게 되어 황공무지하옵나이다."

이번에는 민 중전이 당황하였다.

"아니 여보게, 생전 처음 만나보는 나에게 무슨 까닭으로 큰절을 하는가?"

"마마께서는 천하 만민을 다 속여도 소인만은 못 속이시옵니다. 소인은 이 앞을 지나다가 이 댁 용마루에 이상한 서기가 어려 있는 것을 보고 무척 수상스럽게 여겼사옵는데, 이제 마마를 만나뵈옵고 모든 의혹이 깨끗이 풀렸사옵니다."

"이 사람아! 이 댁 용마루에 서기가 어려 있다는 것은 또 무슨 소린가. 나는 도무지 모를 소리네그려."

민 중전은 자기 신분에 대해서는 대답을 회피하고 엉뚱한 말을 물었다.

무당은 상대방이 중전임이 틀림없다는 신념이 서자, 자신만만하게 말한다.

"이 댁 용마루에 서기가 뻗쳐 있는 것을 보통 사람들은 아무도 모를 것이옵니다. 그러나 소인은 신령님께 영기를 물려받은 덕택에 소인의 눈에는 용마루에 뻗쳐 있는 서기가 너무도 찬란하게 보이옵니다."

"용마루에 서기가 뻗쳐 있으니 장차 어떤 일이 생기리란 말인가?"

"머지않아 마마의 신상에 반드시 커다란 경사가 있을 것이옵니다. 그것만은 소인이 목숨을 걸고 장담할 수 있사옵니다."

민 중전은 그렇잖아도 불안에 떨고 있던 형국인지라 '커다란 경사가 있으리라' 라는 무당의 예언에 마음이 혹하지 않을 수가 없었다.
 그리하여 무당의 손을 꼭 붙잡으며 간곡히 말한다.
 "그게 정말인가?"
 "소인이 감히 어느 안전이라고 거짓말을 하겠사옵니까. 마마의 신상에 커다란 경사가 있으리라는 것은 목숨을 걸고 말씀드릴 수 있사옵니다."
 그것이 어떤 결사인지 민 중전은 기어이 알고 싶었다. 그러나 무당의 말을 들어 보려면 복채를 내놓아야 할 터인데 수중에는 돈이 한푼도 없지 않은가.
 그리하여 손에 끼고 있던 금가락지를 뽑아 무당의 손에 쥐어 주며 이렇게 말했다.
 "그러면 복채로서 이 금가락지를 내놓을 테니, 나의 신수를 좀 보아 주게."
 박씨 무당은 그 소리를 듣고 펄쩍 뛸 듯이 놀란다.
 "황공하게도 마마에게 복채를 받다니, 그게 무슨 당치 않은 말씀이시옵니까. 소인은 다만 신령님의 지시를 받고 마마 전에 경사를 알려드리려고 찾아왔을 뿐이옵지, 항간의 뜨내기 무당들처럼 복채를 받자고 말씀드린 것은 아니옵니다. 마마께서는 그런 사정을 조금도 몰라주시니, 소인은 그저 섭섭하기만 하옵니다."
 그러한 말은 민 중전을 더욱 감격스럽게 하였다.
 "이 사람아! 아무리 신령님의 지시를 받고 왔기로, 나로서는 신수를 알아보려면 복채를 내놓아야 할 게 아닌가."
 "보통 사람들의 경우는 복채를 받아야만 점괘가 제대로 나오는 것이 사실이옵니다. 그러나 마마의 경우는 다르옵니다."

"뭐가 어떻게 다르다는 말인가?"

"신령님의 특별 지시를 받고 마마 전에 경사를 알려드리려고 찾아온 소인이 어찌 감히 신령님의 뜻을 거역하고 복채를 받을 수 있겠나이까. 이 금가락지는 거두어 들이옵소서. 만약 신령님의 말씀이 제대로 들어맞거든 후일에 소인을 잊지나 말아 주시옵소서."

박씨 무당은 속에 구렁이가 열 마리나 도사리고 있는 수단꾼인지라, 먼 장래를 내다보고 복채를 단호하게 거절하였다.

민 중전은 그럴수록 감격스러웠다. 자기가 중전인 것을 첫눈에 대뜸 알아본 것도 놀라운 일이었지만, 복채를 받지 않겠다는 데는 더욱 감탄하였다.

실상인즉 박씨 무당은 '마마'라고만 불렀을 뿐이지, '중전마마'라고 부른 일은 한번도 없었건만, 민 중전은 자기 마술에 걸려 '마마'라는 칭호를 '중전마마'로 착각하고 있었던 것이다.

그리하여 민 중전은 무당의 손을 다정하게 붙잡으며 말한다.

"자네의 점괘가 맞기만 한다면 내가 어찌 자네의 은혜를 잊어버릴 수 있겠는가. 내가 만약 경사를 맞게 되면 자네의 은공은 천 배 만 배로 갚아 줄 테니, 그리 알고 신수를 좀 말해주게."

"황공무지하옵나이다."

박씨 무당은 눈을 감고 산통算筒을 두 손으로 흔들며 주문을 한바탕 외다가, 마치 자기 자신이 신령님이기나 한 것처럼 큰소리로 이렇게 외쳤다.

"너는 임오년에 재앙살이 들어 일시 핍박을 면하기가 어려우리라. 그러나 갑인월甲寅月에는 모든 재앙이 깨끗이 가시고 만사가 형통하리라."

민 중전은 말만 들어도 가슴이 탁 트이는 것 같았다. 그리하여 무당의 손을 덥석 붙잡으며 애원하듯 말한다.

"신령님! 갑인월에는 재앙이 가시고 만사가 형통한다 하오니 이런 고마운 일이 없사옵니다. 그런데 그 '갑인월'이라는 것은 어느 달을 말씀하시는 것이옵니까."

"올해는 9월 월건月建이 갑인이니까, 갑인월이란 9월(음력)을 말하는 것이니라."

"오늘이 9월 초사흘이온데, 갑인월이 9월이라면 바로 이 달 중으로 모든 재앙이 가시고 만사가 형통하겠다는 말씀이 아니옵니까."

"내 말대로 이 달 중에 모든 재앙이 가시고 커다란 경사가 있을 터이니 마음놓고 기다려 보아라. 나 신령님의 예언에는 추호도 착오가 없으리로다."

"신령님, 감사하옵니다. 이 은혜는 평생을 두고 백골난망이겠사옵나이다."

민 중전은 너무도 기뻐 눈물까지 흘려가며 감사를 마지않았다. 그런데 그 예언이 신통하게 들어맞아서 그로부터 나흘 후인 음력 9월 7일에는 서울에서 심상훈沈相熏이라는 밀사가 상감의 친서를 가지고 내려왔다. 친서의 내용인즉, 청·일 양국의 군대가 들어와 반란군들을 진압해 주어서 서울의 형세가 매우 호전되어 가고 있으니, 조금만 더 기다리고 있으라는 사연이었다.

'박씨 무당의 예언이 어쩌면 이렇게도 잘 들어맞을까.'

민 중전은 고종의 친서를 받아 보고 희망에 넘쳐 있는데, 그로부터 나흘 뒤에는 이용익李用翊 밀사가 또다시 임금의 친서를 가지고 내려왔다. 이번 밀서에는 놀랍게도 대원군이 청나라로 납치를 당했다는 사실과, 머지않아 영접사迎接使를 내려 보내 중전을 대궐로 모셔 오겠다는 사연이 쓰여 있었다.

민 중전은 그러한 사실들을 접할수록 박씨 무당의 신통력에 재삼 탄복을 아니할 수가 없었다.

사실 고종은 대원군이 청나라로 납치되어 가자, 민 중전을 속히 맞아 올 생각에서 어윤중魚允中을 내세워 청나라 군사 중에서 호위병 1백 명을 차출해 줄 것을 부탁하였다.

청나라에서는 민 중전의 환궁에 적극적으로 협조할 것을 쾌락하고 정례군 1백 명을 영접사 일행과 함께 호위병으로 장호원에 내려보내 주었다.

그러자 이번에는 일본이 민 중전 환궁시의 호위 책임을 맡아 줄 것을 자원하고 나왔다. 그러나 청나라의 반대로 뜻을 이루지 못했는데, 그것이 계기가 되어 후일 민 중전이 청나라 편으로 기울어지는 바람에, 일본과 민 중전이 반목하는 결과를 초래하였다.

아무튼 민 중전은 그와 같이 많은 우여곡절을 거쳐 대궐을 도망쳐나온 지 50여 일 만에 환궁하여, 또다시 천하를 호령하는 몸이 되었다. 눈엣가시 같던 대원군이 청국으로 납치되어 갔으니, 이제는 민 중전의 권세를 막아낼 사람이 아무도 없었던 것이다.

그로써 민씨 문중 사람들이 또다시 권세를 잡게 된 것은 말할 것도 없으리라.

그런데 민 중전은 권세의 자리에 다시 오르자, 무당 박씨의 예언이 어찌나 고마웠던지 곧 장호원으로 사람을 내려보내 박씨 무당을 대궐로 불러들였다. 그리하여 그녀의 소원대로 대궐 후원에 신당을 지어 주고 일개 무당에 불과한 그녀를 군君으로 봉하여 진령군眞靈君이라고 부르게 하였다.

군이란 왕의 서자나 종친이나 훈신에게만 내리는 정1품에서 종2품 사이의 높은 작위이건만, 민 중전은 그와 같이 고귀한 벼슬을 일개 무당에게 내렸던 것이다.

그것은 일찍이 어느 나라의 역사에서도 찾아볼 수 없는 일대 망동이었던 것이다.

갑신정변

　민 중전이 50일간의 장호원 피난 생활을 청산하고 대궐로 다시 돌아온 것은 임오년(1882) 음력 9월 12일. 그는 중전이라는 권좌에 다시 오르자, 대원군을 등에 업고 군란을 일으키는 데 동조했던 이경하, 신정희, 이병익, 김장손 등등 10여 명을 모조리 참형에 처하고, 민씨 일족을 대거 등용하였다.
　민 중전이 이 해 9월에서부터 12월까지의 네 달 사이에 민씨 일족으로 정부 요직에 등용한 사람들의 명단을 열거해 보면, 민영소(장회), 민영순(안성군수), 민영목(판의금 겸 형조판서), 민종묵(호조참판), 민영위(평안감사), 민응식(부수찬), 민긍식(선전관), 민태호(통리내무아문독판), 민영규(조진관), 민영식(가감역), 민근호(예빈참봉), 민영익(통리외무아문독판), 민영국(영장), 민경호(나주목사) 등이었고, 이듬해에도 민씨를 등용하는 경향은 여전하여 민영준, 민병석, 민영기, 민경호, 민상호, 민영린, 민영철 등도 차례차례로 요직에 올랐으니, 중앙의 고관자리들은 글자 그대로 민씨 일색을 만들어 버렸다. 일찍이 철종조에는 안동 김씨가 고관대작들을 모조리 독점하고 세상을 맘대로 휘두른

바 있었거니와, 민씨 일파의 세도 정치는 오히려 안동 김씨들의 세도가 무색할 지경이었던 것이다.

민 중전은 민씨들만으로 세력을 구축해 놓고 자기 자신은 대궐에 들어앉아 낮이나 밤이나 무당놀이가 아니면 환락으로 세월을 보내고 있었으니, 국사가 제대로 되어 나갈 리 만무하였다.

국가의 기강이 어지러워짐에 따라 민씨 일족들의 가렴주구는 백일하에 노골화되었고, 거기에 따라 각 지방의 수령방백들은 탐관오리가 아닌 자가 없어서, 백성들은 지난날의 어느 때보다도 도탄 속에서 허덕이게 되었다.

그러나 백성들이야 굶어 죽거나 말거나 민 중전은 국사에 정려精勵할 생각은 아니하고 오로지 무당이나 잡배를 상대로 환락에만 도취되어 있었다.

민 중전의 사생활이 어떠했던가는 다음과 같은 일화를 보아도 가히 짐작할 수 있는 일이었다.

어느 날 대제학 민태호가 중전을 배알하려고 입궐하려니까, 민 중전이 거처하는 내전에서 웃음소리가 요란스럽게 들려나오고 있었다.

'정숙하고 존엄해야 할 내전에서 저렇듯이 해괴한 웃음소리가 들려나오니 이 무슨 문란한 일인가.'

대제학 민태호는 내전의 요란스러운 웃음소리가 매우 못마땅하게 여겨져서, 잠시 머뭇거리고 있노라니까, 때마침 좌영사 이조연李祖淵이 내전에서 총총 나오고 있었다.

이조연은 워낙 음담패설에 능하고 아첨이나 좋아하는 무뢰한이었다. 그러한 자가 어쩌다가 민 중전의 눈에 들어 일약 좌영사라는 높은 벼슬을 얻게 된 것이었다.

중전의 각별한 총애를 받는 덕택에 벼슬을 얻게 된 것까지는 좋으나, 아무리 그렇기로 제가 뭐길래 백주에 무엄하게도 내전에 들어가 웃음판을 이루고 나온다는 말인가.

이조연은 대제학 민태호를 보자,

"대감께서는 중전마마를 알현하시려고 입궐하는 길이시옵니까?"

하고 인사를 하기가 무섭게 총총 사라져 버린다.

민태호가 내전으로 들어오니, 민 중전은 여관들과 함께 아직도 얼굴에 웃음을 남긴 채,

"대제학, 어서 들어오시오"

하고 말한다.

"중전마마, 기체안강하시옵니까. 마마께서는 무슨 기쁜 일이 계시옵기에 그렇게도 흔쾌하게 웃고 계시옵니까?"

그러나 민 중전은 대답은 않고 여전히 웃기만 하고 있었다.

여관들도 역시 허리를 움켜잡고 웃기만 하기에, 민태호는 이번에는 여관들에게 물었다.

"무슨 좋은 일이 있어서 그대들도 그처럼 웃고 있는고?"

그러자 이번에는 민 중전이 대답을 가로막는다.

"조금 전에 좌영사가 여기를 다녀가며 하도 우스운 말을 들려주어서 웃고 있는 중이오."

"좌영사가 무슨 말을 했기에 그러시옵니까?"

"글쎄 좌영사가 그러는데, 자기가 며칠 동안 마누라의 방에 들어가지 않으면 마누라의 성의가 없어져서 반찬이 형편없이 나

빠진다는구려. 그러나 마누라의 방에 한 번 들어가기만 하면 그 다음날 조반상은 진수성찬이 나온다는구려. 그래서 자기는 진수성찬을 얻어먹기 위해서라도 마누라의 방에 자주 드나든다고 하니 얼마나 우스운 말이오."

민 중전에게서 그런 말을 들은 대제학 민태호는 하도 어이가 없어 벌려진 입이 다물어지지 않았다.

"중전마마! 좌영사 이조연이 아무리 예절을 모르는 위인이기로, 마마 전에 무엄하게도 어찌 감히 그런 해괴한 패설을 여쭈었다는 말씀이시옵니까. 아뢰옵기 황공하오나 그런 자는 차후에는 내전에 출입을 못 하도록 엄히 다스리셔야 하옵니다. 신 대제학이 거듭 충언을 올리옵니다."

그러나 민 중전은 그 소리를 듣더니 대뜸 얼굴에 불쾌한 빛을 띠며 말이 없었다.

'이거 큰일났구나. 존엄해야 할 대내大內의 기풍이 이렇게도 어지러워지니 장차 이 나라가 어떻게 보존될 수 있을 것인가.'

민태호는 대궐에서 물러나오자 곧 이조연을 불러 크게 꾸짖으며,

"자네가 중전마마 전에서 법도를 무시하고 그와 같은 광탕狂蕩한 희언戱言을 함부로 농했다니 그래 가지고서는 제명에 죽지 못할 걸세"
하고 거듭 질책하였다.

그러나 민 중전에게 각별한 총애를 받고 있는 이조연은 대제학의 충고를 귓등으로도 듣지 않았던 것이다.

'민 중전과 내가 각별한 사이인 것도 모르고, 그대는 무슨 잠

꼬대 같은 소리를 하고 있는가.'

그런데 민태호의 그 예언은 귀신같이 들어맞아서 그로부터 1년 후에 갑신정변이 일어나자, 이조연은 개화파의 손에 민태호와 함께 죽었다.

그러나 민 중전은 그 후에도 이조연을 잊지 못해, 그의 아들 이억李億을 과거에 합격시켜 무주부사茂朱府使로 제수했으니 그 한 가지 사실만 보더라도 민 중전과 이조연은 몹시 뜨거운 사이였으리라 능히 짐작할 수 있는 것이다.

대궐의 기풍이 그처럼 문란해지고, 백성들의 원성이 크게 높아지자, 청국과 일본을 비롯하여 영국 · 독일 · 불란서 · 러시아 · 미국 등의 열강 제국이 저마다 우리 나라에 통상조약을 체결하기를 요구해 왔다. 그리고 우리는 그들의 압력에 못 이겨 고종 21년(갑신년, 1884)까지 모든 나라들과 통상조약을 체결하였다. 인천에 각국의 조계를 허용한 것도 그 무렵의 일이었다.

거기 따라 세계 열강들의 세력 부식을 위한 경쟁이 점차 고조되어 오고 있었는데, 그 중에서도 청국과 일본의 경우는 다른 어느 나라보다도 알력이 치열하였다.

우리 나라를 둘러싼 국제 정세가 그와 같이 복잡 미묘해지자 국내 요인들 간에도 분열이 생기지 않을 리가 없었다. 그리하여 이홍장의 도움으로 정권을 다시 장악하게 된 민씨 일파는 자연히 친청파인 수구주의자가 되었고, 선진 제국의 문물을 직접 시찰하고 돌아온 소장 정치가들은 일본의 힘을 빌어 일대 개혁을 단행해 보려는 생각에서 친일파인 개화주의자가 되었다.

수구파와 개화파는 사사건건 정면 충돌을 하게 되었는데, 수구파의 대표적인 인물은 민영익이었고, 개화파의 중심 인물은 철종의 사위로서 그 당시 한성판윤漢城判尹이었던 박영효를 비롯하여 호조참판 김옥균, 조련사관장 서재필, 영의정 홍순목의 아들로서 그 당시의 이조참판이었던 홍영식 등등이었다. 그들은 사대주의자들을 일소하고, 나라의 정치에 일대 혁신을 감행할 결심에서 독립당獨立黨이라는 정당까지 조직했었다.

그중에서도 특히 김옥균은 이제 겨우 30 고개를 넘어선 혈기가 왕성한 청년인지라, 그는 정치에 일대 개혁을 단행할 생각에서 어느 날 밤 죽첨 일본 공사의 사택으로 찾아가 이렇게 말했다.

"우리 나라를 제대로 개화하려면 무엇보다도 먼저 청나라의 외세를 일소하고, 그들의 앞잡이나 다름이 없는 민씨 일파를 세도의 자리에서 몰아내야 한다고 생각하는데, 귀하는 어떻게 생각하시오?"

일본 공사는 그 말을 듣고 크게 기뻐하였다.

"참으로 좋은 생각이시오. 선진 제국에 비하면 귀국은 너무도 낙후하였소. 유신을 단행하려면 무엇보다도 먼저 청나라의 세력부터 일소해 버려야 할 것이오."

"우리들 독립당 동지들은 어떤 수단을 써서라도 정국을 개혁해 나갈 각오가 이미 되어 있소. 그러나 개혁을 단행하려면 자금과 무력이 필요한데, 귀국에서 우리를 도와 줄 수 있겠소?"

"자금과 병력이 필요하다면 일본국이 얼마든지 도와 드릴 테니, 귀하는 안심하고 그 일을 일으켜 보시오."

일본으로서는 내심으로 진작부터 바라고 있던 일이었다. 김옥균 일파가 청나라의 세력을 소탕해 주기만 한다면 그보다 좋은 일이 또 어디 있으랴!

 이에 용기를 얻은 김옥균은 동지들과 밀의를 거듭한 결과, 갑신년 음력 10월 17일에 개최되는 우정국의 낙성연落成宴 석상에서 민씨 일파를 모조리 죽이는 일대 정변을 일으키기로 결정하였다.

 드디어 거사의 밤이 왔다. 이날 밤 안국동에 새로 지은 우정국 낙성연에는 국내외의 고관들이 많이 참석하였다. 연락宴樂이 한창 고조되었을 무렵에, 이웃집에 불이 난 것을 신호로 민씨 일파의 수구파 요인들을 모조리 살해할 계획을 세우고, 일본 군대를 요소요소에 배치해 놓았다.

 그러나 사전 연락이 치밀하지 못했던 관계로 정작 이웃집에서 불이 일어난 것은 낙성연이 대부분 파장이 되어 갈 무렵이었다. 그런 관계로 요인들이 거의 돌아가 버렸기 때문에 결국은 민영익 한 사람에게만 중상을 입혔을 뿐이었다.

 김옥균과 박영효는 이에 크게 당황하여, 곧 창덕궁으로 달려가, 사대당과 청병清兵들이 반란을 일으켰다고 임금에게 거짓 보고함과 동시에, 사태가 위급하니 왕과 중전은 급히 피신해 줄 것을 권고하였다.

 이에 고종은 어찌할 바를 모르고 벌벌 떨며 김옥균의 손을 붙잡고 늘어졌다.

 그러나 민 중전은 천만 뜻밖에도 냉철한 태도를 보이며,

 "이 밤중에 난리를 일으킨 자가 도대체 누구냐? 청나라의 세력을 믿고 하는 짓이냐? 아니면 일본의 세력을 믿고 하는 짓이냐?

하고 김옥균에게 날카롭게 물었다.

　김옥균은 어안이 벙벙하여 잠시 대답을 못하고 있는데, 때마침 대궐 안 어느 곳에서 폭탄 터지는 소리가 꽹꽹하게 들려왔다. 대궐 안에 미리 잠복해 있던 일본 군대가 공포감을 조성하기 위해 위협 폭탄을 터뜨린 것이었다.

　그 폭탄 소리를 계기로 김옥균이 아뢴다.

　"천하! 대궐 안팎을 청병이 포위하고 있으니 급히 옥좌를 옮기셔야 합니다."

　"어디로 피신해야 무사할 수 있겠느냐?"

　고종이 떨리는 목소리로 물었다.

　"옥체를 안전히 보존하시려면 일본 공사관으로 피신을 하시는 것이 상책일 것이옵니다."

　그러자 민 중전이 쟁쟁한 목소리로 반대한다.

　"전하! 우리가 죽을 때 죽더라도 이런 경우에 일본의 도움을 받아서는 아니되옵니다. 기어이 피신을 가시려거든 차라리 경우궁景佑宮으로 가시옵소서."

　이리하여 임금 내외는 일시 경우궁으로 피신을 하게 되었다.

　그런데 민씨 일파의 고관들은 그런 줄도 모르고 폭탄소리에 놀라 대궐로 몰려 들어오다가, 일본군의 총검에 저마다 무참히 쓰러져 버렸다. 이날 밤 일본 군대의 손에 목숨을 빼앗긴 고관들은 좌영감독 윤태준, 친군전영사 한규직, 좌영사 이조연, 판돈령부사 민영목, 대제학 민태호, 예조판서 조영하 등이었다.

　독립당은 사대당의 요인들을 살해하고 나자 다음날 아침에는 경우궁으로 달려와 임금을 업고 새 정부의 각료 명단을 만천하에 공포했는데, 그 주요 인물은 다음과 같았다.

영의정 이재원
좌의정 홍영식
전후양영사 겸 우포도대장 박영효
좌우양영사 겸 좌포도대장 서광범
좌찬성 겸 외무독판 이재면
이조판서 신기선
예조판서 김윤식
병조판서 이재완
형조판서 홍순형
한성판윤 김홍집
예문판제학 이건주
판의금부사 조경하
호조참판 겸 혜상공국당상 김옥균
병조참판 겸 정령관 서재필
도승지 박영교

 새로운 내각에 수구파의 인물을 한 사람도 등용하지 않은 것은 너무도 당연한 일이라 하겠지만, 정변의 주동 인물이었던 김옥균과 서재필 두 사람이 '호조참판'과 '병조참판'에 머물러 있는 것은 약간 기이한 것이었다. 그러나 김옥균은 재정권을 장악하고 서재필은 병권을 장악하기 위해 외식外飾을 버리고 의식적으로 낮은 자리에 머물러 있었는데, 그것은 갑신정변의 최고 지휘자였던 박영효의 복안이었다.
 개화당은 새 내각의 명단을 발표함과 동시에, 14개 조항에 이르는 새로운 정령政令도 공포했는데, 중요한 항목은 대략 다음과 같았다.

1. 청나라에 납치되어 간 대원군을 곧 돌아오게 한다.
2. 청나라에 대한 조공의 허례를 폐지한다.
3. 문벌을 폐지하여 모든 백성들의 권리를 평등하게 하며, 모든 관리를 능력에 따라 등용한다.
4. 조세제도를 개혁하고 탐관오리를 철저히 응징하여 민생을 부유하게 한다.
5. 모든 유배자와 모든 재옥자在獄者를 정상에 따라 특사를 내린다.

 이로써 조선 천지에는 개화의 서광이 새롭게 비쳐 오는 듯 싶었으니, 그것이 바로 갑신정변이었다.
 만약 개화당 정권이 그대로 성공했다면 조선 역사는 크게 달라졌을지 모른다.
 그러나 일본을 배경으로 한 개화당 정권을 청나라가 그냥 내버려둘 리가 만무하였다.

3일 천하

 개화당의 주동 인물인 박영효, 김옥균, 서재필, 홍영식, 서광범 등이 정변을 일으켜 놓고 나서 새 내각의 명단을 임금의 이름으로 발표하자, 누구보다도 격분한 사람은 민 중전이었다. 아무리 난세이기로 국정의 실권자인 자기도 모르게 새 내각을 결정했다는 것은 있을 수 없는 일이기 때문이었다.
 그리하여 민 중전은 곧 임금에게 이렇게 힐난하였다.
 "상감은 나도 모르는 사이에 새로운 내각을 공포하셨으니, 세상에 이럴 수가 있사옵니까? 상감은 언제부터 그자들과 결탁하여 나의 친척들을 모조리 살해하고 그자들만으로 내각을 조직하셨습니까?"
 물론 중전은 임금이 개화당의 무리들과 결탁을 했으리라고는 꿈에도 생각하지 않았다. 그러나 새 내각의 명단을 임금의 이름으로 발표했으므로, 임금의 부아를 돋우기 위해 의식적으로 힐난을 해본 것이었다.
 고종은 중전의 힐난에 어이가 없는 듯 한숨을 쉬며 통탄한다.
 "다른 사람이라면 또 몰라도 중전이 어찌 나를 의심하고 그런 말씀을 하시오?"

"그러면 반란의 무리들이 내각을 새로 조직한 것은 상감께서는 모르시는 일이라는 말씀이시옵니까?"

"중전까지 그런 말씀을 하시면 나는 누구를 믿고 살아가란 말이오. 그러잖아도 난동의 무리들이 나와 중전도 모르게 새로운 내각을 자기네 맘대로 발표해 버렸기에 나는 하도 분통이 터져서, 이 문제에 대해 중전과 상의를 하려던 참이오. 중전! 난동의 무리들이 임금인 나를 업고 농단지술을 자행하고 있으니 이 일을 어찌했으면 좋겠소. 내가 믿어 오던 중신들이 이번 난리통에 모두 사살되어서 이제는 내가 믿을 사람은 오직 중전 한 분이 계실 뿐이오. 중전은 부디 난국 타개에 좋은 지혜를 써주기를 바라오."

성격이 나약한 고종은 중전의 손을 꼬옥 붙잡으며 애원하듯이 말한다.

민 중전은 그 말을 듣자 측은한 느낌이 드는 동시에, 어떤 일이 있어도 난동의 무리들을 자기 손으로 타도해 버려야겠다는 의욕이 불길처럼 솟구쳐올랐다.

그렇잖아도 평소부터 비위에 거슬리던 개화당 무리들이었다. 그들이 항상 일본이 어떠니 미국이 어떠니 하며 사사건건 정부를 비난해 온 것도 비위에 거슬렸지만, 이번에는 일본과 짜고 난동을 일으켜 민씨 일족을 무참히 살해했을 뿐만 아니라, 새로운 내각조차 임금과 자기에게는 일언반구의 상의도 없이 자기네 맘대로 결정해 버리지 않았는가. 민씨 일족을 멸망시킨 것도 참을 수 없는 일인데 하물며 임금과 자기까지 무시하고 있으니 어찌 이와 같은 불충지도를 그냥 살려 둘 수 있으랴.

"상감! 염려 마시옵소서. 제가 어떤 수단을 써서라도 그자들을 내 손으로 박멸시키고야 말겠습니다."

민 중전은 단호한 결의를 보이며 고종을 위로하였다.

"중전의 말씀을 들으니 마음이 한결 놓이기는 하오. 그러나 지금 대궐은 완전히 일본군과 개화당의 수중에 들어 있는데 중전이 무슨 수단으로 그들을 박멸시킬 수 있겠소?"

"하늘이 무너져도 솟아날 구멍은 있는 법이옵니다. 제가 오늘 내일 중으로 비상 수단을 강구해 보기로 하겠습니다."

"그러면 나는 중전만 믿겠소."

민 중전은 임금을 안심시키려고 큰소리를 치기는 했지만, 지금 정권과 병권을 완전히 장악하고 있는 개화당 무리들을 권좌에서 쫓아내기란 결코 용이한 일이 아니라고 생각되었다.

민 중전은 그들을 쫓아낼 방도를 여러 가지로 강구해 오다가 문득,

'개화당의 세력을 꺾으려면 일본군을 몰아내야 하고, 일본군을 몰아내려면 청나라 군대의 힘을 빌릴 수밖에 없으리라'

하는 결론에 도달하였다.

그러나 대궐을 수비하고 있는 일본군은 잡인들의 출입을 엄금하고 있지 않는가. 무슨 일을 일으키려면 우선 외부와의 연락이 필요한데 지금 형편으로는 그것이 전연 불가능한 일이 아닌가.

그런데 바로 그 다음날 아침에 경기감사 심상훈이 내전으로 문후를 하려고 들어왔다. 심상훈은 대원군의 처조카 사위로서, 일찍이 민 중전이 장호원에 피신을 하고 있을 때에도 고종의 밀

사로서 서울과 장호원을 여러 차례 내왕해 주었던 사람이다.

지금은 개화를 가장하고 경기감사의 벼슬까지 하고 있기는 하지만, 그러나 임금과 민 중전에 대한 충성심에는 추호도 변함이 없는 인물이었다.

민 중전은 심상훈을 보자 죽었던 사람이 살아 돌아온 것처럼 반가워하였다. 그리하여 좌우를 물리고 단둘이 마주 앉아, 심상훈에게 이렇게 말했다.

"내가 그대에게 긴한 부탁이 하나 있는데, 들어 줄 수 있겠는가?"

"중전마마의 말씀이라면 소신이 어찌 감히 거역할 수 있으오리까. 목숨을 걸고 분부대로 거행하겠사옵나이다."

"자네의 충성은 진심으로 고마우이. 그러면 내가 편지 한 통을 써줄 터인즉, 자네는 대궐에서 나가는 길로 나의 편지를 청나라 주둔군 총대장인 원세개 장군에게 전해 주도록 하게."

심상훈은 그 말을 듣자 새삼스러이 놀라는 얼굴을 하며 말한다.

"실상인즉 소신은 원세개 장군의 부탁으로 상감 전에 밀서를 전하려고 입궐한 길이옵니다."

"뭐야? 원세개 장군이 상감 전에 밀서를 전해 왔다구? 그러면 그 편지를 어서 이리 내게."

민 중전은 원세개의 편지를 곧 읽어 보았다. 그 편지의 사연인즉,

지금 일본은 개화당의 무리와 결탁하여 군대를 동원하여 대궐을 점령하고 정권까지 약탈했는데, 청나라로서는 도저히 묵과할 수 없는 일이옵니다. 그러므로 나 원세개는 청나라 황제의 뜻을 받들어

군대를 출동시켜 대궐 안에 있는 일본군을 격퇴시킴과 동시에 빼앗긴 정권을 임금에게 되돌려 드릴 생각이오니, 임금과 중전은 청나라의 계획을 쾌히 승낙해 주시옵소서.

물론 원세개로서는 일본 세력을 몰아내고 자기네의 세력을 구축하려고 그런 계획을 세웠음은 말할 것도 없었다.
그러나 민 중전으로 보면 이쪽에서 부탁하려던 출병을 저쪽에서 자진해 도와 주겠다고 하니 그처럼 고마운 일이 없었다.
민 중전은 곧 다음과 같은 밀서를 임금의 이름으로 원세개에게 보냈다.

귀하는 곧 청군을 인솔하고 대궐로 들어와 일본군의 수중에서 우리를 구해 주기 바라오.

원세개는 그 밀서를 받아 보고 회심의 미소를 지었다.
그러나 남의 나라 궁중으로 군대를 출동시키려면 대의명분이 필요하였다.
그리하여 원세개는 군대를 출동시킬 구실을 찾기 위해, 개화당의 새 정권이 들어선 지 사흘째 되는 날인 음력 10월 19일 정오에 청국군 장교인 주득무周得武라는 사람을 시켜 조선 국왕에게 편지를 전하고 오라고 일렀다.
청국 장교가 그 편지를 가지고 대궐에 들어가려고 하자, 정부 측에서부터 김옥균이 나와 입궐을 거부하였다.
"원세개 장군이 직접 찾아오셔서 왕의 배알을 요청한다면 모르거니와 일개 장교에 불과한 그대에게는 왕의 배알을 허용할 수 없는 일이다. 원세개 장군의 서찰을 가지고 왔거든 좌의정 홍영식 대감에게 전하고 그냥 돌아가라."

청국 장교 주득무는 부득이 서찰만 전하고 그냥 돌아갔는데, 그 편지의 내용은 다음과 같았다.

　　대왕전하. 지난 밤에는 공연히 놀랐습니다마는, 지금에도 대왕의 홍복으로 서울 장안은 평상시와 다름없이 평온합니다. 바라옵건대 대왕께서는 안심하시옵소서. 저희들 3군도 아무 일 없음을 알려드리옵니다.

얼른 보기에는 지극히 담담한 문안 편지에 불과하였다. 그러나 그와 같이 담담한 내용의 편지를 보낸 데는 여러 가지 복선이 내포되어 있었다. 첫째는 자기네 군대는 이번 정변과는 아무 관련이 없음을 알리기 위해서였고, 둘째는 그런 편지로써 개화당의 집권자들과 일본 군대의 경계심을 풀어 놓기 위해서였던 것이다.

장교 주득무가 편지를 전하고 돌아가자, 이번에는 청국군 통역관이 대궐로 찾아와서,

"원세개 장군께서 대왕전하를 배알하고자 6백 명의 호위병을 인솔하고 와서, 3백 명씩 2대로 나뉘어 동서 두 문으로 입궐하신다 하옵니다"

하고 통보하는 것이 아닌가.

김옥균은 통역관에게서 그런 통보를 받고 크게 놀랐다.

"원 장군께서 대왕을 배알하러 오시는 것은 무방하지만, 대궐에 군대를 인솔하고 들어오는 것은 허락할 수 없다. 그대는 곧 돌아가서 원 장군에게 그 뜻을 전하라. 만약 군대를 무리하게 인솔하고 오면 그 결과는 반드시 불미한 일이 생길 것이다."

그와 똑같은 시간에 원세개는 일본 공사 죽첨에게도 서신을 전해 왔는데, 일본 공사 죽첨이 그 편지를 미처 뜯어 보기도 전에 갑자기 총소리가 요란스럽게 울리며 청국군 1천여 명이 대궐을 수비하고 있는 일본 군대에 공격을 퍼부어 왔다.

말하자면 일본 공사에게 보낸 원세개의 서신은 일종의 선전포고였던 것이다.

그런데, 그때 원세개로부터 죽첨 일본 공사에게 보내 온 편지의 내용은 다음과 같았다.

죽첨대인 각하.

청나라 군대가 일본 군대와 함께 이 나라에 주둔하고 있는 목적은 오로지 이 나라의 국왕을 함께 보호해 드리기 위해서요.

그런데 수일 전에 난민들이 내란을 일으켜 이 나라의 대신들을 8명이나 죽였으며, 그들은 아직도 대궐을 점령하고 있다고 들었소. 이에 우리는 이 나라의 국왕을 보호해드림과 아울러 귀국군대의 안전도 아울러 도모해드리기 위해 군대를 대궐에 출동시키기로 하였소. 우리 군대가 출동하는 목적은 오로지 국왕을 보호하고 귀국 군대를 도와드리자는 데 있을 뿐이니, 안심하기 바라오. 출동에 앞서 한 마디 알려드리오.

통리조선통상교섭사의 원세개

문면에 나타난 말은 어디까지나 국왕을 보호하고 일본 군대를 도와 준다는 내용이었다. 그러나 실질적으로는 선전포고였던 것이다.

일본 공사가 그와 같은 원세개의 서신을 받았을 시간에는, 청국 군대는 이미 포성을 울리며 선인문으로부터 노도와 같이 대궐 안으로 몰려 들어오며 일본 군대에 치열한 공격을 퍼붓고 있었다. 기습을 당한 일본군은 크게 당황하여 항전을 시도해 보았으나 워낙 중과부적인지라, 어이없이 패망하여 도주하는 수밖에 없었다.

개화당 정부도 크게 당황하여 박영효, 김옥균 등은 전후영의 군사를 풀어 항전을 시도해 보았으나 무기도 없는데다가 기습을 당한 판인지라 군사들은 저마다 꽁무니를 빼기에 바빴다.

불시에 일어난 전란에 놀라고 당황한 사람은 정부 요인들과 일본군만이 아니었다.

왕과 왕비도 요란스러운 총성에 놀라 황급히 밖으로 나왔다가, 많은 사람들이 혼잡을 이루는 바람에 서로를 잃어 버리고 말았다. 그리하여 민 중전은 대왕대비와 왕대비와 왕세자와 세자빈과 그 밖의 궁녀들과 함께 북묘로 피신을 하였고, 임금 자신은 김옥균의 안동을 받으며 연경당演慶堂으로 피신하였다.

김옥균은 임금을 연경당으로 모셔다 놓고 아뢴다.

"사태가 매우 위급하오니, 전하께서는 인천에 있는 일본 조계로 일단 피신을 하신 다음, 사후책을 새로 강구하시는 것이 좋을 것 같사옵니다."

임금은 그 소리를 듣자 고개를 크게 내저으며 단호히 거부한다.

"나는 죽는 한이 있어도 인천으로는 안 간다. 중전과 대왕대비가 어디 계신지 그곳으로 가서 죽어도 같이 죽는 것이 나의 소원이다."

이때 청국 군사들이 연경당으로 습격해 오므로, 김옥균은 부랴부랴 임금을 모시고 뒤에 있는 언덕으로 다시 피신을 하며 말한다.

"인천 일본 조계로 가시기가 싫으시면 일본 공사관으로 피신하시는 것은 어떠하시겠습니까?"

"나는 대왕대비와 중전을 버리고서는 이곳에서 한 발짝도 떠날 수 없으니, 빨리 그들이 계신 곳을 알려다오."

마침 그때 북묘에 피신 중인 중전으로부터 임금을 모셔 가려고 사람을 보내 왔다.

임금은 많은 신하들의 만류를 무릅쓰고 자기를 호위하는 무감武監의 등에 업히면서,

"나를 빨리 북묘로 데려가 다오!"

하고 성화같이 졸라대었다.

그러나 그때에는 사태가 험악하여 이미 북묘에도 갈 수 없게 되었다. 청국의 군사들이 이쪽을 향하여 총탄을 난사하는 바람에 임금을 모시던 호위병들조차 붉은 피를 흘리며 쓰러져 죽는 상황이었던 것이다.

이에 김옥균이 앞으로 나서서 청병들에게 큰소리로 호통을 쳤다.

"군주께서 이곳에 계신데, 너희들이 어찌 감히 여기에까지 총을 쏘느냐!"

청국 군사들도 그 소리를 듣고 사격을 멈추더니,
"조선 국왕이 저기에 계신다!"
하고 함성을 지른다.

사태가 그렇게 되고 보니, 청군의 손에 붙잡히는 것은 시간 문제였다. 그렇기에 김옥균을 비롯하여 정부 요인들은 자기네의 살길을 찾아 피신하려 하였다.

임금은 그 꼴을 보고 눈물을 지으며 원망한다.
"지금같이 위험한 때에 경들은 나를 버리고 어디로 가려 하느냐?"

김옥균이 눈물을 흘리며 대답한다.
"신들이 전하의 홍은을 어찌 모르오리까. 전하를 끝까지 모시지 못하고 피신을 하려는 것은 오직 나라와 전하를 위해 후일을 기약하고자 함이기 때문이옵니다."

이리하여 개화당의 주동 인물인 김옥균, 서광범, 서재필 등은 임금에게 작별을 고하고 일본 공사와 함께 피신했다가 후일 일본으로 망명을 하였고, 홍영식 등은 임금을 끝까지 모시고 있다가 청국 군사들의 손에 살해되고, 고종은 청군에게 붙잡혀 원세개의 군영으로 붙들려가는 몸이 되었다.

이로써 일본을 등에 업고 일어났던 개화당 정권은 '3일 천하'로서 종막을 고하게 되었던 것이다.

일본 군사들은 청군에 의하여 대궐에서 격퇴되어, 그날 밤으로 김옥균 등과 함께 인천으로 쫓겨갔는데, 그때의 사정을 자세하게 기록한 관야굉일管野宏—이라는 자의 수기의 일부분을 소개해 보기로 한다.

……　공사관으로 철수한 우리 일본군은 이날 밤 각기 부서를 정하여 경계를 엄중히 하였으나, 조선군과 청국군이 사방에서 공격하여 총탄과 돌이 비오듯 쏟아지는 와중에서 간신히 하룻밤을 지냈다. 이날 밤에 인천에 정박해 있던 일본 군함 일근함日近艦의 장교 한 명이 두 명의 병사와 함께 영사의 명령으로 사정을 살피기 위해 서울에 왔다가 사태가 악화됨을 보고 인천에 연락하여 해병대를 동원시키려 했으나 도저히 공사관을 빠져나갈 수가 없었다.

　불안과 공포 속에서 하룻밤을 지샌 일본 공사 관원들은 날이 밝자 또다시 군중들의 공격을 받았다. 이쪽에서도 총을 무차별하게 난사함으로써 공사관을 지킬 수는 있었으나 공사관 안에는 식량이 없어서 모두 굶는 형편이었다. 이에 공사관에 고용되어 있던 조선인을 밖으로 내보내 쌀을 구해 오게 했으나 실패하고, 겨우 공사관 바로 곁에 있는 협동상회의 쌀을 모두 운반해 옴으로써 한때나마 굶주림을 면할 수 있었다. 그러나 그것은 하루분의 식량밖에 안 되므로 모두 죽을 쑤어 먹고, 다음날은 말을 잡아먹기도 하였다. 본디 일본 군영에는 군량미가 많았었는데, 그것을 지난밤에 군중들이 모두 불태워 버렸던 것이다.

　이날, 즉 10월 20일 오후 2시에 김옥균의 집이 불타 버렸다. 촌상村上 중대장은 죽음으로써 공사관을 수비할 것을 주장하였으나, 많은 사람들의 의견에 따라 전원이 인천으로 철수하기로 결정하였다. 그 당시 일본 공사관 안에는 군·관·민을 합하여 2백 명 가까운 사람들이 있었고, 그 중에는 여자 12명과 어린아이 4명이 포함되어 있었다. 이들은 인천으로 철수하기 위해 김옥균 등 개화당 요인들과 부녀자를 가운데 두고 전후좌우로 군인과 장정들이 경호하면서 오후 4시에 공사관을 떠났다. 일행은 교동을 지나 종로에 이르렀을 때 또다시 군중의 습격을 받았다. 전후좌우에서 공격을 받은 일행은 완전히 포위되었다. 이때 근처의 청국군 병영에서 우리를 향하여 대포를 쏘았다. 그중의 한 발은 죽첨 공사의 발 앞에 떨어졌으나 다행히 불발탄이어서 죽음을 면할 수 있었다. 완전히 포위되었던 일행은 그 기회에 혈로를 뚫고 2시간 후에 서대문에 도착하였다. 그러나 서대문은 굳게 닫혀 있었다.

마침 일행 중에는 일본 공사관을 짓기 위해 본국에서 데려온 목수가 몇 명 있어서 그들이 가지고 있는 도끼로 자물쇠를 부수고 서대문을 통과하여 마포로 향하였다. 도중 화승총으로 길을 막는 조선군과 돌을 던지는 군중을 만나 많은 고초를 겪고 겨우 강가에 도착하였다. 강가에서 촌상 중대장의 위협으로 배 3척을 동원하여 한 번 갈아타고 강을 건너려 하였으나, 강 한가운데서 수십 척의 큰 배가 뱃길을 막았고, 뒤쫓는 군중들의 기세가 자못 험하여 완전히 진퇴유곡에 빠지고 말았다. 그런대로 야음을 이용해 죽기를 각오하고 강을 건널 수밖에 없었는데, 그때에는 일본 공사관 건물이 화광에 싸여 있음을 멀리서도 역력히 알아볼 수 있었다.

한강을 건너 10리쯤 걸었을 때 갑자기 눈이 심하게 오기 시작하여 잠깐 사이에 한 자나 쌓였다. 그럼에도 불구하고 일행은 밤을 새워 강행군을 계속하여 제물포에 있는 일본 영사관에 도착한 것은 다음날 아침 7시경이었나⋯⋯.

이 기록만 보더라도 그때 일본군 일행의 패주가 얼마나 비참했던가를 짐작할 수 있겠다.

약소국의 비애

민 중전이 원세개와 결탁하여 개화당 정권을 무너뜨리고 일본 군을 대궐 내에서 몰아낸 것은 정치적으로 커다란 성공이었다.
민 중전은 정권을 탈환하자 또다시 민씨 일족만을 등용하였다. 국내의 정변을 외국 군대의 힘으로 진압했다는 것은 크게 부끄러워해야 할 일이었으나, 민 중전은 그런 문제는 생각조차 하려 하지 않았다. 그녀는 나라 꼴이야 어찌 됐든 간에 자기가 정권만 장악하고 있으면 그만이라고 생각했던 것이다.
개화당 요인들과 일본 군대를 대궐에서 몰아낼 때, 청나라 군사들은 고종을 원세개의 군영으로 데려갔으나 민 중전의 교섭으로 고종은 나흘 만에 대궐로 무사히 돌아왔다.
그것으로 갑신정변은 일단 결말이 난 듯하였다.
그러나 일본 군대가 인천으로 추방되어 돌아가자 일본은 국가의 체면이 여지없이 손상되었다고 크게 분노하였다. 세계 열강들과 어깨를 겨루는 일본이 일개의 미개국인 조선에게 추방을 당했다는 것은 참을 수 없는 수모라고 생각했던 것이다.
더구나 대궐에서 일본군을 몰아내는 데 공로를 세운 청나라는 조선이라는 커다란 땅덩어리를 영원히 삼켜 버릴지도 모를 일이 아니던가.

이에 일본은 곧 외무대신 정상형井上馨을 전권대사全權大使로 임명하여 군함 3척을 이끌고 우리나라에 문책을 오게 하였다.

인천에 상륙한 일본 전권대사는 일본군 1개 소대의 호위를 받아가며 서울에 올라와 우리 정부에 대고 오만불손하게도,

"나는 일본국과 일본군을 박해한 조선의 야만적인 행위를 문책하러 왔다. 국왕이 직접 나하고 담판을 하든가 그렇잖으면 국왕의 전권을 위임받은 자와 국왕 앞에서 담판하기를 요구한다"

하고 나왔다.

그야말로 적반하장이었다. 개화당과 결탁하여 난동을 일으킨 장본인은 일본 자신임이 분명하건만, 그들은 힘을 믿고 억지를 쓰는 것이었다.

민 중전은 그러한 사실을 알고 크게 분노하며, 곧 영의정 김홍집을 불렀다.

"일본에서 건너온 전권대사라는 자가 자기네의 죄를 덮어 두고 매우 오만불손하게 나오는 모양이니, 그런 놈은 당장 쫓아내는 것이 어떻겠소?"

다분히 감정적인 분부였다. 그러나 국제적인 외교를 감정으로 처리할 수는 없는 일이기에, 김홍집이 머리를 조아리며 아뢴다.

"일본 전권대사의 방자스러운 언사에는 소신도 분노를 참기 어려운 형편이옵니다. 하오나, 그자가 그토록 오만불손하게 나오는 것을 보면 일본은 이번 일로 전쟁이라도 일으킬 각오가 되어 있는 것 같아서 소신은 그 일이 걱정되옵니다."

"일본이 전쟁을 일으킬 생각을 가지고 있다니, 그게 무슨 소리요?"

"소신의 판단으로는 그런 것 같사옵니다. 일본이 개화당과 결탁하여 정변을 일으킨 것은 분명하온데, 그럼에도 불구하고 그처럼 오만불손하게 나오는 것은 이번 일이 자기네의 요구대로 해결되지 않으면 전쟁이라도 하겠다는 말이 아니고 무엇이겠습니까?"

전쟁이라는 말에는 민 중전도 기가 찼다.

"음…… 전쟁이라? ……우리가 만약 일본과 전쟁을 한다면 승부가 어떻게 되겠소?"

"중전마마께서도 아시다시피 일본은 무력과 부력富力이 아울러 강하여 우리와는 전쟁 상대가 되지 못하옵니다."

"그러면 청나라의 도움을 받으면 될 게 아니오?"

"우리가 지금도 청국의 보호를 받고 있는 것은 사실이옵니다. 그러나 청국도 지금 안남문제로 불란서와 전쟁을 하고 있는 중이므로 일본과는 싸우려고 하지 않을 것이옵니다. 일본이 우리에게 저토록 강하게 나오는 것은 그런 약점을 알고 있기 때문일 것이옵니다."

"음……, 그렇다면 일본과의 문제를 어떻게 처리했으면 좋겠소?"

"사태를 전쟁으로 몰고가지 않으려면 우리측에서도 전권대사를 임명하여 적당한 선에서 양보를 하는 것이 최선책이 아닐까 하옵니다."

"그렇다면 이 문제는 영의정이 통리교섭통상사무 아문독판

(외무대신)인 조병호趙秉鎬와 둘이 상의하여 적당히 해결하도록 하시오."

이리하여 조선측의 전권대사인 김홍집과 조병호는 일본측 대표인 정상형, 정상의井上毅 등과 여러 차례 담판을 거듭한 결과, 이른바 '한성조약漢城條約'이라는 이름으로 다음과 같은 조약을 체결하였다.

> 제1조 조선국은 일본국에 국서國書를 보내 사의를 표명할사.
> 제2조 이번 정변으로 살해된 일본인의 유족과 부상자에게 보상을 하고, 소실되거나 약탈된 일본인 재산에 대한 변상조로 조선국은 일금 10만 환을 일본국에 지불할사.
> 제3조 조선국은 일본인을 살해한 범인을 체포하여 엄벌에 처할사.
> 제4조 소실된 일본 공사관을 새로 짓기 위해 조선국은 적당한 토지를 마련해 줄 것이며, 공사비로 일금 2만 환을 따로 지불할사.
> 제5조 공사 관원들을 보호하기 위해 일본군 호위병의 병영을 공사관 내에 따로 짓는 데 동의할사.

따지고 보면 어느 하나도 일방적이고 굴욕적이 아닌 조목이 없었다. 개화당을 선동하여 정변을 일으킨 범인은 일본 자신이었지만, 12만 환이라는 엄청난 보상금을 오히려 이쪽에서 물어야 한다니 그야말로 약소국의 비극이었다.

그러나 약소국의 비극은 그 정도로 끝난 것이 아니었다. 그로부터 몇 달 후에는 소위 '천진조약天津條約'이라고 하는 훨씬 더

큰 비극이 자기 자신도 모르는 사이에 일본과 청국 사이에 체결되었다.

일본은 한성조약에 의하여 조선을 굴복시켰지만, 그것만으로 만족하지 않았다. 일본은 조선에 있어서의 청나라 세력을 견제하기 위해 이번에는 일본국 참의 겸 궁내경인 이등박문伊藤博文을 청나라에 파견하여, 북양대신 이홍장을 만나게 했던 것이다. 그리하여 이등박문과 이홍장은 천진에서 만났다. 모두가 구렁이 같은 외교관들이었다.

이등박문은 이홍장에게 갑신정변의 책임을 따지면서 다음과 같은 조건을 제시하였다.

첫째, 갑신정변 때의 청국군 지휘관을 파직 혹은 문책할 것.
둘째, 갑신정변 때에 일본군이 소비한 탄약대로서 청국은 일본에
    10만 환을 변상할 것.
셋째, 조선에서 일본과 청국은 세력 균형을 유지할 것.

이홍장은 이등박문이 제시한 조건을 일언지하에 거절하였다.

"난동을 일으킨 군대가 어느 군대였기에 우리더러 보상금을 지불하라는 말이오. 그런 요구에는 절대로 응할 수가 없소."

"일본군은 신변을 보호해 달라는 조선 국왕의 부탁을 받고 대궐을 수비하고 있었는데, 귀국 군대가 무단 출동하여 일본군을 박해했으니, 그 피해는 당연히 귀국에서 변상해 줘야 할 게 아니오."

"국왕으로부터 신변을 보호해 달라는 특청을 받고 출동한 군

대는 바로 우리나라 군대요. 그러니까 우리는 어떤 보상에도 응할 수 없소."

일본의 무리한 요구가 조선에서는 통했지만, 이홍장에게는 통하지 않았다.

이에 이등박문도 한 걸음 후퇴하는 수밖에 없었다.

"그러면 보상 문제는 그만두고, 조선에 있어서의 일본과 청나라의 세력 균형 문제를 상의하기로 합시다. 일본군은 조선에서 이미 철수를 하였는데, 청나라 군사는 아직도 조선에 그냥 주둔하고 있으니, 일본은 그 문제만은 용납을 못 하겠소이다."

그 문제에 대해서만은 이홍장의 태도가 매우 애매하였다. 왜냐하면 청국은 불란서와 전쟁 중이어서 조선에 군대를 오랫동안 주둔시켜 두는 것이 커다란 부담이 되었기 때문이었다.

이등박문은 그러한 눈치를 재빠르게 알아채고,

"그러면 일본은 보상금 청구 문제만은 깨끗이 철회할 테니 세력 균형 문제만은 귀국에서도 동의를 해줘야 할 게 아니오?"

하고 추궁하였다.

"알겠소. 그러면 우리 군대도 귀국 군대와 마찬가지로 조선에서 일단 철수를 하겠소. 그 대신 일본도 공사관 호위병을 철수해야 하오. 그리고 일후에 조선에 무슨 변란이 다시 일어났을 때에는 우리 두 나라가 동시에 출병하기로 합시다."

이에 이등박문은 크게 기뻐하였다. 청국군을 조선에서 철수시키게 한 것은 커다란 성공이었기 때문이었다.

이리하여 두 사람은 그 자리에서 '천진조약'을 다음과 같은 내용으로 체결하였다.

제1조 청국은 조선에 주둔중인 군대를 철수하고, 일본은 공사관 호위병을 철수한다. 이 조약이 체결된 날로부터 4개월 이내에 완전히 철수하되, 청국군은 마산포馬山浦로부터 철수하고, 일본군은 인천항으로부터 철수한다.

제2조 조선국은 조선 군사를 독자적으로 훈련하여 자력으로 치안을 확보하게 할 것이며, 군사 훈련에 외국군 교관이 필요할 경우에도 일본과 청국은 교관을 파견하지 못한다.

제3조 만약 조선에 변란이 일어나 어느 한 나라가 부득이 군대를 파견해야 할 경우에는 군대를 파견하기 전에 이쪽 나라에 공문으로 미리 알려야 하고, 사건이 진정되면 즉시 철수할 것이며 오래 주둔하지 못한다.

이상과 같이 청·일 양국은 당사국인 조선에게는 알리지도 아니하고, 자기네끼리 멋대로 조약을 체결해 버린 것이었다.

민 중전을 비롯한 조선국의 조정 대신들은 나중에야 그 사실을 알고 크게 당황하였다. 그 당시 조선 정부가 내외 정보에 얼마나 어두웠던가는 영국 군함이 조선의 영토인 거문도를 1년간이나 점령하고 있었건만, 조정에서는 그러한 사실을 알지도 못했던 것이다.

청국 군대가 천진조약에 의하여 조선에서 철수를 하게 되자, 청국군을 하늘처럼 믿고 있던 조선 정부는 한편으론 당황하고 한편으론 크게 분개하였다. 오로지 남의 힘만으로 권력을 유지해 오던 판이니, 당황해 하는 것도 무리는 아니었다.

민 중전은 당황한 나머지 고종과 상의한 결과 조정 대신들을 어전에 불러 그 문제로 긴급회의를 열었다.

그 자리에 참석한 사람은 영의정 김홍집, 좌의정 민영익 등이었는데, 특히 우리 나라에 외교 고문으로 와 있는 독일인 목인덕穆麟德도 함께 참석했다.

고종이 비통한 어조로 말했다.

"우리는 지금까지 종주국인 청국만을 믿고 국가를 유지해 왔는데, 청국이 우리를 버리고 군대를 철수시킨다니, 이 일을 장차 어찌했으면 좋겠소?"

조정 대신들은 누구도 대답을 못했다.

민 중전이 하도 답답하여 한 마디 거든다.

"청국 군사가 물러가면 일본이 판을 치려고 들 터인데, 그렇게 되면 개화당 정권이 또다시 들어서서 민씨 일문을 씨알머리도 없이 죽여 버리게 될 게 아니오."

나라의 운명이야 어찌되었건 민 중전이 걱정하는 것은 오로지 자신의 권력과 민씨 일가의 흥망뿐이었다.

영의정 김홍집이 한숨을 쉬며 아뢴다.

"청국군이 물러가면 사실상 일본이 판을 치게 될 것은 사실이옵고, 일본이 판을 치게 되면 개화당 정권이 다시 들어서서 나라가 쑥밭이 될 것도 명약관화한 일이옵니다. 일본은 지금 갑신정변의 주동 인물이었던 김옥균, 박영효 등을 일본국 내에서 보호하고 있습니다. 그것만 보아도 그들의 속셈을 알 수 있는 일이 아니옵니까."

민 중전은 그 소리를 듣고 소름이 끼쳤다. 개화당이 또다시 정권을 잡게 되면 이번에야말로 자기가 중전의 자리를 유지하기가 어려우리라고 생각되었기 때문이다.

그러기에 민 중전은 비통한 어조로 단호하게 말한다.

"어떤 일이 있어도 개화당에게 정권을 다시 내주어서는 안 되오. 어차피 우리 힘으로 일본을 막아내기는 어려우니 우리는 영국이나 미국이나 불란서를 막론하고 다른 나라의 힘을 빌어서라도 일본의 진출만은 막아내야 하오"

실로 어리석기 그지없는 사고 방식이었다. 영국이나 미국이나 불란서도 조선을 식민지로 삼키려는 점에 있어서는 일본과 무엇이 다르랴. 일본 세력을 막아내기 위해 다른 나라의 힘을 빌리는 것은 마치 앞문으로 덤벼오는 호랑이를 막아내려고 뒷문으로 곰을 불러들이는 것과 마찬가지 처사다.

그러므로 나라 꼴을 제대로 유지하려면 이제부터나마 자기 자신의 힘을 기르는 방향으로 국가의 정책을 기본적으로 전환시켜 나가야 옳을 일이었다.

그러나 민 중전의 생각은 거기까지는 미치지 못했다. 그의 머리 속에 꽉 차 있는 것은 자신의 권력을 어떤 방법으로 유지하느냐 하는 문제뿐이었다.

어쩌면 그것은 민 중전 자신이 여성이기 때문이었는지도 모른다. 여자들이란 생리적으로 남을 의지하고 살아가도록 마련되어 있지 않은가.

이번에는 고종이 조정 대신들을 둘러보며 말한다.

"우리는 지금까지 청국에만 의지하여 나라를 보존해 왔는데, 청국이 부득이한 사정으로 우리를 도와 줄 수 없게 되었다면, 중전의 말씀대로 다른 나라의 힘을 빌려야 할 것만은 어쩔 수 없는 일인 것 같구려. 영국과 불란서와 미국, 이 세 나라 중에서 우리가 어느 나라의 힘을 빌리는 것이 유리할지 경들은 기탄없이 말해 주기 바라오."

그러자 영의정 김홍집이 품한다.

"신 김홍집이 아뢰옵니다. 우리가 어떤 방법을 써서든지 일본의 세력을 막아내야 한다는 점에는 누구도 이론이 없을 것이옵니다. 그러나 일본을 독자적으로 막아내기에는 우리의 힘이 아직 미약하므로 제3국의 힘을 빌릴 수밖에 없사온데, 그럴 경우에는 소신의 소견으로는 미국의 힘을 빌리는 것이 좋을 줄로 생각되옵니다."

이번에는 민 중전이 앞지르고 나서며 반문한다.

"어찌하여 불란서나 영국을 제쳐 놓고 미국의 힘을 빌리는 것이 좋으리라고 생각하는지, 그 이유를 말해 보오."

영의정 김홍집이 머리를 조아리며 대답한다.

"국가와 국가 사이에 남을 돕고 남의 도움을 받는 데는 반드시 반대급부라는 것이 따르는 법이옵니다. 그런데 불란서와 영국은 침략성이 강하여 불란서는 일찍부터 천주교의 신부들을 통하여 우리 나라를 여러 차례 침략하려고 한 일이 있었사옵고, 영국은 영국대로 최근에 우리의 영토인 거문도를 1년간이나 무단 점령하고 있었던 일이 있사옵니다. 그러므로 이제 만약 우리가 그들의 힘을 빌어서 일본 세력을 구축한다면 그들은 우리에게 반드시 막대한 대가를 요구해 올 것이옵니다. 그러나 미국만은 워낙 자기네 나라가 부유하여 참략성이 희박하기 때문에 그들의 힘을 빌려야만 후환이 없을 것이옵니다."

"음……, 그거 참 좋은 의견이오. 그러나 미국이 과연 우리를 도와 주려고 할는지가 문제이구려."

그 문제에 대해 중신들 간에는 이론이 분분하였다.

그러자 지금까지 침묵을 지켜 오던 독일인 외교 고문인 목인덕이 고종을 우러러보며 말한다.

"소인에게도 잠시 발언권을 주시면 감사하겠습니다."

"좋은 의견이 있거든 기탄없이 말씀해 주시오. 우리가 국제정세에 밝은 외교 고문을 모셔 온 것도 바로 그 때문이었소."

"전하의 성은이 망극하옵니다. 소인의 의견으로는, 일본의 세력을 막아내려면 미국보다는 러시아의 힘을 빌리는 것이 더 효과적이라고 사료되옵니다."

"그 이유는?"

"미국이 불란서나 영국에 비해 침략성이 희박한 것은 사실이옵니다. 그러나 미국은 지리적으로 태평양을 격해 멀리 떨어져 있기 때문에 일단 유사시에 그들의 힘을 즉각적으로 빌리기는 사실상 어려울 것이옵니다. 그러나 러시아는 지리적으로 가까울 뿐만 아니라 일본과는 매사에 대립적인 관계를 가지고 있기 때문에, 일본을 견제하는 데는 러시아가 가장 적당한 나라일 것이옵니다."

그 소리에 고종과 중신들은 모두들 고개를 끄덕였다. 그리고 고종의 등 뒤에 앉아 있던 민 중전의 얼굴에는 희색조차 만면해졌다.

"음……, 그 말씀을 듣고 보니 러시아의 힘을 빌리는 것이 최선의 방책일 것 같구려."

그리고 고종은 뒤에 있는 중전을 돌아보며 묻는다.

"중전은 묵 영감의 의견을 어떻게 생각하시오?"

"매우 훌륭하신 의견이오니, 전적으로 그 의견에 따르는 것이 좋을 것 같사옵니다."

이리하여 독일인 외교 고문인 묵인덕의 말 한마디로 외교의 기본 방향이 친청정책에서 순식간에 친러정책으로 급선회를 하게 되었다. 아무런 주관도 없이 그때그때의 풍향에 따라 이리 흔들리고 저리 흔들리는 것이 그 당시 조선국의 실정이었던 것이다.

아무튼 외교 정책이 결정되자 민 중전은 외무독판(외무대신) 김윤식에게는 일언반구의 상의도 없이 전영령관인 권동수와 김용원으로 하여금 임금의 밀서를 가지고 러시아에 들어가 황제를 만나보게 하였다. 그 밀서의 내용은 '조선국의 보호와 군사 원조를 간청한다'라는 것과 '천진조약에 의하여 일본군과 청국군이 모두 철수해 버렸으므로 이제 앞으로는 러시아에서 군대와 군사 교관을 파견해 주어서 양국의 우호를 깊이 하자'라는 것이었다.

그 친서를 받아 본 러시아 황제는 그해 5월에 조선국의 요청을 전폭적으로 받아들이겠다는 회신을 보내왔다.

사태가 급전직하로 그와 같이 진전되자, 입장이 곤란해진 사람은 외무독판인 김윤식이었다. 김윤식은 청·일 양국의 군사 교관들이 철수를 하게 되자, 그는 그 나름대로 미국에서 군사 고문을 보내 주도록 협상이 거의 굳어져가고 있던 참이었기 때문이다.

그리하여 그때부터는 조선 문제로 미국과 러시아가 충돌을 일으킬 단계에까지 도달하였다.

이에 러시아도 미국의 후환이 두려워 조선과의 군사협정을 정식으로는 체결하지 못하고 있었다.

대원군의 환국

　청국이 일본과의 천진조약에 의하여 조선에서 군대를 철수시키자, 민 중전은 청국의 행위에 분개하여 갑작스럽게 러시아와 손을 잡아 버렸다. 자신의 권력을 유지하기 위해 그것은 부득이한 전신轉身이기도 하였다.
　그러나 민 중전의 그와 같은 표변은 청국과 일본을 똑같이 당황하게 하였다. 실상인즉 청국과 일본은 조선이라는 커다란 고깃덩어리를 혼자 삼키고 싶은 욕심에서 상대방의 세력을 견제하기 위해 부득이 천진조약을 체결하고 군대를 철수시켰던 것일 뿐 그들의 욕심에는 추호도 변함이 없었던 것이다.
　그런데 청국과 일본이 서로를 견제하기 위해 본의 아닌 철병을 하고 나자, 민 중전이 엉뚱하게도 러시아의 세력을 끌어들이고 있으니, 그들로서는 당황할 수밖에 없었다.
　청국의 북양대신 이홍장은 그 소식을 듣고 다음과 같은 비상 수단을 쓰기로 하였다.
　'안 되겠다. 민비의 친러정책을 그냥 내버려두었다가 조선이라는 커다란 고깃덩어리를 러시아에게 빼앗겨버리면 우리는 닭

쫓던 개 지붕 쳐다보는 꼴이 될 것이 아니겠는가. 그렇다면 차제에 대원군을 고국으로 돌려보내 민비를 제거시키고 다시 대원군으로 하여금 정권을 장악하게 하자.'

 민 중전과 대원군이 불구대천의 정적임을 잘 알고 있는 이홍장은 보정부保政府에 연금중인 대원군을 고국으로 돌려보내, 민 중전을 제거하는 데 이용할 생각이었던 것이다.

 마침 그때 일본도 민 중전의 친러정책에 놀라, 일본의 외무경 정상형으로부터 이홍장에게 비밀 서한을 보내 왔다. 조선 정부의 실권자인 민 중전이 친러정책으로 급선회를 함으로써 조선이 러시아에게 먹히게 되었으니, 우리 두 나라가 러시아의 조선 침략을 방지하기 위해 다음과 같은 8가지 조건을 지켜가면서 조선에 대한 적극적인 간섭을 하자는 것이었다.

 일본이 이홍장에게 보낸 대조선 8개조의 정치적인 변법辨法은 다음과 같았다.

1. 조선국의 외교 방침은 귀하와 본관이 협의하여 조선 국왕으로 하여금 그대로 실시하게 할 것.
2. 내정에는 깊이 간섭을 하지 말 것.
3. 대신의 임명만은 신중을 기하여 그 인선은 귀하의 승인을 얻어서 결정하게 하며, 귀하는 사전에 본인과 상의해 줄 것.
4. 외교 · 국방 · 재정은 특히 중요하므로, 그 방면의 대신은 김홍집, 김윤식, 어윤중 같은 인물로 임명하게 할 것.
5. 외교 고문인 독일인 목인덕을 파면시키고, 유능한 미국인을 외교 고문으로 새로 임명하게 할 것.

6. 조선에 주재하는 귀국 총변상무總辯商務인 진수당陳樹棠을 다른 사람으로 바꾸되, 새로 임명할 사람을 일본에 보내 본관을 만나게 해줄 것.
7. 미국인 외교 고문을 임명할 경우에도 본관을 미리 만나게 해줄 것.
8. 조선에 주재하는 청국 관원은 일본 공사 관원과 항상 긴밀히 연락하여 모든 일에 항상 공동 보조를 취할 것.

그리고 마지막으로, 귀국에 억류중인 대원군을 돌려보내 민 중전을 제거시키고 대원군으로 하여금 정권을 장악하게 하는 것이 어떻겠느냐?
하는 의견도 첨부되어 있었다.
　이상의 밀서를 상세하게 검토해 보면, 조선국의 정치를 두 나라의 손으로 맘대로 요리해 가자는 내용이었다.
　대원군을 돌려보내 민 중전을 제거해 버리자는 의견에는 두 나라가 완전히 일치된 셈이었다.
　때마침 그 무렵에 이조판서 남정철이 청국에 와 있었으므로, 이홍장은 그를 통해 고종에게 대원군을 돌려보내겠다는 친서를 보냈다. 그 친서에는 이런 말이 포함되어 있었다.

　　…… 러시아의 군사 고문을 초청하는 것은 중지하오. 그리고 현재의 외교 고문인 목인덕은 신용할 수 없는 사람이니 그를 파면하고 그 후임자는 미국인으로 채용하오. 청국과 일본은 비록 군대는 철수했을망정 양국 군함이 인천항에 정박하여 항상 만일의 사태에 대비

하고 있으니, 국왕은 우리 두 나라만 믿고 우리의 뜻대로 실행해 주기 바라오.

그야말로 남의 나라의 국권을 무시한 억지 명령이었다.

이홍장의 이상과 같은 친서를 받아 보고 누구보다도 분노한 사람은 민 중전이었다. 국권 침해에 대한 분노도 분노려니와 대원군을 돌려보내겠다는 데 대한 분노가 더욱 컸다.

청나라가 일찍이 대원군을 자기 나라로 납치해 간 것은 임오군란 당시 곤경에 빠져 있던 민 중전을 도와 주기 위해서가 아니었던가, 그렇듯 자기를 지지해 주던 청나라가 이제 와서는 사전 협의도 없이 대원군을 돌려보내겠다고 하니 그야말로 배신이 아니고 무엇이란 말인가.

민 중전은 곧 예조판서 민영익을 불러 이렇게 말했다.

"청나라에서 대원군을 느닷없이 돌려보낸다고 하는데, 무슨 방도를 써서라도 그를 돌아오게 해서는 안 되오. 그러니까 청나라에 문후사問侯使를 보내 이홍장의 참뜻을 알아보도록 합시다."

이리하여 고종 22년(1885) 봄에 민 중전은 민영익과 조병식과 민종묵을 '문후사'라는 명목으로 청국에 파견하였다. 민영익은 민승호의 양자로서 민승호가 폭사한 뒤에는 사실상 민씨 일가의 총지휘자격이었던 것이다.

민영익은 북경에서 이홍장을 만나자, 대원군을 돌려보내면 안 된다는 이유를 이렇게 설명하였다.

"임오년에 군란을 일으킨 배후의 인물은 다른 사람 아닌 대원군이었소. 그런데 국내 정세가 안정되기도 전에 그를 지금 돌려

보내면 귀국 후에 또 어떤 정변을 일으킬지 모르오."

"본인의 말을 들어 보면 대원군 자신은 임오군란에 관여한 일이 전연 없노라고 하는데 그를 배후의 인물로 단정하는 근거가 어디 있는 것이오?"

"임오군란의 총지휘자가 대원군이었다는 것은 우리 나라에서 삼척동자들도 다 알고 있는 사실이오."

"그러면 내 앞에서 대원군과 직접 만나 담판을 지어 보는 것이 어떻겠소?"

"나는 그 어른을 만나고 싶지 않소."

"음……, 대원군과 민 중전의 갈등이 이만저만이 아닌가 보구려."

이홍장은 대원군과 민 중전의 사이가 험악한 사실을 알고, 속으로 회심의 미소를 지었다. 러시아와 접근하려는 민 중전을 제거해 버리기 위해서는 대원군을 속히 돌려보내는 것이 상책이라고 생각되었던 것이다

민 중전은 문후사를 보내 놓고 나서도 불안하여 얼마 후에는 승정원 승지 김명규金明圭를 '문의사問議使'라는 명목으로 또다시 청국에 보내며, 그 편에 대원군을 지금 돌려보내면 국내 사정이 매우 복잡해진다는 임금의 친서까지 보냈다.

그러나 이홍장은 이쪽이 불안스러워할수록 대원군을 빨리 돌려보낼 생각이었다. 그리하여 이 해 10월 3일에는 비호飛虎, 진해鎭海의 두 군함으로 호위를 시켜 가면서 대원군으로 하여금 천진을 출발하여 귀국의 길에 오르게 하였다. 신변을 호위하기 위해 군함까지 달아 준 것은 대원군에 대한 청국의 신임도가 그

만큼 높다는 것을 보여 주기 위한 술책이었다.

3년 동안의 유폐 생활을 청산하고 귀국의 길에 오른 노정치가 대원군의 두 눈에서는 감격의 눈물이 흘러내리고 있었다.

그러나 그가 인천 부두에 상륙했을 때, 그를 영접해 주는 사람은 아무도 없었다. 민 중전의 미움을 살까 두려워, 인천부사조차 영접을 나오지 않았던 것이다.

호위의 책임을 맡고 대원군과 함께 인천 부두에 상륙한 원세개는 크게 분개하여 인천부사를 불러다가 이렇게 호통을 쳤다.

"청나라는 귀국의 왕가를 존중하여 국태공을 귀인으로 예송禮送해 왔음에도 불구하고 귀국에서는 봉영의 영접사조차 내보내지 않았으니, 이는 인륜에 어긋난 짓이다. 이 뜻을 조정에 속히 알려 서울에 입성할 때에는 성대한 환영을 하도록 하오."

그리하여 청국 수군륙전대水軍陸戰隊의 호위를 받으며 인천에서 서울로 올라오는 대원군의 행차는 위풍이 당당하였으나 대원군 자신은 처음부터 끝까지 침통한 표정이었다.

백성들이 경인 가두로 달려나와 '국태공 환국 만세!'를 높이 외쳤고, 오류동에 이르렀을 때에는 왕가의 특별 영접사인 엄세영이 환영 인사를 올렸으나, 대원군은 인사조차 받으려고 하지 않았다.

행렬이 남대문에 도달해 올 때, 임금을 비롯하여 조정 대신들이 숭례문 앞까지 마중을 나왔다.

대원군은 그제서야 처음으로 얼굴에 기쁜 빛을 띠며 임금에게 귀환 인사를 올렸다. 그러나 민 중전은 그 자리에도 모습을 보이지 않았다.

대원군은 운현궁에 돌아온 지 사흘 만에 각국 외교관들을 초청하여 자축연을 크게 베풀었고, 그로부터 사흘 후에는 몸소 각국공사관을 심방하며 귀환 인사를 나눴다. 전에는 외국 사신이라면 코빼기도 보기 싫어하던 대원군이 청국에 다녀온 뒤에는 그들을 몸소 찾아다니며 각별한 친밀감을 보여주어서 각국 외교관들은 한결같이 놀라움을 금치 못했다.

그런데, 대원군이 돌아오고 나자 항간에는 괴상한 소문이 퍼졌다.

'대원군이 청국에 있을 때, 일본에 망명중인 김옥균, 박영효 등과 밀약을 맺어서 개화당이 머지않아 대원군을 앞세우고 또다시 정권을 장악하게 된단다.'

그러한 소문을 들은 민 중전은 크게 격분하여 운현궁의 감시를 삼엄하게 하는 동시에 개화당의 잔당들을 씨알머리도 없이 소탕해 버리라는 추상 같은 명령을 내렸다. 그리하여 왕년에 개화당과 약간의 관련이 있었던 윤경순, 이응호, 민창수, 최성욱, 전흥룡, 윤계완, 김창기, 신흥모, 이상록 등을 모조리 체포하여 모반대역죄로 서소문 밖에서 참형을 시켰다. 그 기회에 대원군의 심복 부하들도 30여 명이나 곁들여 죽였다.

그리고도 안심치 않아서 개화당 정부 때에 잠시나마 벼슬자리에 올랐던 부호군 신기선, 부사과 홍진유, 호군 이호재, 주사 안종수, 도사 경광국 등도 모두 무인 고도로 귀양을 보내 버렸다.

그리고 운현궁 정문에는 홍살문을 세워 놓고 물샐틈 없는 경계를 해가면서 잡인은 일체 근접을 못 하게 하였다.

민 중전은 그러고도 마음이 놓이지 않았다. 자기가 특사를 보내 대원군을 돌려보내지 말아 달라고 그토록 간청을 했음에도 불구하고, 청국이 그를 굳이 돌려보낸 데는 반드시 무슨 음모가 있기 때문이라고 생각되었기 때문이다.

그러기에 민 중전은 청나라와 대항하기 위해서는 누가 뭐라든 간에 러시아의 힘을 빌릴 필요를 느꼈다.

때마침 그 무렵에 러시아 공사인 웨벨의 부인이 화장품과 양과자 같은 귀한 선물을 가지고 민 중전을 찾아왔다. 웨벨 부인은 사교술이 능숙한 여자로서, 남편의 부탁을 받고 민 중전을 설득하기 위해 찾아왔던 것이다.

민 중전은 웨벨 부인한테서 진귀한 선물을 받고, 진심으로 고마워하였다. 그리하여 단둘이 마주 앉아 담소를 즐기고 있던 중에 웨벨 부인이 갑자기 얼굴에 진지한 빛을 띠며 말했다.

"중전마마. 저희 집 바깥양반의 정보에 의하면, 청나라의 이홍장이 대원군을 돌려보낸 것은 머지않아 대원군을 또다시 섭정의 자리에 올려놓기 위해서였다고 하옵는데, 중전 마마께서는 그런 실정을 알고 계시는지요?"

민 중전은 말만 들어도 등에 소름이 끼칠 정도로 놀라운 일이었다. 그러나 민 중전은 천연덕스럽게 말한다.

"항간에 그런 소문이 떠돌고 있다는 것은 나도 알고 있지요. 그러나 그것은 어디까지나 뜬소문에 불과할 거예요. 대원군은 이미 지나간 사람인데, 청나라가 우리 나라 사정에 대해 아무리 어둡기로 그런 노인을 또다시 내세우려고 하겠어요?"

"그것은 중전마마께서 모르시는 말씀이시옵니다. 청국이 그런 흑심이 없다면 중전마마께서 그처럼 싫어하시는 대원군을 무엇 때문에 갑작스럽게 돌려보냈겠습니까? 그러므로 중전마마께서는 대원군에게 대항할 준비 태세를 항상 갖추고 계시지 않았다가는 또다시 임오군란 때와 같은 곤경을 면하시기가 어려우실 것이옵니다."

민 중전은 '임오군란'이라는 말만 들어도 입에 신물이 돌았다. 그리하여 웨벨 부인의 손을 덥석 붙잡으며 애원하듯이 이렇게 말했다.

"웨벨 부인! 그러면 그 일을 어찌했으면 좋겠어요?"

"그것은 왕비 마마의 결심 여하에 달린 일이옵니다."

"결심이라니? 무슨 결심 말씀이오?"

"상감께 말씀드려서 러시아의 공사인 저의 남편 앞으로 '보호를 요청한다'라는 공한公翰을 보내십시오. 그러면 러시아 정부는 어떤 경우에도 중전 마마를 끝까지 도와드릴 것이옵니다."

"고맙소이다. 그러면 오늘 밤에 상감과 상의해 보리다."

이날 밤 민 중전은 침전에서 상감에게 이렇게 말했다.

"상감마마! 청국은 저희 민씨 일족을 몰아내고 대원군을 다시 내세울 음모를 꾸미고 있음이 분명합니다. 그러므로 우리가 거기 대항하기 위해서는 러시아와 손을 잡을 수밖에 없겠습니다. 상감께서 러시아의 웨벨 공사에게 보호를 부탁한다는 친서 한 통만 보내시면 러시아는 우리를 끝까지 도와 주기로 약조가 되어 있으니, 상감께서는 내일 중으로 그런 친서를 보내십시오."

고종은 중전의 말이라면 하나에서 열까지 거역할 줄 모르는 사람이었다.

"친서를 보내는 것은 어려운 일이 아니지만 편지 한 통으로 러시아가 우리를 도와 줄 것 같으오?"

"그 점은 염려 마십시오. 웨벨 부인과 저 사이에 이미 굳은 언약이 되어 있으니까, 상감께서는 친서만 보내시면 됩니다."

나라와 나라 사이에 임금의 이름으로 공한을 보내는 것이 국가의 운명에 얼마나 중대한 영향을 미치는 일인가를 조금도 생각지 않는 처사였다. 게다가 적어도 임금의 이름으로 남의 나라에 공한을 보내려면 마땅히 조정 대신들과 상의를 해본 연후에야 할 일이었다. 그러나 고종과 민 중전은 자기네의 권력 유지책에만 눈이 어두워 그런 법도는 생각조차 해보지 않고 다음 날 아침 도승지를 불러 '러시아 공사에게 보호국이 되게 해달라'는 공한을 보내라고 명하였다.

"전하! 이런 일이란 국가의 운명에 관계되는 중대사이오니, 마땅히 조정 대신들이 회의를 열어서 결정해야 옳을 줄로 아옵나이다."

도승지의 입에서 그런 이론이 나오자, 옆에 있던 민 중전은 얼굴에 노기를 띠며 호통을 지른다.

"도승지는 어명을 거역할 생각이오? 어명을 무조건 받들 일이지, 무슨 군말이 필요하오?"

도승지쯤 되면 상감에게 잘못이 있을 경우에는 목숨을 걸어서라도 간해야 옳을 일이요, 아무리 간해도 받아들여지지 않을 경우에는 벼슬을 박차고 나와야 옳을 일이었다.

그러나 도승지는 벼슬 자리에 연연하여,

"황공무지하옵니다, 중전마마. 어명대로 거행하겠사옵니다"

하고, 러시아 공사에게 보내는 굴욕적인 교서를 기어코 쓰고야 말았다.
 러시아 공사 웨벨은 '보호국이 되기를 요망한다'라는 고종의 친서를 받고 크게 기뻐하였다. 그리하여 본국 정부와 긴급한 연락을 취하여 조선 정부와 비밀 협정을 신속히 체결하기를 서두르고 있었다. 러시아는 이 기회에 청국의 기선을 제압하여 조선이라는 땅덩이를 완전히 삼켜 버리고 싶었던 것이다.
 그러나 민씨 일족의 총수인 민영익은 그 사실을 알고 급히 입궐하여 민 중전에게 아뢴다.
 "중전마마, 상감께서 우리 나라를 러시아의 보호국이 되게 해달라는 친서를 러시아국 공사 앞으로 보냈다는 것이 사실이옵나이까?"
 "내가 여쭈어서 상감께서 그렇게 하셨소."
 "그것이 사실이라면 그야말로 큰일이옵나이다."
 "뭐가 큰일이란 말이오?"
 "한 나라가 남의 나라의 보호국이 된다는 것은 실질적으로는 속국이 되는 것과 마찬가지 일이니, 그것이 어찌 큰일이 아니겠나이까."
 "쓸데없는 걱정 그만하오. 만약 우리 나라에 무슨 변란이 일어났을 경우에는 러시아가 책임을 지고 도와달라는 것뿐인데, 그게 어찌 속국이 된다는 말이오."
 국제 관계에 어두운 민 중전이 러시아와의 관계를 자기 나름대로 안이하게 해석하고 있는 데는 기가 막혔다.
 "중전마마, 국제간의 협정 문제는 그런 것이 아니옵니다. 어떤 일이 있어도 그것만은 취소하셔야 합니다."

"취소는 무슨 취소요. 청국의 원세개나 이홍장이란 자들이 대원군을 앞잡이로 내세워 우리네 민씨 일족을 송두리째 파멸시켜 버릴 음모를 꾸미고 있는데, 우리 민씨들은 아무 대책도 강구하지 않고 가만히 앉아서 멸망해야 한다는 말이오? 설사 나라가 러시아의 속국이 되는 한이 있어도 대원군이 또다시 머리를 들고 일어나게 해서는 안 되오."

"그래도 독을 보아 쥐를 못 친다는 속담이 있지 아니하옵니까."

"초가삼간이 다 타버리는 한이 있어도 빈대만은 없애 버려야 하오. 경은 여러 말 말고 물러가오."

민영익은 마지못해 대궐을 물러나오기는 했으나, 국가의 장래가 크게 걱정되었다. 러시아와 협정을 맺는 날에는 러시아의 속국이 되어버릴 것이 분명하기 때문이었다.

그것을 사전에 방지하려면 청국의 힘을 빌릴 수밖에 없을 것 같아서 민영익은 마음을 굳게 먹고 원세개를 찾아가 그 비밀을 알렸다.

원세개는 놀라운 비밀을 알고 크게 격분하여, 본국에 있는 이홍장에게 다음과 같은 긴급 보고를 올렸다.

"조선 국왕은 비밀리에 러시아의 보호국이 되기를 요청하는 국서를 러시아 공사 앞으로 보냈소. 그와 같은 비밀 협정이 체결되면 조선을 러시아에게 뺏기고 우리는 이 땅에서 쫓겨나게 될 판이니, 속히 대군을 출동시켜 저들이 비밀 협정을 맺지 못하도록 실력 행사를 해야 하겠소. 이런 불상사가 일어나게 된 것은 국왕이 혼미하여 민비가 활개를 치기 때문이므로, 차제에 숫제, 혼군昏君을 제거해 버리고 대원군의 장손인 이준용을 신

왕으로 내세워 가지고 대원군이 만기滿機로 다스려 나가게 하는 것이 상책일 것 같소이다."

원세개는 본국에 그와 같은 의견서를 긴급 제출하고 나서, 곧 영의정 심순택과 외무대신 서리 서상우를 불러 이렇게 힐문하였다.

"국왕이 러시아에게 보호국이 되게 해달라는 국서를 보냈다고 하는데, 그게 사실이오?"

"나는 모르는 일이오."

"영의정이 그런 중대한 국사를 모른다는 게 말이 되는 소리요?"

"임금께서 하신 일을 우리가 어찌 알겠소."

"신하로 있으면서 임금이 하는 일을 모른다는 것은 말이 안 되오. 당신네가 러시아와 손을 잡으려고 한다면 우리는 군대를 동원하여 민비를 폐위시키고, 숫제 임금까지 다른 사람으로 갈아치울 테니 그리 아시오."

외무대신 서상우가 크게 당황하여 원세개에게 애원하듯 말한다.

"모든 사태는 외무대신인 내가 책임지고 잘 수습하도록 할 테니 폐위 문제만은 입 밖에 내지 말아 주시오."

"그러면 폐위 문제는 재론하지 않을 테니 당신이 책임지고 잘 수습해 보시오."

자칫 잘못하면 조선 땅에서 청러전쟁이 일어날 판이다. 그렇게 되면 왕과 왕비의 지위조차 위태로워질 것이므로, 서상우는 곧 입궐하여 임금과 민 중전에게 원세개의 말을 그대로 상주하였다.

아무러한 민 중전도 폐위를 운운하는 데는 간담이 서늘해졌다. 원세개라는 자가 군대를 몰고 대궐로 쳐들어오면 러시아의 보호를 받을 시간적인 여유조차 없을 것이 아니겠는가. 왕비의 자리에서 쫓겨나면 러시아와 비밀 협정을 맺은들 무슨 소용이 있으랴.

마침내 민 중전의 입에서 약한 소리가 나왔다.

"그러면 이 일을 어찌했으면 좋겠소?"

"글쎄올시다. 원세개라는 자가 워낙 성질이 과격하여 한번 격분하면 무슨 일을 저지를지 모르니 그것이 걱정이옵니다."

"그렇다고 큰일이 일어나기를 가만히 앉아서 기다리고만 있을 수는 없는 일이 아니오?"

민 중전은 일시적 감정에서 청국의 존재를 전적으로 무시한 채 러시아와 손을 잡으려고 한 것이 이제 와서는 후회스럽기조차 하였다. 러시아와 손을 잡기로 한 것은 왕비의 권세를 유지하기 위해서였는데, 만약 청국 군대의 힘에 몰려 왕비의 자리에서 쫓겨난다면 만사가 수포로 돌아가고 말 것이 아니겠는가.

민 중전은 잠시 무거운 침묵에 잠겨 있다가 문득 입을 열어 서상우에게 이렇게 말했다.

"무슨 술책을 써서라도 눈앞의 불은 꺼놓고 봐야 하겠소. 그러기 위해서는 원세개의 비위를 맞출 필요가 있으니, 경은 지금 당장 원세개를 찾아가, 상감께서 러시아 공사에게 보냈다는 국서는 소인배들의 위조 문서였다고 말해 주시오."

아무리 궁지에 몰렸기로 국왕의 친서가 가짜였다고 거짓말을 꾸며대라는 것이 어처구니없는 소리다.

"황공하옵니다. 그 국서는 상감께서 보내신 국서임이 분명하온데, 그것을 어찌 가짜라고 말할 수 있사오리까."

"거짓말도 방편이라, 지금 형편으로는 그렇게라도 하는 수밖에 없는 일이 아니오."

"설사 그런 거짓말을 꾸며댄다 해도 원세개가 그 말을 곧이들을 것 같지 않사옵니다."

"천만에! 아무리 거짓말이라도 원세개는 반드시 그 말을 믿을 것이오. 그러니까 여러 말 말고 지금 곧 원세개를 찾아가 내 말을 전해 주시오."

외무대신 서상우는 민 중전의 말에 얼른 납득이 가지 않았다.

그러자 민 중전은 야릇한 미소를 지으며 이렇게 말한다.

"물론 국서가 가짜였다고 말해 주어도 원세개가 속으로는 믿지 않을 것이오. 그러나 우리편에서 그 국서가 가짜였다고 말해 주면, 그것으로써 러시아와의 비밀 협정을 포기했다는 뜻이니까, 원세개는 알고도 속는 척할 거란 말이오. 내 말 알아듣겠소?"

"중전마마의 지혜로우신 말씀의 뜻을 이제야 알아들었사옵니다. 그러면 곧 원세개를 찾아가 그 말씀을 전하겠사옵니다."

서상우는 민 중전의 사특한 지략에 감탄을 마지않으며 곧 원세개를 찾아가 민 중전의 말을 전했다.

원세개는 서상우의 말을 다 듣고 나더니 크게 소리를 내어 웃는다.

"하하하, 그러면 그렇지. 대궐에는 민 중전과 같이 지혜로우신 어른이 계신데, 러시아 공사에게 그런 그릇된 국서를 보냈을 리가 있겠소."

민 중전이 예언한 대로 국서가 가짜였다는 말은 자기네로서는 크게 유리한 말인 까닭에 원세개는 알고도 속는 척한 것이었다.

서상우가 돌아와 보고를 올리자, 민 중전은 회심의 미소를 지으며 다시 말한다.

"이번에는 러시아 공사 웨벨을 찾아가 문제의 국서는 소인배들이 조작한 위조 문서였다는 것을 말해 두시오. 그 대신 우리로서는 그 국서를 전달한 채현식에게 책임을 물어 그자를 참형에 처하도록 하겠소."

악랄하기는 했지만 용의주도한 지략이었다.

서상우는 입장이 난처했지만 러시아 공사 웨벨을 찾아가 그 말을 전하는 수밖에 없었다.

그러나 웨벨 공사는 서상우의 말을 일소에 붙여 버리며 말한다.

"국서가 가짜였다는 것은 말도 안 되는 소리요. 국왕의 옥새가 어엿하게 찍혀 있는 문서를 어떻게 가짜라고 말할 수 있소."

"그것은 소인배들이 옥새를 훔쳐서 찍은 것이기 때문에, 죄인 채현식이라는 자를 이미 처벌까지 하였소."

"당신네가 무슨 소리를 하든 간에, 나는 그 국서가 가짜라고는 믿지 않겠소. 청나라의 원세개가 들고 일어나는 바람에 당신네가 어쩔 수 없이 그런 연극을 꾸미는 모양이지만, 나는 이 사실을 본국에 상세하게 보고하여 청국의 모략을 끝까지 추궁하도록 하겠소."

이리하여 그 문제는 국제적으로 확대되어, 청국과 러시아와의 관계가 극도로 험악하게 되었다.

그러나 청국이 워낙 전쟁도 불사하겠다는 강경한 태도로 나오므로, 러시아가 양보를 함으로써 일단락을 지었다.

그리고 조선 정부로서는 형식적이나마 결말을 짓기 위해 조존두, 김가진, 김학우, 김양묵 등의 4명을 국서위조범으로 몰아 섬으로 귀양을 보내기까지 했었다.

이로써 조선에 있어서의 원세개의 권력은 조정 대신들조차 맘대로 휘두를 만큼 강대하게 되었던 것이다.

민씨 일족의 득세

　민 중전은 대원군의 배후 세력인 청나라를 국외로 몰아내려다가 원세개의 강압적인 반발에 부딪혀 그 일이 수포로 돌아가게 되자, 자기 자신의 지위에 대한 불안감을 새삼스러이 금할 길이 없었다.
　더구나 원세개가 대원군과 결탁하여 자기를 왕비의 자리에서 몰아내려는 음모가 뚜렷하게 엿보이므로 민 중전은 자기 방위를 위해서도 세력 구조를 민씨 일색으로 구축해 나가지 않을 수가 없었다. 민씨가 아닌 사람에게 벼슬을 주면 그 사람이 대원군이나 원세개와 언제 어떤 내통을 할지 모르므로, 대소 관직을 막론하고 민씨가 아닌 사람에게는 숫제 벼슬을 주지 않았던 것이다.
　그 중에서 '영永'자 항렬의 굵직굵직한 몇 사람만 열거해 보더라도 민영준(후에 영휘로 개명), 민영달, 민영환, 민영소, 민영국, 민영직, 민영상, 민영위, 민영철, 민영기, 민영돈, 민영주, 민영우, 민영서 등으로 그들은 모두가 판서나 참판이나 감사 이상의 벼슬을 지낸 사람들이었다.
　'영'자 항렬의 민씨만도 그러했으니 그들의 윗돌림인 '호鎬'

자 항렬과 아랫돌림인 '식植'자 항렬의 민씨인들 얼마나 많았을 것인가, 그 중에서도 민영준, 민영달, 민영환, 민영소 등은 민씨 세력의 '4대 거두'여서 세상 사람들은 그들을 '1준 2달 3환 4소 一駿二達三煥四韶'라는 별명으로 불러 오기까지 하였다.

민씨들은 대체로 이재에 밝은 공통적인 특징을 가지고 있었다. 그러기에 그들은 저마다 매관매직으로 거부를 이루었을 뿐만 아니라, 평양·인천·의주 등지에 전환국을 만들어 놓고 돈을 맘대로 찍어내어 사복을 채우기에 바빴던 것이다.

그러므로 그 당시에는 '종친의 3촌보다도 민가閔家의 10촌 세도가 더욱 크다'라는 말까지 떠돌아다닐 지경이었다.

뿐만 아니라 민 중전은 나라는 돌보지 않고 영화를 누리기에만 정신이 없어, 그의 눈에 드는 사람이면 누구나 출세를 시켜 주었다.

가령 민 중전이 임오군란으로 도망갈 때 그를 도와 주었던 민응식은 평양감사를 거쳐 일약 대궐을 수호하는 서영西營의 총융사摠戎使가 되어서, 그의 명령이라면 임금도 거역을 못할 지경이었다.

그리고 임오군란 때 민 중전의 교군이었던 김성택과 김억길도 모두 크게 출세하여 김성택은 전라병사가 되었고, 김억길은 낙안군수로 제수되었다.

그리고 또 남원에서 약국을 경영하던 최석두라는 자는 민 중전의 체증을 약 한 첩으로 고쳐 주었다고 하여 남원부사를 지내게 되었고, 한의 정순묵은 중전의 감기를 낫게 해준 공로로 일약 영평군수가 되었다.

그 밖에도 이용익은 민 중전이 장호원에 숨어 있을 때 대원군이 청나라로 납치되어 간 사실을 누구보다도 먼저 알려 준 공로로 남병사南兵使가 되었다가 후일 내장원경으로 승진되어 부귀와 영화를 마음껏 누릴 수 있었다.

그 무렵에 민 중전은 일시 신병으로 앓아 누웠던 일이 있었다. 대원군과 원세개 등과 싸우면서 권세를 유지해 가느라고 노심초사한 나머지 그것이 병이 되었는지도 모를 일이었다. 전의들이 총출동하여 시약을 했으나 병은 좀처럼 낫지 않았다.

3, 4개월이 지나도 이렇다할 차도가 없으므로 그때부터는 무당의 힘을 빌려 병을 고치려 하였다.

세월을 만난 것은 무당 진령군이었다. 북묘에 칩거해 있던 진령군은 숫제 왕궁으로 옮겨와 날마다 굿을 하면서 이런 푸념을 하였다.

"그 동안 궐내에서 많은 사람들이 죽었기 때문에, 그들의 원혼이 마마를 괴롭히는 것이오. 그러므로 마마의 병을 고치시려면 전국의 명산대찰에 내관과 궁녀들을 보내 치성을 드려야 하오."

진령군의 분부이니 감히 어느 누가 그 명령을 거역할 수 있으랴. 하물며 중전마마의 신병을 고치기 위한 치성임에 있어서랴.

그리하여 대궐에서는 날마다 수십 명의 무당들이 밤낮을 가리지 않고 굿을 계속하면서 수백 명의 내관과 궁녀들을 전국 각지로 파견하여 많은 공양미를 내놓고 불공을 올리게 했으니, 그에 소요되는 재물이 국가의 경비와 거의 맞먹을 지경이었다.

국고는 텅텅 비어 있는데 그와 같이 쓸데없는 경비가 한없이 늘어나고 있으므로, 나라에서는 그 많은 경비를 수탈과 매관매직으로 충당해 나가는 수밖에 없었다.

 나라에서 벼슬 자리를 팔아먹는 것을 공명첩空名帖이라고 하는데, 그러한 임무를 맡은 사람은 선공감繕工監의 가감역假監役이나, 의금부의 도사都事나, 사헌부의 감찰이나, 도총부의 오위장五衛將이나, 병조의 동지同志나 첨지들이었다. 관리들이 지방으로 돌아다니며 그러한 벼슬 자리를 공공연하게 팔고 있었으니, 그것 하나만 보아도 나라의 기강이 얼마나 어지러웠던가를 가히 알 수 있을 것이다.

 나라의 꼴이 그렇고 보니, 각 지방의 수령 방백들도 제멋대로 매관매직을 하여, 돈 많은 사람들에게 참봉이니 첨지니 하는 감투를 억지로 씌워 주고 돈을 빼앗기도 예사였었다.

 그러한 폐단이 너무도 혹심하여 그때의 좌의정이었던 김병시는 각 지방에 다음과 같은 지시를 내린 일도 있었다.

 근자에 지방 수령들이 공명첩을 마구 강매하여 민폐가 막심하니 차후에는 그런 일을 엄히 다스리도록 하겠다.

 그러나 지방 수령들은 그러한 시달을 받고도 코웃음만 칠 뿐 매관매직은 여전히 성행하고 있었다.

 나라의 정치가 그 꼴이고 보니, 죽어나는 사람들은 백성들밖에 없었다. 그리하여 고종 26년에는 전라도 광양현과 경기도 수원에서 민란이 일어나기 시작하여 이듬해에는 함창에서 민란이 일어났다.

 민란은 해를 거듭할수록 빈번해져서 제주도에서도 일어나고,

고성에서도 일어나고, 예천에서도 일어났건만, 조정에서는 아무런 대책도 없이 그냥 방치해 두었다.

동학란이 일어난 것은 그로부터 몇 해 후인 고종 31년(1894)의 일인데, 동학란도 처음에는 조그마한 민란에서부터 크게 번져나간 것이었다.

민심이 그처럼 이탈되었음에도 불구하고 각 지방에는 가는 곳마다 그 고을 사또의 선정을 칭송하는 '선정비'가 서 있지 않은 고을이 없었다. 말할 것도 없이, 백성들에게 선정비를 세워 주도록 강요했기 때문이었다.

고종 29년(1892)에 암행어사 김사철金思徹이 경상도를 1년간에 걸쳐 순찰하고 나서 임금에게 올린 보고에 다음과 같은 말이 들어 있다.

...... 경상도 지방에는 방백 수령에 대한 선정비가 가는 곳마다 숲을 이루고 있습니다. 그러나 선정비가 그처럼 많음에도 불구하고, 사실상 선정을 베푼 사또는 한 사람도 없었고, 그들은 한결같이 백성들의 증오의 대상이 되고 있었습니다.

그 한 가지 사실만 보더라도 백성들이 기막힌 학정에 얼마나 시달리고 있었던가를 가히 알 수 있는 것이다.

그 당시는 내정이 그처럼 어지러웠던 것과 마찬가지로, 외교 문제도 형용하기 어려울 정도로 복잡하였다.

원세개는 민 중전과 러시아의 결탁을 방해하고 나자, 이번에는 민 중전을 왕비의 자리에서 몰아내고 대원군에게 정권을 넘겨 줄 생각에서, 언젠가는 대원군에게 심복 부하를 보내 그 뜻을 알린 일이 있었다.

그러나 대원군은 원세개의 제안에 쉽사리 응하지 않았다. 정권에 욕심이 없어서 거절한 것은 아니었다. 민 중전을 옹호하기 위해 거절한 것도 아니었다. 정권에 대한 야심만은 추호도 변함이 없었지만, 민씨 일가의 세도가 워낙 막강하여 그들을 모조리 몰아내고 권세를 맘대로 휘두를 자신이 없었기 때문이었다. 심복 부하들이 모조리 제거된데다가 원세개를 믿고 정치계의 표면에 나서기에는 원세개에 대한 백성들의 원성이 너무도 높았기 때문이었다.

일본도 원세개의 횡포를 못마땅하게 여겨서 반격의 기회를 노리고 있는 이 판국에 섣불리 원세개에게 업혀 정계에 나섰다가는 어떤 곤욕을 치르게 될지도 모르기 때문이기도 하였다.

그러기에 대원군은 운현궁을 떠나 마포 별장인 아소정에 기거하면서 마치 세상을 등진 사람처럼 날마다 서화로 한일월閑日月을 보내고 있었다. 그러나 그렇다고 해서 진심으로 야망을 버렸느냐 하면 결코 그런 것은 아니었다. 국정을 난마같이 어지럽게 만들어 놓은 민 중전에 대한 적개심은 골수에 맺혀 있으면서도 때가 불리하므로 은인자중하며 재기의 기회만 호시탐탐 노리고 있었던 것이다.

그 무렵 원세개는 조선을 자기네의 속국처럼 취급하면서 내정 간섭과 횡포가 이만저만이 아니었다.

그 당시 조선은 일본을 비롯하여 미국, 영국, 불란서, 러시아, 독일, 이탈리아 등과 통상조약을 맺고 있어서, 그 나라의 사신들이 조선에 상주하고 있었다. 그러나 조선에서 외국에 공사를 파견하고 있는 나라는 오직 일본뿐이었다. 따라서 다른 나라에서도 공사를 보내 주기를 요청해 왔으므로, 우선 미국 워싱턴에 공사관을 설치함과 동시에 박정양을 주미 공사에 임명하고 이완용을 참사관으로 수행하게 하였다.

그런데 원세개는 그 사실을 알자, 노발대발하면서 고종에게 이렇게 호통을 쳤다.

"귀국은 청나라의 속국이므로, 외국에 사신을 보내려면 마땅히 나의 사전 승낙을 받아야 옳을 일이오. 그럼에도 불구하고 귀국은 나의 사전 허락도 없이 미국에 사신을 보냈으니 그것은 나를 모독한 처사요. 주미 공사 박정양을 당장 소환해 오시오. 그렇잖으면 나는 가만 있지 않을 것이오."

실로 참기 어려운 국가적인 굴욕이었다. 그러나 고종은 워낙 배짱이 없는데다가 일찍이 대원군이 3년 동안이나 납치되어 갔던 사실도 있는지라, 한 마디의 항변도 하지 못하고 그 즉시 전보를 쳐서 주미 공사를 서울에 소환해 오고 말았다.

그런데 그와 같은 주권 침해 사실이 널리 알려지자, 조선에 주재하는 외국 사신들은 원세개의 횡포를 한결같이 비난하기 시작하였다.

더구나 목인덕의 후임으로 외교 고문으로 부임해 온 미국인 '데니'는 원세개의 횡포에 분개한 나머지 고종을 배알하고 이렇게 간했다.

"외국에 공사를 파견하는 것은 국제공법으로 승인된 일입니다. 그러므로 원세개 같은 일개 외국 관리의 말에 좌우되어서는 안 되는 것이옵니다. 조선은 청국의 속국이 아닌 이상 어느 나라하고나 평등한 수교를 맺고 공사를 상주시킬 권한이 있는 것이옵니다. 그러므로 원세개의 엄포에 못 이겨 이번에 주미 공사를 소환해 오신 것은 국가적으로 일대 치욕적인 일인 것이옵니다."

그 모양으로 원세개의 횡포는 국제적으로 비난의 대상이 되고 말았다.

더구나 청국이 원세개를 내세워 조선을 전적으로 지배하려고 들자, 조선에 대해 어느 나라보다도 야심이 많은 일본이 가만 있을 리가 없었다.

이에 일본도 우익 강경파의 거두인 대석정기大石正己라는 자를 공사로 임명하여 사사건건에 원세개와 대항을 하게 함으로써, 청·일 양국의 세력이 정면으로 충돌하는 사태에까지 이르렀다.

외국 사신들이 남의 나라에 들어와 주권을 무시해 가면서 각축을 벌인다는 것은 말이 안 되는 짓이건만, 민 중전은 그런 것은 아랑곳없이 자신의 권력 유지에만 급급하여 무당과 판수들에게만 미쳐 돌아가고 있었으니 실로 개탄을 금치 못할 국정이었던 것이다.

동학란과 대원군

 일본과 청국이 조선에서 러시아 세력을 몰아내려고 치열한 각축을 벌이고 있을 그 무렵, 함경도 지방에서는 일본의 신경을 몹시 자극하는 커다란 사건이 하나 생겼다. 함경감사 조병식이 자기 관하에 '방곡령'이라는 새로운 법령을 선포한 것이 바로 그것이었다.

 그 무렵 일본은 통상협정에 의하여 함경도 지방에서 해마다 콩과 쌀 등의 농작물을 많이 사가고 있었다. 그런데 수 년 전부터 한발이 계속되고 기근이 극심하므로 함경감사 조병식은 '방곡령'이라는 법령을 내려서 일본에 농작물을 일체 팔지 못하게 했던 것이다.

 백성들을 먹여 살릴 책임을 맡고 있는 감사로서는 너무도 당연한 조치였다. 그러나 조선에서 미곡을 수입해 가야만 백성들을 먹여 살릴 수 있는 일본으로서는 '방곡령'이란 청천의 병력보다도 더 무서운 법령이었다.

 이에 함경도 지방에 주재하던 일본 상인들은 대대적으로 반대운동을 전개함과 동시에, 정부를 통해 우리 나라에 정식으로 항의를 해왔다.

　그리하여 두 나라는 그 문제로 수많은 우여곡절을 거듭해 오다가 방곡령을 실시한 지 3년 만에, 우리측은 일본에 은화 11만환의 보상금을 물기로 하고 방곡령을 해제해 버렸다. 자기 나라 백성들을 먹여 살리기 위해 곡물 수출을 금지한 것은 너무도 당연한 일이었건만, 국력이 약하고 보니 배상금까지 물어가며 방곡령을 철회하는 굴복조차 감수하지 않을 수가 없었던 것이다.

　기근에 허덕이던 백성들은 정부의 부당한 처사에 분개한 나머지, 그로 인해 전국 각지에서 민란이 요원의 불길처럼 일어나기 시작하였다. 남쪽은 경상도 창녕에서부터 북쪽은 함경도 덕원에 이르기까지 곳곳에서 민란이 걷잡을 수 없게 일어났는데, 그 중에서도 강원도 철원과 금성 지방에서는 양민들이 관청을 습격하여 국가의 재산을 약탈해 가기까지 하였고, 평안도 지방의 성천과 강계 등지에서는 관민 공동으로 폭동을 일으키는 바람에 평안감사 민병석이 서울로 도망을 오는 추태까지 있었다.

　그처럼 나라의 치안은 거의 무정부 상태였음에도 불구하고, 민 중전은 몇 달 동안 병마에 시달리다가 쾌유된 것만이 기뻐서 창덕궁에서는 밤낮을 가리지 않고 경축연을 베풀기에 여념이 없었다. 백성들은 먹을 것을 먹지 못하고 입을 것을 입지 못해 어쩔 수 없이 난동을 일으키고 있건만, 대궐에서는 밤에도 불야성을 이룬 채 가무의 음률소리만이 드높이 울려나오고 있었으니, 치자治者와 피치자被治者가 그처럼 양극을 달려가고 있어서는 나라가 제대로 유지되어 갈 리가 만무하였다.

　그런데 그 무렵에 궁중에서는 다음과 같이 해괴망측한 사건이 있었다.

세자 척의 나이가 20이 가깝도록 아직 소생이 없으므로, 민 중전은 손자를 기다리다 못해 하루는 세자빈을 불러 이렇게 물어보았다.

"세자빈이 결혼한 지 5, 6년이 넘도록 아직 잉태를 못 하고 있으니 이 어찌된 일이냐?"

세자빈은 얼굴을 붉히며 오랫동안 말이 없다가, 문득 낮은 목소리로 다음과 같이 속삭이는 것이 아닌가.

"황공한 말씀이오나 세자 저하께옵서 본디 무력하시어, 신첩은 영원히 잉태를 못할 것이옵니다."

민 중전은 그 소리를 듣고 크게 놀랐다.

"세자가 무력하다니? 그게 무슨 소리냐?"

그제서야 꼬치꼬치 캐어 물어보니, 세자 척은 겉으로 보기에는 멀쩡하면서도 실상은 고자라고 하는 것이 아닌가.

민 중전의 실망은 이만저만이 아니어서 곧 상감에게 그 사실을 알렸다.

상감도 한숨을 쉬며 말한다.

"세자가 그런 병신일 줄은 꿈에도 몰랐구려."

"그렇다면 장차 이 나라의 종사를 누구로 이어 나가게 하옵니까?"

"왕세자가 그렇다면 부득이 후궁의 왕자로서 왕위를 이어 나가도록 해야 할 게 아니겠소."

"……"

민 중전은 질투심이 솟구쳐올라 아무 말도 하지 않았다. 세자가 내시라면 후궁의 왕자로서 왕위를 이어 나갈 수밖에 없겠지만, 그것은 말만 들어도 울화가 치밀어오를 일이었다.

그로부터 몇 달 후에 상궁 장씨가 아들을 낳았다는 소식이 들려왔다.

민 중전은 그 소식을 듣고 심통이 머리끝까지 치밀어올랐다.

'내가 낳은 자식이 고자여서 먼 장래에는 장 상궁이 낳은 아이로 왕위를 이어 나가게 해야 할 것이 아닌가?'

그것은 생각만 해도 눈알이 뒤집히도록 통분할 일이었다.

민 중전은 곧 칼을 들고 상궁 장씨의 처소로 달려왔다.

"장 상궁! 네 이년 듣거라. 네가 낳은 아이가 누구의 아이냐?"

"중전마마, 황공하옵나이다. 자세한 말씀은 상감마마 전에 여쭈어 보아 주시옵소서."

"그렇다면 알겠다. 아이는 살려 둘 것이로되, 너만은 이 칼을 받아라!"

하고는 손에 들고 있던 칼을 장 상궁의 목덜미에 힘차게 내갈겼다. 그러나 장 상궁이 민첩하게 피하는 바람에 민 중전이 던진 칼은 맞은편 바람벽에 깊숙이 꽂혔다.

장 상궁은 민 중전 앞에 엎드려 울면서 호소한다.

"중전마마, 관후하신 처분을 베풀어 주시옵소서."

민 중전은 숨을 가쁘게 쉬며 발 밑에 엎드려 있는 장 상궁을 굽어보았다. 구름같이 헝클어진 머리칼 사이로 하얀 목덜미가 아름답게 나타나 보인다.

"이년아! 고개를 들어라!"

추상 같은 호령에, 장 상궁은 눈물 어린 얼굴을 고즈넉이 들었다. 구슬같이 맑은 눈물이 흘러내리는 아름다운 두 눈과 풍염한 두 볼이 귀엽기 그지없다.

"고년, 참으로 아름답게 생겼구나. 상감인지 곶감인지 내가 사내라도 반할 만하구나. 죽이기는 아까우니, 자식만 내놓아라. 그 아기는 내가 갖다 기르기로 하겠다."

"천녀가 어찌 중전마마의 분부를 거역할 수 있으오리까."

"아기는 대궐에 그냥 두고 너만은 오늘로 궐내에서 영원히 나가 버리거라!"

민 중전은 즉석에서 장 상궁에게 축출 명령을 내렸다.

장 상궁은 싫든 좋든 간에 그날로 후궁에서 쫓겨나는 몸이 되었다.

그러나 민 중전은 장 상궁의 비범하던 미모가 자꾸만 머리에 떠올라 질투심을 금할 길이 없었다.

그리하여 며칠 후에는,

'그년을 그냥 내버려두었다가는 상감이 또 만나려고 할 테니, 숫제 그년의 하문을 도려내어 버리리라'

하는 생각에서, 사람을 시켜 장 상궁의 하문을 도려오게 하였다. 실로 잔인한 처사였다.

궁중에서 그와 같이 비참한 질투극이 벌어지고 있는 동안에도, 전국 각지에서는 민란이 자꾸만 일어나고 있었다.

그러나 그것은 자연 발생적인 난동일 뿐이었지 조직적인 항거는 아니었다.

그런데 그와 같은 폭동이 전국적으로 퍼져나가게 되자, 그러한 폭동을 뚜렷한 목적 의식을 가지고 배후에서 조직적으로 조종하는 종교 단체가 생겨나게 되었다. 그러한 조직체는 세상에서 '동학당東學黨'이라고 일러 오는 '천도교天道敎'라는 종교 단체였다. 다시 말하면 동학당이란 천도교도들을 말한다.

천도교란 교조인 수운 최제우가 철종 11년(1860)에 처음으로 제창한 종교다. '인내천人乃天:사람은 즉 하나님'이라는 교리를 표방하고 보국안민輔國安民·포덕천하布德天下·광제창생廣濟蒼生을 주안으로 삼는 일종의 생활 종교인 것이다.

그 당시는 기독교를 서양에서 건너온 학문이라고 하여 서학西學이라 부르는 반면에, 천도교는 순전히 동양적인 사상에 근거를 두었다고 하여 일명 동학東學이라고 불러 왔었다.

천도교는 유림들에 의하여 혹세무민하는 사교라는 지탄을 받아 교조 최제우는 고종이 즉위하던 1864년에 대구 감옥에서 사형에 처단되었다. 그러나 동학당의 세력은 날이 갈수록 전국 각지에 퍼져 나갔다. 그리하여 그 조직이 확대 강화됨에 따라 마침내는 폭정에 항거하는 민란에 편승하여 동학당 운동을 조직적으로 전개하는 혁명 세력으로 발전되어 나갔던 것이다.

최초에 동학당 간부 몇 사람이 정부 요인들을 찾아다니며 탄원서를 올린 목적은 단순히 제1세 교주였던 최제우의 원죄에 사면을 내리고, 천도교 자체를 정당한 종교 단체로 공인해 달라는 데 있었다.

그러나 정부가 그러한 요구를 일언지하에 거절해 버리자, 이번에는 40여 명의 동학당 간부들이 대거 서울로 몰려 올라와 대궐 정문 앞에서 연좌시위를 벌였는데, 그때에 그들이 내세운 강령 중에, '민척 세도의 전단을 배제하고, 척왜척양斥倭斥洋을 근본으로 하는 국수사상을 엄격히 고수하라'는 정치적인 요구가 뚜렷하게 제시되어 있었다.

말하자면 민 중전과 그의 일당을 몰아내고 모든 외국의 침략적인 행위를 배격해야 한다는 주장이었는데, 그것은 우연하게도 대원군이 평소에 부르짖던 생각과 너무나도 일치되는 사상이었다.

민 중전은 동학당이 내건 강령이 대원군의 생각과 일치됨을 보고 크게 당황하여 임규호, 손천민, 손병희 등 동학당의 간부들을 모조리 체포하여 엄벌에 처하게 하였는데, 사태가 그렇게 험악해지고 보니 동학당은 정부와 무력으로 대항을 하는 수밖에 없게 되었다.

그리하여 동학당은 전라도 고부의 천도교인 전봉준을 총사령관으로 하여 수천 명의 동학군을 조직해 가지고 가는 곳마다 관군을 공격하고 나오게 되었는데, 그 당시 동학군이 모든 농민들에게 살포한 격문의 내용은 다음과 같았다.

우리들이 정의의 깃발을 높이 들고 일어선 것은 결코 다른 뜻이 있어서가 아니다. 다만 백성들을 도탄 속에서 구제하고 국가를 반석 위에 올려놓자는 데 있을 뿐이다. 안으로는 탐욕에 눈이 어두운 탐관오리들을 가차없이 처단하고, 밖으로는 침략에 눈이 어두운 청국·일본 등의 외적들을 이 땅에서 일소해 버리자는 데 있을 뿐이다. 양반과 부호들의 횡포로 고통을 받는 농민들과 수령 방백들의 그늘에서 굴욕에 허덕이는 하급 관리들은 모두가 우리와 똑같은 원한을 품고 있는 사람들이니, 우리들은 이때를 당하여 다같이 총궐기하여 투쟁에 가담해야 한다. 만약 이번 기회를 놓치면 우리들은 빈

곤과 굴욕과 고난 속에서 영원히 헤어나지 못하게 되리라…….

동학군의 총대장인 전봉준은 이상과 같은 격문을 살포하고 처음에는 천도교도들만으로 2천 명의 군대를 조직해 가지고 고부에서부터 관군과 싸우기 시작하였는데, 동학군은 관군과 싸울 때마다 승리를 거두었을 뿐만 아니라, 가는 곳마다 농민들도 동학군에 자진 가담하게 되었다.

관군은 썩을 대로 썩어서 전의가 전연 없을 뿐만 아니라, 정의의 깃발을 높이 들고 일어난 동학군은 전의가 왕성한데다가 농민들이 너도나도 자진 호응해 오고 있어서 승리는 이쪽에 있을 수밖에 없었던 것이다.

그리하여 고종 31년(1894) 5월 4일에 처음으로 깃발을 올린 전봉준의 동학군은 가는 곳마다 승리를 거듭하여 고부, 태인, 남원, 부안, 흥덕, 고창, 무장, 영광 등을 무인광야를 가듯이 휩쓸어 버리고, 그 달 30일에는 마침내 전주까지 무혈점령을 해버리고 말았다. 말하자면 전라도 일대는 동학군의 천하가 되어 버리고 만 것이었다.

이에 정부는 크게 당황하여 동학군 토벌군을 새로 조직하였다.

그 무렵 마포 별장 아소정에서 한일원을 보내고 있던 대원군은 동학당이 전라도 일대를 석권하고 있다는 소식을 듣고 내심 크게 기뻐하였다. 동학당이 행동 강령으로 내걸고 있는 '민씨의 세도를 배척하고 이 땅에서 왜구와 양이를 몰아내라' 라는 구호가 자기 자신이 평소에 부르짖던 사상과 완전히 일치했기 때문이었다.

'동학당의 세력을 잘만 이용하면 민 중전 일파를 몰아내고 나의 평소의 뜻을 마음껏 펴볼 수 있을 것이 아닌가.'

대원군은 그러한 생각이 들자, 곧 심복 부하인 김태정과 고영근을 전주로 내려보내 전봉준으로 하여금 동학군을 이끌고 서울로 쳐올라오게 하라고 일렀다.

그러자 대원군이 동학당과 결탁하여 민 중전 일당을 몰아내려고 한다는 소문이 서울 장안에 퍼지기 시작하였다.

그러나 그것은 대원군으로서는 커다란 오산이었다. 왜냐하면 동학군은 가는 곳마다 일본인들을 핍박하는 바람에 일본국에서는 거주민을 보호한다는 명목으로 군대를 급히 파견해 왔기 때문이었다. 약삭빠른 일본은 동학란으로 세상이 소란한 틈을 타서 조선을 그대로 삼켜 버릴 계획으로 청국에는 사전 통고도 없이 1만여 명의 군대를 인천으로 몰고 왔었다. 그리고 그 중의 일부는 정부와의 사전 교섭도 없이 관군과 협력하여 동학군 토벌전에 가담하고 있었다.

그런데 민 중전은 민 중전대로 일본 세력도 막아내고 동학군의 난동도 진압하기 위해 청국에 시급히 응원군을 요청하는 수밖에 없었다. 그리하여 청국은 청국대로 1천5백 명의 군사를 아산 백석포에 몰고 올라왔다.

사태가 그토록 국제화되고 보니, 이제는 동학란이 문제가 아니었다. 청국은 일본과의 정면 충돌을 회피하여, 청·일 양군이 동시에 철수할 것을 주장하였다.

그러나 무력으로 우세한 일본은 청군의 제의에 찬동을 아니할 뿐만 아니라, 이 해 6월 21일 새벽에는 2개 대대의 병력을 이끌고 대궐로 쳐들어와 임금과 민 중전을 자기네의 수중에 연금해 버렸다.

그리고 이날 아침 10시에는 대원군을 받들고 대궐로 들어와 모든 권력을 대원군에게 이양하도록 강요하였다.

이날 대원군이 일본군에 의하여 대궐로 끌려 들어오기까지에는 적잖은 우여곡절이 있었다. 일본은 민 중전을 제거하는 대신에 대원군을 표면에 내세울 생각에서, 강본이라는 자로 하여금 진작부터 대원군과 친분을 두텁게 하였다. 그런데 강본이라는 자가 이날 새벽에 돌연 대원군을 찾아와서, 일본군이 대궐을 점령한 사실을 알린 뒤에,

"대감께서 입궐하시어 민씨 일파를 몰아내고 국정을 바로잡을 기회는 바로 이때입니다. 만약 대감께서 소인의 청을 들어주지 않으신다면 일본 정부에 대감을 천거했던 소인은 책임을 지고 할복자살하는 길밖에 없겠사오니, 대감께서는 소인의 부탁을 꼭 들어 주시옵소서"

하고 간청을 하였다.

그러나 대원군은 대답이 없을 뿐만 아니라, 얼굴 표정이 매우 완강하였다.

마침 그때 일본 군사들이 몰려와 대원군을 억지로 끌어가려 하므로, 강본은 그들의 무례를 신랄하게 꾸짖으면서 대원군에게 자진 입궐해 줄 것을 거듭 간청하였다.

대원군은 오랫동안 침통한 침묵에 잠겨 있다가 문득 얼굴을 들어 다음과 같이 질문하였다.

"만약 귀국의 이번 처사가 진심으로 의를 위한 일이라면, 귀

하는 일본 황제의 이름으로 이번 일이 성공한 뒤에도 우리 국토를 촌지도 빼앗아 가지 않겠다고 약속할 수 있겠는가?"
 강본은 즉석에서 붓을 들어 다음과 같은 서약서를 써 바쳤다.

 일본 정부의 이번 처사는 진실로 의를 위한 일로서, 이번 일이 성공한 후에도 조선 땅을 한 치도 나눠 받지 않을 것을 굳게 맹세함.

 말할 것도 없이 그것은 목적을 달성하기 위한 허위 서약서였다. 대원군도 그 점을 모르지는 않았다. 그러나 어떡하든지 민씨 일파를 몰아내고 나라를 바로잡아 보겠다는 일념과, 앞으로 정신만 차리면 일본의 세력도 막아낼 수 있으리라는 자신감에서, 그는 알고도 속으면서 일본군의 호위를 받으며 입궐을 했던 것이다.
 대원군이 입궐하여 임금과 왕비를 배알하자, 임금은 겁에 질려 몸을 떨고 있었고, 민 중전은 증오의 눈으로 대원군을 노려보고 있었다.
 그 자리에서 일본 공사가 임금에게 이렇게 말했다.
 "전하와 왕비는 오늘부터 모든 정무를 옛날 모양으로 국태공에게 일임하셔야 하오."
 고종과 민 중전은 절치부심을 했지만 총칼 앞에서는 어찌하는 수가 없었다.
 그리하여 임금은 마음에도 없는 교지를 다음과 같이 내렸다.
 "이제부터 모든 정무는 국태공의 결재를 받도록 하고, 육해군의 통솔권도 국태공에게 귀속하게 한다."

이리하여 대원군은 세 번째로 국권을 장악하게 되었다. 그러나 이번만은 아무 실권도 없는 일본의 허수아비에 불과했었다.

일본은 대궐을 점령함과 동시에, 대원군에게 정책 개혁을 강요하였다. 그리하여 대원군은 국가의 정책을 일본 의사대로 개혁하게 되었는데, 그것이 바로 '갑오경장'이라는 것이다.

일본이 그토록 강압적으로 나오자, 민 중전은 비밀리에 청국에 긴급 구원을 요청하였다.

그리하여 청국도 6월 23일 정여창을 총사령관으로 하는 북양함대를 아산만에 상륙시키고 육군을 평양으로 진주시켜 이 달 25일에는 일본군과 청국군이 평택에서 전면 전쟁을 개시하게 되었다. 그것이 바로 청일전쟁으로서, 그 전쟁은 이듬해 4월까지 계속되었는데, 결국 일본의 승리로 끝났다.

그래서 그때부터 조선이 독립국이라는 것은 명목뿐이고, 사실상은 일본의 속국과 다름이 없게 되었다.

그도 그럴 것이 그들은 동학란을 진압하고 청일전쟁에서 승리를 거둔데다가 대원군을 허수아비로 떠받들고 내각의 인사권까지 좌지우지하게 되었으니, 이제는 일본을 당할 자가 없었던 것이다.

침략의 마수

 일본은 조선의 내정에 실권을 행사하게 되자, 우선 조선의 관제를 근대 국가의 내각제도로 뜯어고치고, 제1차로 새 내각의 각료 명단을 다음과 같이 발표하였다.

 내각총리대신 김홍집
 궁내대신 이재면
 내무대신 민영달
 외무대신 김윤식
 도지부대신 어윤중
 군무대신 조희연
 법무대신 윤용구
 학무대신 박정양
 대무대신 서정순
 농상무대신 엄세영
 경무사 안수겸
 통어사 이준용

임금의 교지로 내각의 인선을 이상과 같이 발표하였다. 그러나 임금의 이름을 사용한 것은 형식뿐이었고, 배후에서 한 사람 한 사람의 대신을 설정한 장본인은 일본 공사 정상이었음은 말할 것도 없다. 실질적으로는 모든 정무를 내각에서 담당하게 함으로써 임금과 대원군은 아무 실권도 없는 허수아비로 만들어 버릴 계획이었던 것이다.

그리고 새로운 법령에 따라 생활 풍습도 많이 변혁되었는데, 그 중에서 특기할 만한 것은, 지금까지는 관리의 봉급을 쌀이나 콩이나 면포로 주던 것을 그때부터는 현금으로 주도록 한 것과, 사농공상의 4계급 제도를 철폐하고 모든 국민의 신분을 평등하게 한 것과, 능지처참 제도를 없애고 교수형으로 한 것과, 상투를 없애고 머리를 깎게 하며 한복 대신에 양복을 입게 한 것 등이었다.

내정이야 어떻든 간에 일본이 국사 전반을 배후에서 조종하는 데 대해서는 대원군과 민 중전이 똑같이 불만이 컸다.

그리하여 대원군은 어느 날 강본이라는 자를 앞세우고 일본 공사관을 직접 찾아가 정상 공사에게 이렇게 항의한 일이 있었다.

"여보시오. 귀국은 정치니 법령이니 하는 것을 너무도 번거롭게 하는구려. 옛날 한나라 고조는 약법삼장約法三章만으로써 천하를 잘 다스렸던 것이오."

말할 것도 없이 자기 자신을 허수아비로 만들어 버린 데 대한 간접적인 항변이었다. 그러나 일본 공사는 대원군의 불평의 핵심은 일체 건드리지 아니하고, 이렇게 대답하였다.

"그것은 옛날 생각이십니다. 지금 서양 각국은 현대 생활에 알맞도록 법이 점점 복잡하게 되어가고 있습니다."

대원군은 다시 입을 열어 항의한다.

"귀국은 우리 나라를 감독하려고 드는데, 이웃 나라로서 그것은 도리에 벗어나는 일이 아니오?"

그러자 일본 공사는 대담무쌍하게도 이렇게 대답하는 것이었다.

"죄송스러운 말씀이나 귀국은 선진 제국에 많이 뒤떨어져 있어서, 일본 같은 선진국의 감독을 받으시는 것이 국가에 크게 도움이 될 것입니다."

"그게 어디 말이 되는 소리요? 우리 나라 백성은 우리 힘으로 다스려 나가야 옳을 게 아니오?"

"귀국은 아직 자립하기에는 힘이 부족합니다. 일본의 도움을 받지 않고 혼자의 힘으로 자립하려다가는 외국의 침해를 당하기가 십상입니다. 일본이 귀국을 도와드리는 근본 목적은 거기에 있는 것입니다."

실로 모욕에 넘치는 언사였다.

군대로 대궐을 점령하고 나서 강압적으로 나오는 데는 어찌할 수 없어 대원군은 그 이상 아무 말도 아니하고 돌아와 버렸다.

그런 일이 있은 후에 일본 공사는 대궐로 임금과 왕비를 찾아 들어왔다.

물론 일본 공사가 직접 배알한 사람은 고종뿐이었으나, 고종이 앉아 있는 병풍 뒤에는 민 중전이 도사리고 있어 두 사람의 대화를 엿듣고 있었다.

일본 공사가 고종에게 아뢴다.

"권력은 언제나 한 곳에서 나와야 합니다. 여러 사람의 말에 좌우되어 명령 계통이 갈라지면 옳은 정치를 못하게 되는 것입니다. 귀국의 최고 책임자는 군주이신 전하뿐이시므로, 만약 전하께서 권력을 정당하게 행사하지 못하시면 국정이 절로 어지러워지게 되는 것입니다. 그리고 왕실의 사무와 국가의 사무는 엄연히 구별되어야 하는 것이오니, 왕실의 조직도 새로 만드시어 서로 충돌됨이 없도록 해야 하실 것이옵니다."

"……."

고종은 귀찮기도 하고 두렵기도 하여 아무 말도 하지 않았다.

일본 공사가 다시 말한다.

"귀국의 궁중은 존엄성이 너무도 부족한 것 같사옵니다. 궁중에 대포를 걸어 놓고 경비하는 것도 지나친 일이지만, 외국의 신기한 물건들을 함부로 사들이는 것은 국가의 체면에도 관계되는 일이거니와 국가의 재정에도 크게 불리한 일이옵니다."

그 말은 민 중전이 평소에 외국 물건을 많이 사들이는 것을 비난하는 말이었다. 민 중전이 병풍 뒤에 숨어서 엿듣는 것을 알고 있었기 때문에, 일본 공사는 의식적으로 그런 말을 한 것이었다.

민 중전은 일본 공사의 방자스러운 태도에 울화가 왈칵 치밀어올랐다. 그리하여 병풍 뒤에서 야무진 음성으로 일본 공사에게 이렇게 대들었다.

"귀하는 대원군을 모셔다 놓고 장차 어떡하실 생각이오?"

대원군을 앞잡이로 내세우고 권력을 좌지우지하는 데 대한 불만이었다.

일본 공사가 시치미를 떼고 대답한다.

"대원위 대감은 이 나라 종친 중의 최고 어른이시기에 높이 받들어 모실 뿐, 그 이외에는 아무 저의도 없사옵니다."

"그러면 이 나라의 권력은 어디서 나와야 한다는 생각이시오?"

"중전마마, 이 나라의 대권은 오직 국왕 전하에게 있을 뿐이옵니다."

"그러면 한 가지 더 묻겠소. 전의 4월 정변 때에 대원군을 내세운 것은 누구의 장난이었소?"

일본 공사의 가슴에 비수를 찌르는 듯한 날카로운 질문이었다. 그러나 일본 공사는 뻔뻔스럽게도 이렇게 대답하는 것이었다

"그것은 궁중에 있는 완고한 사람들이 청나라의 속국이 되기를 원하므로, 그것을 막아내기 위한 부득이한 조치였습니다."

"그러면 어찌하여 폐왕, 폐비까지 하려고 하였소?"

"그것은 대원위 대감께서 하신 일이지, 저희들은 모르는 일이옵니다."

"공사는 모든 책임을 대원군에게 돌리려고 하지만, 배후에서 대원군을 조종한 인물은 다른 사람 아닌 일본 공사였다고 나는 믿고 있소."

민 중전은 야무지게 반격을 가했다.

그러나 일본 공사는 고개를 좌우로 흔든다.

"천만의 말씀이십니다. 모든 책임은 대원위 대감께서 지셔야 옳을 것이옵니다. 그러나 대원위 대감도 머지않아 운현궁에 돌아가셔서 편히 쉬시게 될 것입니다."

"대원군은 동학당과 결탁하여 금상을 폐위시키고, 맏손자인 이준용을 임금으로 받들어 모실 계획인 줄로 나는 알고 있소."

"본인은 외국 사신인 관계로 귀국의 왕실의 관계까지 간섭할 생각은 없사옵니다. 그러나 이준용 공의 존재가 그처럼 염려되신다면, 그분을 일본 공사로 임명하여 당분간 동경에 체류하게 하는 것이 좋을 것 같사옵니다."

병 주고 약 주는 격으로, 내정에는 간섭을 아니하겠노라고 하면서 인사 배치까지 들고나오는 것이었다.

"일본 공사는 그 동안 대원군이 한 일을 알고 있겠지요?"

"자세히는 모르오나 대원위 대감께서 전하의 정책에 지나친 간섭을 하고 계신 줄로 아옵니다."

"간섭 정도가 아니오. 왕권은 절대적인 것이오. 그런데 대원군은 신성불가침의 왕권을 맘대로 유린했을 뿐만 아니라, 왕비인 나를 죽이려는 음모조차 여러 번 꾸몄던 것이오."

"그것은 대원위 대감의 정치적 야망에서 나온 일인 줄로 짐작됩니다. 그러나 제가 있는 한 그런 일이 다시는 없을 것이니, 두 분 전하께서는 국사에 더욱 전념해 주시옵소서."

일본 공사는 임기응변으로 사탕발림의 소리를 하였다.

민 중전은 일본 공사가 무슨 소리를 하든 간에, 일본에 대한 적개심에는 추호도 변함이 없었다. 가뜩이나 미운데다가 대원군과 은연중에 결탁을 하고 있는 것이 더욱 미웠다. 다만 군대의 힘에 눌려 항거를 못 하고 벙어리 냉가슴 앓듯 혼자 가슴을 태우고 있을 뿐이었다.

그런데 그 무렵 민 중전에게 새로운 용기를 일으켜 준 사건이 하나 있었다.

민 중전은 평소에 이 세상에서 강한 나라는 청국이라고 알고 있었다. 그러기에 자신의 권좌를 오래도록 유지하기 위해서는 청국과 밀접한 관계를 가져야 한다고 믿어 왔었고, 또 사실상 외교정책도 그 방향으로 실천해 왔다. 민 중전을 도와 주기 위해 청나라에서 대원군을 납치해 간 것도 그와 같은 외교정책의 덕택이었다.

그런데 청일전쟁에서 청국이 어이없이 패배하고 일본이 승리를 거두자, 민 중전의 생각도 많이 달라졌다. 간사하고 경박한 일본이 생리적으로 싫기는 했지만, 일본의 강대한 국력만은 인정하지 않을 수가 없었던 것이다.

일본은 청일전쟁에 승리함으로써 청나라의 영토인 팽호도와 요동반도를 할양해 받기로 되어서 그때부터는 일본을 세계에서 가장 강한 나라라고 생각하게 되었다.

그런데 청국과 일본 사이에 그와 같은 강화조약이 체결은 되었으나, 러시아와 독일과 프랑스, 세 나라가 요동반도를 일본에 주어서는 안 된다고 반대하고 나오는 바람에 일본은 모처럼 얻기로 되어 있었던 요동반도만은 끽소리 못하고 내놓고 말았다. 그로 미루어 보아 러시아나 독일이나 프랑스는 일본보다도 훨씬 더 강한 나라라고 인식하게 되었다.

일본군이 대궐을 점령하고 있는 데 대한 울분을 참고 있던 민 중전은 러시아가 일본보다도 더 강하다는 사실을 알게 되자 새로운 용기가 솟았다.

'일찍이 나는 러시아와 친교를 맺으려다가 원세개의 반대로 실패한 일이 있었다. 그러나 청나라 세력은 이미 밀려갔고 이제는 일본 세력만이 남아 있으므로, 러시아와 친교만 맺으면 일본 세력도, 쉽게 제거할 수 있을 것이 아닌가. 지금의 나로서는 그것만이 살아날 길이다.'

생각이 거기에 미치자, 민 중전은 새로운 용기를 가지고 정권을 다시 농단해 볼 야심이 생겼다.

그리하여 그 첫 단계로 일본 군사들을 어명으로 대궐에서 깨끗이 철수시키고, 순전히 우리 군사들만으로 대궐을 수비하게 하였다.

그리고 두 번째로는, 외교 고문인 미국인 찰스 리젠돌을 대궐로 불러들여 러시아와 친교를 맺도록 노력해 달라는 지시를 내렸다.

또한 그뿐이랴, 민 중전은 일본의 농간으로 새로 조직된 김홍집 내각이 끝내 마땅치 않아, 당돌하게도 어명으로 군무대신 조희연을 파면시켜 버렸다. 조희연은 대원군파의 골수분자로서 그런 자가 군무대신으로 있어 가지고서는 안심이 안 되기 때문이었다.

군무대신이 돌연 파면되자 내각은 벌집을 쑤셔 놓은 듯이 소란스러워졌다. 각료들이 두 파로 갈려 옥신각신하다가 결국 김홍집 내각은 와해가 되고, 박정양 내각이 새로 조직되었다.

민 중전은 그 틈을 타서 갑오경장으로 정계에서 쫓겨났던 민영달, 민영환, 민영소 등 민씨 일파를 재등장시키고, 평소에 신임이 두터웠던 심상훈까지 각료로 재등용했다.

그와 때를 같이하여 민 중전에게서 지령을 받은 외교 고문 찰스 리젠돌이 민 중전에게 다음과 같이 친러정책에 대한 자신의 의견서를 제출하였다.

    왕비 전하께서 생각하시는 바와 같이 이 나라의 장래를 위해서는 친일정책보다도 친러정책이 크게 유리할 것으로 생각되옵니다. 그리하여 본인은 러시아 공사와 비밀리에 여러 차례 회담하였사옵는데, 러시아 공사도 왕비 전하의 의견을 크게 환영하고 있었습니다. 친러정책에는 다음과 같은 네 가지 유리한 점이 있사옵니다.
  1. 민씨는 모두가 왕비의 친척인데, 민씨와 일본은 먼 장래에도 화합하기가 어렵다는 점.
  2. 조선과 일본은 이웃간이라고는 하지만, 일본과는 대해를 사이에 두고 있고 러시아와는 육지가 인접되어 있다는 점. 따라서 친일정책보다는 친러정책이 지정학상으로도 당연한 일이다.
  3. 러시아는 세계 최강의 강대국으로서 일본 따위는 비교가 안 된다는 점. 그것은 최근에 러시아가 반대함으로써 일본이 요동반도를 청국에 반환하지 않을 수 없었던 것만 보아도 알 수 있는 일이다.
  4. 러시아는 일본처럼 조선의 독립권도 침해하지 않고 내정 간섭도 안 한다는 점. 그러므로 조선은 친러정책으로 나가야만 왕권을 오래 보존할 수 있다.

민 중전은 외교 고문의 이상과 같은 4개 항목에 걸친 건의서를 읽어 보고 친러정책에 확고부동한 자신을 가지게 되었다.
네 가지 항목 중에서 마지막 항목인 '친러정책을 써야만 왕권을 길이 누릴 수 있다'라는 말에는 특히 관심이 깊었던 것이다.

한번 마음을 정하고 나면 누구보다도 결단력이 강한 민 중전이었다. 그녀는 그날로 러시아 공사를 대궐로 불러들여 비밀협정을 속히 체결할 것을 촉구하였다.

그리고 정부 내의 친일파 인물인 어윤중, 김가진, 유길준 등을 모조리 파면, 혹은 지방관으로 좌천시키고 친러파의 거두인 민영환, 이범진 등 자기편 사람을 새로 대신으로 임명했다.

그러고도 부족하여 대원군의 신변을 보호해드린다는 명목으로 심복 군대 30여 명을 공덕리 별장으로 파견하여 대원군의 일거일동을 엄밀히 감시하게 하였다.

그로써 민 중전은 사실상 국가의 대권을 또다시 맘대로 휘두르고 있었던 것이다.

이에 일본은 크게 당황하였다. 그리하여 정상 공사를 본국으로 소환하고 그 후임으로 삼포오루三浦梧樓라는 자를 새로 파견하였다.

삼포 공사는 육군 중장 출신으로 추밀원 고문관까지 지낸 자로서, 외교관이기보다는 우익 극렬분자에 속하는 무골지사였다. 외교 예절에 정통한 외교 전문가를 불러들이고, 폭력배와 다름없는 무골지사를 공사로 임명한데는 일본 정부의 남모르는 음모가 내재해 있었던 것이다.

삼포 공사는 서울에 부임해 오자, 국왕과 민 중전을 배알하고 국서를 바치면서 이렇게 말했다.

"본인은 오랫동안 군인 생활을 하면서 아무 공로도 없이 둔마와 같이 떠돌아다니기만 한 몸이옵니다. 그러므로 국왕 폐하께서 부르심이 있지 않으면 아무 하는 일 없이 한양의 풍월이나 즐길 생각이옵니다. 더구나 본인은 불교를 신봉하는 사람이옵기에 날마다 불경을 외서 이 나라의 태평이나 기원하겠습니다. 엎드려 바라옵건대 본인은 관음경을 몸소 청사淸寫하여 왕후 폐하에게 헌상하고자 하오니, 왕후 폐하께서는 후일 본인의 성의를 용납해 주시옵소서."

머리를 승려처럼 박박 깎은 삼포 공사는 첫눈에 보기에도 무뢰한 같은 인상이었다. 그는 정치적인 말은 한 마디도 아니하고, 엉뚱한 소리만 한바탕 늘어놓다가 그냥 돌아가 버렸다.

그가 돌아가자 민 중전은 옆에 있던 시신에게 이렇게 말했다.

"새로 온 일본 공사는 금강산에서 금방 나온 돌중놈 같구나. 감때가 몹시 사나워 보여서 보기만 해도 겁이 나는걸!"

민 중전은 삼포 공사에 대한 첫인상이 좋지 않았던 것을 보면 후일 그에게 목숨을 빼앗길 불길한 예감을 그때 이미 느끼고 있었는지도 모를 일이었다.

삼포 공사는 삼포 공사대로 공관에 돌아와 부하 직원에게 이렇게 술회하였다.

"왕비는 첫눈에 보아도 재질이 매우 풍부한 여인 같았다. 내가 국왕을 배알하고 있는 동안 왕비는 포장 뒤에 앉아 있다가, 가끔 포장을 젖히고 국왕에게 무엇인가를 속삭이고 있었는데, 첫인상이 여자 호걸 같은 느낌이었다. 그런 여인이 대궐에 도사리고 앉아 있어 가지고서는 일본은 조선을 지배하기가 좀처럼 어려울 것이다."

참으로 의미심장한 신임 소감이었다.

비참한 종언

삼포 공사가 새로 부임해 오자 서울에는 난데없이 일본 낭인浪人들이 들끓기 시작하였다.

그 무렵 일본 공관은 왜성대(지금의 중앙정보부 자리)로 이전을 해왔는데, 거기 따라 진고개(지금의 충무로)에는 일본 상점이 즐비하게 늘어가고 있었다. 일본에서 건너온 낭인들은 일본옷 차림으로 술집에 모여 앉아 다음과 같은 말을 예사롭게 떠들고 있었다.

"이 나라에서는 대원군과 민비가 20여 년간이나 정권 싸움을 해오고 있다는데, 그 두 사람 중에서 누가 더 걸물일까?"

"대원군도 걸물임에는 틀림이 없지만, 두 사람 사이의 싸움에서 민비가 항상 승리하는 것을 보면 대원군보다는 민비가 더 한층 걸물이 아니겠는가."

"하기는 그렇군그래. 대원군과 싸워 이기는 것을 보면 민비가 여걸임에는 틀림이 없을 거야. 그렇다면 우리 일본은 민비를 구워 삶아 조선을 지배할 생각을 아니하고, 어찌하여 대원군을 내세워 조선을 지배하려고 드는지 모르겠는걸."

"이 사람아! 그걸 말이라고 하는가. 민비를 구워 삶으려고 해도 민비가 말을 들어 먹어야 말이지. 그래서 부득이 민비의 세력을 꺾어 버리려고 대원군과 결탁을 하게 된 거야."

"그렇다면 일본의 위신이 말이 아닌데!"

"누가 아니래! 일본이 일껏 군대까지 동원해서 친일 내각을 조직해 놓았는데, 민비가 하루 아침에 친일 내각을 뒤집어엎고 자기 사람만으로 새 내각을 조직해 놓았다는군."

"암탉이 울면 집안이 망하는 법이라는데, 민비가 또다시 치맛바람을 휘두르고 돌아가는 모양이군그래."

"그러니까 그런 년은 일본국의 백 년 대계를 위해 숫제 없애 버려야 해. 그년 하나 없애 버리기는 식은 죽 먹기보다도 쉬운 일이 아닌가."

일본에서 건너온 낭인들은 그런 소리를 예사롭게 떠들어대고 있었다. 아닌게 아니라, 일본은 민 중전이 살아 있어서는 조선을 지배하기가 어렵다는 것을 너무도 잘 알고 있었다. 아니, 조선을 지배하지 못할 뿐만 아니라 자칫 잘못하면 러시아의 세력에 밀려 일본은 조선 땅에 발을 붙이기가 어려우리라는 생각조차 들었다.

이에 일본 정부는 민 중전을 살해하기 위해 외교 전문가인 정상 공사를 소환하고 삼포와 같은 군인 출신인 극렬분자를 공사로 임명했던 것이다.

그러나 남의 나라 왕비를 살해한다는 것은 국제 분쟁을 야기시키기 쉬운 중대한 일으므로 삼포 공사는 되도록 회유책을 쓰려고 노력해 보았지만, 민 중전의 태도는 끝내 완강하였다.

그리하여 삼포 공사는 마침내 이해 8월에 대원군에게 밀사를 보내 민 중전을 살해할 뜻을 암시하면서 다음과 같은 네 가지 조건을 내세워 대원군의 협조를 요청하였다.

1. 대원군을 국태공으로 옹립하되, 국태공은 최고 종친으로서 군주를 보익輔翼하고 궁중을 감독하는 데 그치고, 일체의 정무에는 간섭하지 말 것.
2. 김홍집, 어윤중, 김윤식 등 세 사람을 재등용하여 정국의 개혁을 단행할 것.
3. 이재면을 궁내대신으로 임명할 것.
4. 이준용을 3년간 일본에 유학시켜 장래의 군주로 삼을 것.

대원군은 정무에 직접 관여하지 못하게 한 것이 불만이기는 했으나, 큰아들 재면을 등용하고, 장손자인 준용을 장래의 군주로 옹립한다는 조건은 마음에 흡족하였다.

그러나 그보다도 더 마음을 동하게 한 것은 정적인 민 중전을 완전히 제거해 버린다는 조건이었다. 민 중전이 있어서는 나라가 바로잡히기 어려울 것이므로 애국애족을 위해서도 민 중전만은 제거해 버려야 한다고 평소부터 굳은 신념을 가지고 있었던 것이다.

대원군이 두말 없이 일본 공사의 제안을 수락하자, 삼포 공사는 휘하에 거느리고 있던 많은 낭인들을 비상 소집하여 일대흉사를 밀의하였다.

거사의 날은 다음 날인 8월 21일(음력) 새벽 3시로 결정되었다.

드디어 이날 새벽 3시에 일본 군인과 낭인 일당은 대원군을 옹위하고 대궐로 쳐들어와 수비중인 군인들을 모조리 살해하며 국왕과 민 중전의 침소인 건청궁을 노도와 같이 급습하였다.

비상 사태가 발생했음을 알고 궁내대신 이경직이 군대를 직접 지휘하여 건청궁을 수비하다가 일본 폭도들과 정면으로 충돌하였다. 그리하여 피차간에 수많은 사람들이 쓰러졌는데, 이경직도 최후까지 싸우다가 적탄에 쓰러지고 말았다.

이때 민 중전은 사태가 위급해졌음을 알고 재빨리 옷을 궁녀복으로 갈아입고 다른 궁녀들과 함께 몸을 피할 기회를 노리고 있었다.

일본 군인들은 고종을 붙잡아 놓고, 민 중전을 폐위시켜야 한다는 문서를 내보이며 국왕에게 서명할 것을 강요하였다. 그러나 나약한 고종이건만, 이번만은 폐비 문서에 서명할 것을 완강히 거절하였다.

다른 폭도들은 민 중전을 체포하려고 혈안이 되어 돌아갔으나 정작 민 중전의 얼굴을 아는 사람은 아무도 없었다. 그리하여 한 사람 한 사람의 궁녀들을 모조리 점검하고 돌아가는데 평소에 시녀로 쓰고 있던 일녀가,

"이분이 중전마마예요!"

하고 고자질을 해주는 바람에 자객들은 민 중전을 순식간에 죽인 후 이불에 둘둘 말아서 송판 위에 올려놓았다.

그랬다가 잠시 후에 수목이 우거진 녹원으로 둘러메고 와서, 석유를 뿌리고 불을 질러버렸다. 그처럼 무참한 야만 행위를 단

행하는 데 시간은 불과 30분밖에 걸리지 않았던 것이다.
　일개 여자의 몸으로 구중심처인 대궐 안에 도사리고 앉아 근 30년간이나 조선 천하를 호령해 오던 여걸 명성황후는 그로써 일제에 의해 한 줄기의 푸른 연기로 화해 버린 것이었다.
　그때에 그녀의 나이는 아직도 야망에 불타는 마흔다섯 살.
　빈한한 가문의 무남독녀로 태어나 일약 왕비가 되어 호랑이보다도 더 무서운 대원군 이하응을 상대로 싸우며 일국의 대권을 30년 가까이 누려 온 그녀를 누가 여걸이라고 아니할 수 있으랴. 명성황후의 공죄功罪는 별문제로 하고, 그는 5천 년 한국 역사 중에서 뛰어난 여걸이었음은 분명하다.
　명성황후가 죽고 나자 조선이 일본의 식민지가 되었던 것은 오늘날 누구나가 다 알고 있는 일이다.
　명성황후가 좀더 오래 살아 있었다면 조선의 역사는 크게 바뀌었을 것이다. 그 변화의 결과가 어떠했으리라는 것은 누구도 추측할 수 없는 일이지만, 그러나 그녀가 일본의 총검에 쓰러지지 않았다면 적어도 우리 민족 전체가 36년간이나 일본 제국주의의 쇠사슬에 묶여 있지는 않았으리라.
　명성황후는 정녕 여걸이었다. *

작품 연보

1911년   평북 의주 출생.
1936년   단편 〈졸곡제(卒哭祭)〉《동아일보》신춘문예에 입선.
1937년   단편 〈성황당〉《조선일보》신춘문예에 당선.
1939년   장편 〈화풍(花風)〉을 《매일신보》에 연재.
1941년   전작 장편 《청춘의 윤리》 발표.
1942년   연구서 《소설작법》 발표.
1946년   장편 《장미의 계절》을 《중앙신문》에 연재.
1947년   전작 장편 《고원(故苑)》 발표.
1948년   장편 《애련기》 발표.
1949년   장편 《도회의 정열》 발표.
         장편 《청춘산맥》《경향신문》에 연재.
1951년   장편 《여성전선》《영남일보》에 연재.
1952년   전작 장편 《애정무한》, 장편 《번지 없는 주막》 발표.
1953년   콩트집 《색지풍경(色紙風景)》, 장편 《산유화》 발표.
         장편 《세기의 종》을 《영남일보》에 연재
1954년   장편 《자유부인》을 《서울신문》에 연재.
         장편 《인생여정》 발표.
1955년   장편 《민주어족(民主魚族)》을 《한국일보》에 연재.
         장편 《월야의 창》 발표.
1956년   장편 《낭만열차》를 《한국일보》에 연재.

1957년	장편 《슬픈 목가》를 《동아일보》에 연재.
	장편 《사랑의 십자가》 발표.
1958년	장편 《유혹의 강》을 《서울신문》에 연재.
	장편 《비정의 곡》을 《경향신문》에 연재.
1959년	장편 《화혼(花魂)》 발표.
1960년	장편 《연가》, 《여성의 적》을 《서울신문》에 연재.
1962년	장편 《인간실격》 발표.
	장편 《산호의 문》을 《경향신문》에 연재.
	장편 《여인백경》을 《조선일보》에 연재.
1963년	장편 《욕망해협》을 《동아일보》에 연재.
1964년	장편 《에덴은 아직도 멀다》를 《조선일보》에 연재.
1965년	장편 《노변정담》을 《대한일보》에 5년간 연재(10권 발행).
1976년	연작 장편 《명기열전》을 《조선일보》에 4년간 연재.
1977년	사화집 《이조여인사화》 발표.
1978년	전기 《퇴계소전》 발표.
1979년	수상집 《살아가며 생각하며》 발표.
1980년	전작 장편 《민비》 발표.
	사화집 《퇴계일화선》 발표.
1981년	장편 《여수》를 《경향신문》에 연재.
	장편 《손자병법》을 《한국경제신문》에 연재 (4권 발행).
1983년	장편 《초한지》를 《한국경제신문》에 연재 (5권 발행).
1985년	장편 《김삿갓 풍류기행》을 《한국경제신문》에 연재.
	장편 《현부열전》 발표.
1987년	장편 《소설 민비전》 발표.

1988년   장편《소설 김삿갓》발행(6권).

1989년   장편《미인별곡》발행(6권).

1991년   숙환으로 별세.

명성황후(하)

발행일	초판 1쇄 발행 - 2001년 5월 3일
	초판 10쇄 발행 - 2015년 6월 5일

지은이	정비석	펴낸이	윤형두
펴낸곳	범우사	교 정	김길빈
편 집	김지선	인쇄처	상지사

등록번호 | 제406-2003-000048호(1966년 8월 3일)
(413-120) 경기도 파주시 광인사길 9-13 (문발동 525-2)
대표전화 | 031-955-6900   팩 스 | 031-955-6905
홈페이지 | www.bumwoosa.co.kr   이메일 | bumwoosa@chol.com

ISBN 89-08-04178-3 04810
     89-08-04176-1 (세트)

* 책값은 뒤표지에 있습니다.
* 잘못된 책은 바꾸어드립니다.

온고지신(溫故知新)으로 희망찬 21세기를!

현대사회를 보다 새로운 시각으로 종합진단하여
그 처방을 제시해주는

범우사상신서

1 자유에서의 도피 E. 프롬/이상두
2 젊은이여 오늘을 이야기하자 렉스프레스誌/방곤·최혁순
3 소유냐 존재냐 E. 프롬/최혁순
4 불확실성의 시대 J. 갈브레이드/박현채·전철환
5 마르쿠제의 행복론 L. 마르쿠제/황문수
6 너희도 神처럼 되리라 E. 프롬/최혁순
7 의혹과 행동 E. 프롬/최혁순
8 토인비와의 대화 A. 토인비/최혁순
9 역사란 무엇인가 E. 카/김승일
10 시지프의 신화 A. 카뮈/이정림
11 프로이트 심리학 입문 C.S. 홀/안귀여루
12 근대국가에 있어서의 자유 H. 라스키/이상두
13 비극론·인간론(외) K. 야스퍼스/황문수
14 엔트로피 J. 리프킨/최혁
15 러셀의 철학노트 B. 페인버그·카스릴스(편)/최혁순
16 나는 믿는다 B. 러셀(외)/최혁순·박상규
17 자유민주주의에 희망은 있는가 C. 맥퍼슨/이상두
18 지식인의 양심 A. 토인비(외)/임현영
19 아웃사이더 C. 윌슨/이성규
20 미학과 문화 H. 마르쿠제/최현·이근영
21 한일합병사 야마베 겐타로/안병무
22 이데올로기의 종언 D. 벨/이상두
23 자기로부터의 혁명 ① J. 크리슈나무르티/권동수
24 자기로부터의 혁명 ② J. 크리슈나무르티/권동수
25 자기로부터의 혁명 ③ J. 크리슈나무르티/권동수
26 잠에서 깨어나라 B. 라즈니시/길연
27 역사학 입문 E. 베른하임/박광순
28 법화경 이야기 박혜경
29 융 심리학 입문 C.S. 홀(외)/최현
30 우연과 필연 J. 모노/김진욱
31 역사의 교훈 W. 듀란트(외)/천희상
32 방관자의 시대 P. 드러커/이상두·최혁순
33 건전한 사회 E. 프롬/김병익
34 미래의 충격 A. 토플러/장을병
35 작은 것이 아름답다 E. 슈마허/김진욱
36 관심의 불꽃 J. 크리슈나무르티/강옥구
37 종교는 필요한가 B. 러셀/이재황
38 불복종에 관하여 E. 프롬/문국주
39 인물로 본 한국민족주의 장을병
40 수탈된 대지 E. 갈레아노/박광순
41 대장정—작은 거인 등소평 H. 솔즈베리/정성호
42 초월의 길 완성의 길 마하리시/이병기
43 정신분석학 입문 S. 프로이트/서석연
44 철학적 인간 종교적 인간 황필호
45 권리를 위한 투쟁(외) R. 예링/심윤종·이주향
46 창조와 용기 R. 메이/안병무
47 꿈의 해석(상·하) S. 프로이트/서석연
48 제3의 물결 A. 토플러/김진욱
49 역사의 연구① D. 서머벨 엮음/박광순
50 역사의 연구② D. 서머벨 엮음/박광순
51 건건록 무쓰 무네미쓰/김승일
52 가난이야기 가와카미 하지메/서석연
53 새로운 세계사 마르크 페로/박광순
54 근대 한국과 일본 나카스카 아키라/김승일
55 일본 자본주의의 정신 야마모토 시치헤이/김승일·이근원
▶ 계속 펴냅니다

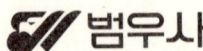 범우사 서울시 마포구 구수동 21-1호. 전화 717-2121 FAX 717-0429
http://www.bumwoosa.co.kr (천리안·하이텔 ID) BUMWOOSA

온고지신(溫故知新)으로 21세기를!

범우고전선

시대를 초월해 인간성 구현의 모범으로 삼을 만한 책을 엄선

1 유토피아 토마스 모어/황문수
2 오이디푸스 王 소포클레스/황문수
3 명상록·행복론 M.아우렐리우스·L.세네카/황문수·최현
4 깡디드 볼떼르/염기용
5 군주론·전술론(외) 마키아벨리/이상두
6 사회계약론(외) J.루소/이태일·최현
7 죽음에 이르는 병 키에르케고르/박환덕
8 천로역정 존 버니언/이현주
9 소크라테스 회상 크세노폰/최혁순
10 길가메시 서사시 N.K.샌다즈/이현주
11 독일 국민에게 고함 J.G.피히테/황문수
12 히페리온 F.횔덜린/홍경호
13 수타니파타 김운학 옮김
14 쇼펜하우어 인생론 A.쇼펜하우어/최현
15 톨스토이 참회록 L.N.톨스토이/박형규
16 존 스튜어트 밀 자서전 J.S.밀/배영원
17 비극의 탄생 F.W.니체/곽복록
18-1 에 밀(상) J.J.루소/정봉구
18-2 에 밀(하) J.J.루소/정봉구
19 팡세 B.파스칼/최현·이정림
20-1 헤로도토스 歷史(상) 헤로도토스/박광순
20-2 헤로도토스 歷史(하) 헤로도토스/박광순
21 성 아우구스티누스 고백록 A.아우구스티누/김평옥
22 예술이란 무엇인가 L.N.톨스토이/이철
23 나의 투쟁 A.히틀러/서석연
24 論語 황병국 옮김
25 그리스·로마 회곡선 아리스토파네스(외)/최현
26 갈리아 戰記 G.J.카이사르/박광순

27 善의 연구 니시다 기타로/서석연
28 육도·삼략 하재철 옮김
29 국부론(상) A.스미스/최호진·정해동
30 국부론(하) A.스미스/최호진·정해동
31 펠로폰네소스 전쟁사(상) 투키디데스/박광순
32 펠로폰네소스 전쟁사(하) 투키디데스/박광순
33 孟子 차주환 옮김
34 아방강역고 정약용/이민수
35 서구의 몰락 ① 슈펭글러/박광순
36 서구의 몰락 ② 슈펭글러/박광순
37 서구의 몰락 ③ 슈펭글러/박광순
38 명심보감 장기근
39 월든 H.D.소로/양병석
40 한서열전 반고/홍대표
41 참다운 사랑의 기술과 헤튼 사랑의 질책 안드레아스/김영락
42 종합 탈무드 마빈 토케이어(외)/전풍자
43 백운화상어록 백운화상/석찬선사
44 조선복식고 이여성
45 불조직지심체요절 백운선사/박문열
46 마가렛 미드 자서전 M.미드/최혁순·최인옥
47 조선사회경제사 백남운/박광순
48 고전을 보고 세상을 읽는다 모리야 히로시/김승일
49 한국통사 박은식/김승일
50 콜럼버스 항해록 라스 카사스 신부 엮음/박광순
51 삼민주의 쑨원/김승일(외) 옮김

계속 펴냅니다

범우사 서울시 마포구 구수동 21-1호 TEL 717-2121, FAX 717-0429
http://www.bumwoosa.co.kr (천리안·하이텔 ID) BUMWOOSA

James Joyce, 1882~1941

아일랜드 태생의 영국 소설가.
'모더니즘'의 기수, 심미적 질서의 창조자,
'가장 난해한 작가'로
알려진 제임스 조이스는,
의식의 흐름이라는 혁신적인
수법으로 인간의 내적 상태를 표현한,
20세기 최고의 작가 중 하나이다.

20세기 최고의 모더니스트
제임스 조이스의 정수(精髓)를 맛본다!

제임스 조이스 전집

김종건(고려대 교수) 옮김

한국 제임스 조이스 학회장 김종건 교수(고려대 영문과 교수)가 28년간에 걸쳐 우리 말로 옮긴 제임스 조이스 전집의 결정판. 고뇌와 정열이 낳은 이 일곱 권의 책을 통해 우리는 비로소 진정한 모습의 조이스를 만날 수 있다.

비평판세계문학선 **9** 전 7권

- ❶ 더블린 사람들
- ❷ 율리시즈 ①
- ❸ 율리시즈 ②
- ❹ 율리시즈 ③
- ❺ 율리시즈 ④
- ❻ 젊은 예술가의 초상
- ❼ 피네간의 경야 · 시 · 에피파니

크라운변형판 / 각 440쪽 내외 / 각권 값 10,000원

범우사 서울시 마포구 구수동 21-1
전화 717-2121 / FAX 717-0429

범우학술·평론·예술

독서의 기술 모티머 J./민병덕 옮김	아동문학교육론 B. 화이트헤드
한자 디자인 한편집센터 엮음	한국의 청동기문화 국립중앙박물관
한국 정치론 장을병	겸재정선 진경산수화 최완수
여론 선전론 이상철	한국 서지의 전개과정 안춘근
전환기의 한국정치 장을병	독일 현대작가와 문학이론 박환덕(외)
사뮤엘슨 경제학 해설 김유송	정도 600년 서울지도 허영환
현대 화학의 세계 일본화학회 엮음	신선사상과 도교 도광순(한국도교학회)
신저작권법 축조개설 허희성	언론학 원론 한국언론학회 편
방송저널리즘 신현응	한국방송사 이범경
독서와 출판문화론 이정춘·이종국 편저	카프카문학연구 박환덕
잡지출판론 안춘근	한국민족운동사 김창수
인쇄커뮤니케이션 입문 오경호 편저	비교텔레صحة 질힐/금동호 옮김
출판물 유통론 윤형두	북한산 역사지리 김윤우
통합적 마케팅 커뮤니케이션 김광수(외) 옮김	한국회화소사 이동주
'83~'97출판학 연구 한국출판학회	출판학원론 범우사 편집부
자아커뮤니케이션 최창섭	한국과거제도사 연구 조좌호
현대신문방송보도론 팽원순	독문학과 현대성 정규화교수간행위원회편
국제출판개발론 미노와/안춘근 옮김	겸제진경산수 최완수
민족문학의 모색 윤병로	한국미술사대요 김용준
변혁운동과 문학 임헌영	한국목활자본 천혜봉
조선사회경제사 백남운	한국금속활자본 천혜봉
한국정치의 이해 장을병	한국기독교 청년운동사 전택부
조선경제사 탐구 전석담(외)	한시로 엮은 한국사 기행 심경호
한국전적인쇄사 천혜봉	출판물 판매기술 윤형두
한국서지학원론 안춘근	우루과이라운드와 한국의 미래 허신행
현대매스커뮤니케이션의 제문제 이강수	기사 취재에서 작성까지 김숙현
한국상고사연구 김정학	세계의 문자 세계문자연구회/김승일 옮김
중국현대문학발전사 황수기	불조직지심체요절 백운선사/박문열 옮김
광복전후사의 재인식 I, II 이현희	임시정부와 이시영 이은우
한국의 고지도 이 찬	매스미디어와 여성 김선남
하나되는 한국사 고준환	눈으로 보는 책의 역사 안춘근·윤형두 편저
조선후기의 활자와 책 윤병태	현대노어학 개론 조남신
신한국사의 탐구 김용덕	교양 언론학 강좌 최창섭(외)
독립운동사의 제문제 윤병석(외)	통합 데이타베이스 마케팅 시스템 김정수
한국현실 한국사회학 한완상	문화간 커뮤니케이션의 이해 최윤희·김숙현

 범우사 서울시 마포구 구수동 21-1
전화 717-2121 FAX 717-0429